Raftul Denisei

Colecție coordonată de
DENISA COMĂNESCU

Traducerea acestei cărți a fost susținută
de ©POLAND Translation Program.

BOOK INSTITUTE

©POLAND

Władysław Szpilman

Pianistul

Amintiri din Varșovia 1939–1945

Urmate de fragmente din jurnalul lui Wilm Hosenfeld

Cuvânt înainte de
ANDRZEJ SZPILMAN

Epilog de
WOLF BIERMANN

Traducere din polonă de
LUIZA SĂVESCU

HUMANITAS
fiction

Fragmentele din jurnalul lui Wilm Hosenfeld precum şi postfaţa lui Wolf Biermann au fost traduse din germană în polonă de Andrzej Szpilman.

Fotografiile reproduse în volum provin din arhiva lui Andrzej Szpilman.

Redactor: Ştefania Nalbant
Coperta: Angela Rotaru
Tehnoredactor: Manuela Măxineanu
Corector: Alina Dincă
DTP: Andreea Dobreci, Veronica Dinu

Tipărit la Real

WŁADYSŁAW SZPILMAN
PIANISTA. WARSZAWSKIE WSPOMNIENIA 1939–1945

Descrierea CIP a Bibliotecii Naţionale a României
SZPILMAN, WŁADYSŁAW
Pianistul; Amintiri din Varşovia: 1939–1945: urmate de fragmente din jurnalul lui Wilm Hosenfeld / Władysław Szpilman; cuv. înainte de Andrzej Szpilman; epilog de Wolf Biermann; trad. din polonă de Luiza Săvescu. – Bucureşti: Humanitas Fiction, 2019
ISBN 978-606-779-584-4
I. Szpilman, Andrzej (pref.)
II. Biermann, Wolf (pref.)
I. Săvescu, Luiza (trad.)
821.133.1

EDITURA HUMANITAS FICTION
Piaţa Presei Libere 1, 013701 Bucureşti, România
tel. 021/408 83 50, fax 021/408 83 51
www.humanitas.ro

Comenzi online: www.libhumanitas.ro
Comenzi prin e-mail: vanzari@libhumanitas.ro
Comenzi telefonice: 0723 684 194

Cuvânt înainte la noua ediție

Tatăl meu aproape că nu vorbea despre întâmplările prin care trecuse în timpul războiului; chiar și așa, ele m-au însoțit încă din copilărie. Din această carte, pe care, pe când aveam treisprezece ani, o scoteam pe furiș dintr-un colțișor al bibliotecii părinților, am aflat de ce nu am bunici paterni – și de ce tata nu vorbea niciodată despre familia lui.

Am citit-o atunci, dar conținutul ei mi l-am alungat repede din minte. Deși deschidea în fața mea o parte a propriei identități, nu am discutat despre aceasta. Poate tocmai de aceea nu m-am gândit niciodată că ceea ce el scrisese putea să însemne mult și pentru alții, până când nu m-a convins de acest lucru poetul german Wolf Biermann. Trăiesc deja de mulți ani în Germania și am simțit tăcerea dureroasă care există între evrei, germani și polonezi. Sper că această carte va ajuta la vindecarea rănilor care sunt încă deschise.

Tata a scris cartea după război și presupun că a făcut acest lucru nu atât cu gândul la cititori, cât pentru sine. Scrisul l-a ajutat să-și depășească traumele trăite în anii războiului: i-a curățat mintea și inima, pentru a putea trăi o nouă viață. La drept vorbind, tatăl meu nu era scriitor; era – așa cum se spune în Polonia – „un om în care sălășluia muzica“: pianist, compozitor și un important animator al vieții culturale poloneze. Era un om care trăia pentru muzică și a reușit să reziste grație acesteia.

Nutresc speranța că această prefață le va îngădui cititorilor să înțeleagă mai bine viața și opera tatălui meu și că va completa cunoștințele extrase din cartea scrisă de el și din adaptarea ei cinematografică realizată de Roman Polański. Sunt convins că s-ar fi auzit mai multe lucruri despre el mai devreme, dacă istoria Europei s-ar fi derulat altfel, iar continentul n-ar fi rămas, în urma celui de-al Doilea Război Mondial, divizat în două părți atât de diferite din punct de vedere politic și cultural, timp de patruzeci și patru de ani.

Tata a început să studieze pianul la Varșovia, sub îndrumarea lui Józef Smidowicz și a lui Aleksander Michałowski, iar apoi a plecat la Berlin, unde și-a continuat studiile de pian la clasa lui Arthur Schnabel și a studiat și compoziție cu Franz Schreker, la Academia de Arte din Berlin.

După preluarea puterii de către Hitler, în 1933, s-a întors la Varșovia și, din aprilie 1935, a fost angajat ca pianist la Radio Polonia. Pe atunci acompania soliști și cânta și în orchestră, interpretând atât lucrări clasice, cât și melodii de mare popularitate în epocă. În plus, deținea un rol special – cânta în direct pe durata întregului program, iar când invitații se schimbau la microfon, improviza până când toți erau gata, ceea ce dura uneori câteva minute bune. În anul 1937, împreună cu Orchestra Radioului Polonez dirijată de Grzegorz Fitelberg – prieten mulți ani cu Karol Szymanowski și cel mai important dirijor polonez în epocă – a plecat la Expoziția Mondială de la Paris pentru a interpreta *Simfonia concertantă* de Szymanowski.

Până în anul 1939, tatăl meu a compus și muzică de film, precum și numeroase melodii care s-au bucurat de mare popularitate. Încă înainte să izbucnească războiul a concertat cu violonistul de renume mondial Bronisław Gimpel, precum și cu Henryk Szeryng și Ida Haendel.

Transmisia în direct a recitalului său cu lucrări de Chopin, pe 23 septembrie 1939, a fost ultima înainte de distrugerea stației de emisie din Varșovia a Radio Polonia; anii următori aveau să-i aducă cele mai mari pierderi pe care putea să le sufere un om și un artist.

După doi ani în care a fost închis în ghetoul din Varșovia, unde moartea pândea la fiecare pas și trebuia dusă o bătălie continuă pentru a rămâne în viață, în august 1942 întreaga lui familie a fost trimisă la Treblinka și ucisă. Nu i-a rămas nimic de la ai lui – nici măcar fotografii sau obiecte personale. A fost ca și cum întreaga familie Szpilman și istoria ei ar fi fost șterse de pe fața pământului.

Cu toate acestea, printr-o minune, tatăl meu a supraviețuit. Înainte de război era cunoscut din spectacolele de la radio și în calitate de compozitor de muzică de film, ceea ce a însemnat nu numai că a putut avea grijă de familia lui în ghetou, ci și că a avut șansa de a supraviețui. Tocmai această popularitate l-a salvat de la deportare: un polițist evreu l-a recunoscut și l-a salvat de vagonul pentru vite cu care familia lui a mers la moarte.

La început a găsit adăpost la prieteni de la Radio Polonia, dar în perioada în care s-a ascuns l-au ajutat și mulți alți polonezi, inclusiv Witold Lutosławski și Eugenia Umińska, violonista care dădea concerte caritabile ca să adune bani cu care să-l ajute să supraviețuiască. Toți acești oameni erau legați prin forța muzicii și de dragostea pentru ea.

Spre sfârșitul războiului, pe tata l-a salvat și arta lui. Luni întregi a dus o viață solitară printre ruinele Varșoviei distruse, găsindu-și motivația în muzică – repeta notă cu notă toate piesele pe care și le amintea. Am fost foarte apropiat de tatăl meu, dar n-am reușit niciodată să aflu cum bărbatul acela delicat a găsit în el puterea supraomenească de a depăși întâmplările acelea cutremurătoare. Mi se pare că muzica este unica explicație posibilă.

În luna noiembrie a anului 1944, când temperatura a scăzut sub – 20°C, tatăl meu mai avea puțin până să moară de foame, când adăpostul lui a fost descoperit de ofițerul german Wilm Hosenfeld. Deși pe atunci șansele de a întâlni un neamț capabil de compasiune erau practic nule, se pare că Hosenfeld se afla și el într-o situație disperată; îl apăsa singurătatea și tânjea după muzică – ea putea să-l consoleze în mijlocul orașului devastat, prin urmare l-a rugat pe tata să cânte pentru el. Ofițerul german nu l-a omorât pe tata – dimpotrivă, i-a adus mâncare și l-a ajutat să-și găsească o ascunzătoare mai bună, salvându-i fără îndoială viața în acele ultime zile geroase ale războiului.

Tatăl meu a aflat numele ofițerului abia în anul 1950, dar eforturile sale de a salva viața lui Hosenfeld nu au avut nici un rezultat; după anul 1948, aproape nici un prizonier din Germania de Vest nu mai era eliberat de sovietici. Hosenfeld a murit la Stalingrad, în 1952. Abia în 1956, când i s-a aprobat plecarea în Germania pentru a susține câteva concerte, tata a vizitat familia salvatorului său la Thalau și a aflat în cele din urmă despre soarta tragică a acestuia.

Astăzi știm că, încă din septembrie 1939, Hosenfeld simțea aversiune față de inechitatea tot mai accentuată a regimului și, în consecință, mulțumită lui câteva persoane au reușit să supraviețuiască războiului. În pofida represiunilor care îi amenințau pe el și familia sa, i-a ajutat pe cei persecutați, indiferent de originea, confesiunea, orientarea politică sau naționalitatea lor. În anul 2007, a fost distins postmortem de către președintele Republicii Polone cu Ordinul Renașterea Poloniei, iar în 2009, în Israel, a fost recunoscut drept unul dintre Drepții între Popoare.

În ianuarie 1945, imediat după eliberarea Varșoviei, tata a fost reangajat la Radio Polonia, unde s-a simțit din nou ca acasă. Noaptea dormea sub pian, iar ziua scria aranjamente pentru câțiva muzicieni care reușiseră să formeze un ansamblu. Alcătuia programele spectacolelor, compunea cântece și intra pe post – atât ca solist, cât și ca acompaniator, revenind rapid la măiestria care-l caracterizase. De multe ori m-am gândit cât de bine ar fi cântat dacă nu ar fi existat acea întrerupere de cinci ani.

Marea mea dorință a fost întotdeauna să prezint opera tatălui meu publicului din afara Poloniei, cu toate că lucrul acesta a părut multă vreme imposibil, din multe motive. Deși cântase în Occident de peste două mii de ori, practic nu fusese remarcat de casele de discuri.

În Polonia Populară era cunoscut doar ca autor de piese de muzică ușoară, care, de altfel, erau difuzate fără ca numele compozitorului să fie menționat; în plus, erau permise doar texte poloneze, astfel că înregistrările cântecelor tatălui meu cu texte în limba engleză au putut fi ascultate abia după moartea lui. În perioada aceea nimeni nu l-a promovat și în calitate de compozitor de muzică clasică. În anii comunismului, statul susținea și exporta în toată lumea ca produse ale noului regim doar creațiile celor cu nume curat poloneze, iar numele Szpilman nu intra în această categorie.

Ca urmare, cu o singură excepție, creația tatălui meu în domeniul muzicii clasice, de care începuse să se ocupe în anii '30, a rămas într-un punct mort după război. Deși în martie 1968 Polonia a fost zguduită de un val de antisemitism, a compus pentru sine piesele *Mica uvertură, Valsuri în stil vechi* și *Scenă de balet.* De asemenea, a transcris câteva melodii pentru mari orchestre – în total aproximativ șaizeci de minute de muzică. Astăzi știu că acesta era modul lui de a lupta împotriva depresiei; așa se întâmplase și în anul 1940, când s-a concentrat asupra lucrării sale *Concertino pentru pian și orchestră* pentru a nu fi nevoit să se gândească la viața de zi cu zi din ghetoul varșovian.

Când îmi aduc aminte cum în anul 1968 tatăl meu, compozitorul, lucra cu partiturile întinse pe masă, îmi dau seama că adora să compună. Scria în primul rând pentru a răspunde dorinței lui interioare – spre dezamăgirea criticilor muzicali, care încercau fără succes să îl plaseze în avangardă.

Comuniștii polonezi nu au reușit să distrugă un lucru: relația sa cu marele violonist american de origine poloneză Bronisław Gimpel. Tatăl meu a devenit un prieten apropiat al lui Gimpel, care s-a aflat în Polonia în 1934 – când era deja un renumit virtuoz – pentru a susține o serie de concerte; se întâmpla la scurt timp după ce Gimpel fusese decorat de regele Italiei Victor Emanuel III și cântase pentru papa Pius XI. Gimpel nu a fost mulțumit de pianistul care fusese angajat pentru concertele respective și l-a rugat pe impresarul său să găsească pe altcineva: alegerea lui a fost tata. Faptul a avut ca rezultat o colaborare de mai bine de patruzeci de ani a celor doi artiști, care simțeau că îi unește un fel de legătură frățească chiar și după război. Am impresia că, pentru tata, Bronisław Gimpel a reprezentat o punte între anii de dinainte de război, neatinși încă de traumă, și perioada postbelică – după pierderea familiei, când singură muzica rămăsese constantă în existența lui.

După război au apărut însă unele obstacole care au trebuit depășite pentru a păstra această prietenie.

Planurile de concerte ale tatălui meu aveau întotdeauna un coeficient de risc, pentru că nimeni nu putea prevedea dacă va putea pleca în Occident, și adesea viza se obținea greu. Pe de altă parte, între anii 1968 și 1976 Gimpel nu a putut veni în Polonia, pentru că în Republica Populară Polonă era considerat *persona non grata*; aceeași soartă au împărtășit-o și mulți alți artiști de origine evreiască, printre care s-a numărat și un alt prieten al tatei, Artur Rubinstein. Cu toate acestea, după anul 1956 au reușit să susțină împreună concerte în Polonia, Italia, Franța, Germania și în America de Sud. Cu câteva excepții, Gimpel și-a respectat cuvântul dat tatei în timpul primei lor întâlniri, din 1934: „De acum voi cânta numai împreună cu tine."

Când tata și-a demonstrat capacitatea managerială în cadrul organizării Concursului Internațional al Cântecului de la Sopot în 1961, Szymon Zakrzewski, de la agenția de impresariat PAGART, i-a cerut să formeze un ansamblu polonez de muzică de cameră. Bineînțeles, tata i s-a adresat imediat lui Gimpel, după care, împreună, au invitat să li se alăture alți trei artiști binecunoscuți. Astfel a apărut Cvintetul Varșovian de Pian, al cărui prim turneu mondial a început la Londra, la Wigmore Hall, în ianuarie 1963. Până în anul 1986, ansamblul a susținut câteva sute de concerte pe toate continentele.

În cvintet, tatăl meu se simțea în elementul său. După experiențele traumatizante din anii războiului nu mai dorea să continue cariera solistică; deși studiile la conservator din anii '30 îl pregătiseră excelent pentru un asemenea rol, după 1950 a susținut doar câteva concerte în calitate de solist. Atunci când, după anul 1956, Cortina de Fier a fost puțin ridicată, a putut călători din nou în străinătate, dar nu a concertat ca solist, ar fi fost prea obositor pentru el; ulterior a declarat că prezența altor muzicieni pe scenă îi dădea forță. Pot foarte bine să-mi imaginez că nu reușea să suporte singurătatea unui concert ca solist: după ani de însingurare trăiți într-un oraș ruinat de război nu voia să călătorească de unul singur prin lume. Cvintetul Varșovian de Pian a susținut ultimul concert la Hamburg, în 1986.

Deși tatăl meu credea că nimeni nu va fi interesat de povestea lui sau a familiei sale, mai ales după ce prietenul său Artur Rubinstein a încercat fără succes să-i găsească un editor în anii '70, cartea despre experiențele sale din război a devenit un bestseller imediat după apariția edițiilor germană, engleză și americană în anul 1998. Înainte să moară, pe 6 iulie 2000, a putut afla despre succesul și importanța acestui demers.

În contextul publicării cărții am reușit, pentru prima oară, să vorbesc serios cu tata despre întâmplările trăite de el în anii războiului. Am discutat cu el și despre planurile de popularizare a creațiilor sale muzicale. Cu o plăcere extraordinară am produs primul lui disc solo, mai ales după ce petrecuserăm foarte mult timp încercând să alegem piesele. Mai târziu, în 2001, am colaborat cu marile case internaționale de discuri SONY Classical și Boosey & Hawkes la realizarea, cu mult succes, a discurilor solo cu înregistrările originale ale tatei, ca și la editările lucrărilor sale pentru pian și orchestră.

Grație primei ediții a cărții din 1998, povestea tatălui meu poate fi acum citită în treizeci și opt de limbi de pe glob. Copiii din școlile din Germania, Polonia, SUA și alte țări învață astăzi despre experiențele sale. Filmul lui Roman Polański, adaptarea cinematografică a cărții, fără îndoială unul dintre cele mai importante filme din toate timpurile, a câștigat trei premii Oscar, premiul Palme d'Or la Cannes, zece premii Vulturul Polonez și numeroase alte premii importante.

Așa cum spunea Adrien Brody în timpul ceremoniei de decernare a premiilor Oscar, istoria tatălui meu vorbește despre deznădejdea și dezumanizarea care afectează oamenii în timpul războiului, ea reprezintă un avertisment și arată consecințele unor acțiuni josnice. Nutresc speranța că puterea de influență a acestei cărți va crește, astfel încât să reprezinte o voce importantă în sprijinul păcii.

Andrzej Szpilman

Prefața
din anul 2000

Până încă nu demult, tatăl meu evita discuțiile legate de experiențele sale din timpul războiului. Cu toate acestea, ele m-au însoțit încă de când eram copil: din această carte, pe care am găsit-o în biblioteca de acasă când aveam doisprezece ani, am aflat de ce nu am bunici din partea tatălui și de ce la noi acasă nu se pomenea niciodată despre asta. Pe atunci, această carte m-a ajutat să aflu o parte necunoscută a istoriei familiei noastre... Dar am continuat să nu discutăm pe această temă. Poate tocmai din acest motiv a scăpat atenției mele faptul că experiențele tatălui meu puteau să mai intereseze pe cineva. Că are sens să public această carte m-a convins prietenul meu, marele poet german Wolf Biermann, care m-a făcut să-mi dau seama de valoarea ei documentară deosebită.

Locuiesc de mulți ani în Germania și observ tăcerea dureroasă care domină relațiile dintre evrei, germani și polonezi. Am speranța că această carte va contribui la vindecarea rănilor încă deschise.

Tatăl meu, Władysław Szpilman, nu este scriitor. Este pianist, compozitor și figură activă a vieții culturale.

Este „un om în care sălășluiește muzica“, așa cum se spunea cândva.

A studiat pianul la Academia de Arte din Berlin, la clasa lui Artur Schnabel, și compoziția la clasa lui Franz Schreker.

După preluarea puterii de către Hitler, în anul 1933, s-a întors la Varșovia și s-a angajat ca pianist la Radio Polonia. Până în anul 1939 a compus muzică simfonică și de film, precum și cântece, dintre care multe au devenit șlagăre. Încă înainte să izbucnească războiul a concertat cu violoniști de renume mondial: Bronisław Gimpel, Henryk Szeryng, Ida Haendel și Roman Totenberg.

După anul 1945, a continuat să activeze ca pianist și interpret de muzică de cameră. A compus noi lucrări simfonice, dar și aproximativ o mie de melodii, dintre care este suficient să amintesc *Ploaia*, *Anii aceia nu-i dă nimeni înapoi*, *Nu există fericire fără dragoste*, *Nu cred în cântec*, *Autobuzul roșu*, *Tăcerea nopții*, *Va veni vremea*, *Mâine va fi o zi bună*.

A compus peste cincizeci de cântece pentru copii, muzică pentru numeroase programe radiofonice, pentru filme, ca și bine-cunoscutul semnal al Cronicii Cinematografice Poloneze.

În această perioadă a fost membru al conducerii ZAiKS (Asociația Autorilor și Compozitorilor din Polonia), al Uniunii Compozitorilor din Polonia, a reactivat ZAiKS sub denumirea ZAKR și a fost inițiator și coorganizator al Festivalului Internațional al Cântecului de la Sopot.

Până în anul 1963 a condus Redacția de Muzică Ușoară din cadrul Radio Polonia. A renunțat la acest post pentru a se dedica activității concertistice a Cvintetului Varșovian de Pian, înființat împreună cu Bronisław Gimpel și Tadeusz Wroński, cvintet cu care a susținut peste două mii de concerte în săli din întreaga lume.

Tatăl meu a scris această carte imediat după război, în anul 1945. Prima ediție, mutilată și ciuntită de cenzură, a apărut în 1946. Cu toate acestea, cred că ea și-a îndeplinit misiunea, căci l-a ajutat să se elibereze de coșmarul trăirilor din perioada războiului și a făcut posibilă revenirea lui la o viață normală.

La începutul anilor '60, câteva edituri au încercat să publice cartea pentru noile generații de cititori. Din rațiuni necunoscute, dar în același timp bine cunoscute, încercările nu au fost încununate de succes. Fără îndoială că cei răspunzători pentru acest fapt au avut motivele lor.

După mai bine de cincizeci de ani, cartea a fost republicată, mai întâi în Germania. Acolo a ocupat imediat o poziție importantă, devenind unul dintre cele mai valoroase documente referitoare la evenimentele ultimului război. *Der Spiegel*, cea mai serioasă revistă germană, i-a dedicat opt pagini. Apoi s-a aflat pe listele celor mai bune cărți ale anului 1999 ale unor publicații precum *Los Angeles Times*, *The Times*, *The Economist* sau *The Guardian*.

Acum este publicată în Polonia. Este o ediție substanțial modificată și completată în comparație cu cea din 1946. Beneficiază de o importantă postfață a lui Wolf Biermann, care conține numeroase informații privind epilogul evenimentelor descrise în carte.

Fragmentele din cutremurătorul jurnal al căpitanului Wehrmacht Wilm Hosenfeld, incluse în această ediție, conferă cărții o nouă calitate. Ele contrazic teza dominantă în Germania, conform căreia societatea germană nu a știut nimic despre crimele săvârșite de armata hitleristă pe teritoriul Poloniei și al altor țări aflate sub ocupație. Totodată, acțiunile eroice ale acestui german depun mărturie că existau posibilități individuale de a se opune regimului nazist.

Introducând fragmentele respective în ediția de față, m-am condus după dorința, obligația chiar, de a împiedica căderea în uitare a figurii lui Wilm Hosenfeld.

Andrzej Szpilman

1
Războiul!

La 31 august 1939, în Varșovia nu mai era aproape nimeni care să creadă că războiul cu Germania mai putea fi evitat, și doar optimiștii incorigibili erau convinși că Hitler se va speria de atitudinea categorică a Poloniei. Optimismul altora era expresia unui fel de oportunism, a convingerii, lipsite de orice logică, că nu se va ajunge la izbucnirea războiului și că se va putea trăi în continuare în pace; în fond, viața era atât de frumoasă.

Noaptea, orașul trebuia să respecte camuflajul cu mare strictețe. În case, lumea își etanșeiza cum putea camerele alese drept adăposturi în caz de atacuri chimice. De gaze se temeau toți cel mai mult.

În același timp, dincolo de ferestrele acoperite ale cafenelelor și barurilor, cântau orchestre, oamenii dansau, beau și se îmbărbătau patriotic cântând cântece de luptă. Necesitatea de a astupa ferestrele, de a purta măști de gaze pe umăr și întoarcerile noaptea cu taxiul pe străzile care arătau acum diferit dădeau vieții un farmec aparte, cu atât mai mult cu cât nu se simțea încă nici o amenințare.

Pe atunci locuiam împreună cu părinții, surorile și fratele meu pe strada Śliska și lucram ca pianist la Radio Polonia. În acea zi de august mă întorsesem târziu acasă și, obosit, m-am dus direct la culcare. Apartamentul nostru se afla la etajul al treilea, lucru care își avea părțile lui bune: praful și mirosurile străzii rămâneau jos, în vreme ce sus, prin ferestrele deschise, pătrundeau dinspre Vistula adieri de aer proaspăt. M-au trezit din somn ecourile exploziilor. Se crăpa de ziuă. M-am uitat la ceas: era șase. Exploziile nu erau prea puternice și părea că zgomotul lor răzbătea de la distanță, în orice caz de dincolo de marginile orașului. Erau cu siguranță exerciții de luptă, ne obișnuiserăm cu ele de câteva zile. După câteva minute s-a așternut liniștea. M-am gândit să mă culc la loc, dar deja se luminase. Prin urmare, m-am hotărât să citesc până la micul dejun.

Se făcuse cam ora opt, când ușa camerei mele se deschise brusc. În prag stătea mama, îmbrăcată de parcă ar fi trebuit să plece imediat în oraș. Era mai palidă ca de obicei și nu și-a ascuns nemulțumirea văzând că eram încă în pat. A deschis gura, ca și cum ar fi vrut să spună ceva, dar cuvintele i s-au oprit în gât și a trebuit să tragă adânc aer în piept. În cele din urmă a spus grăbit, iritată:

— Ridică-te din pat, a izbucnit războiul!

Am hotărât să merg imediat la Radio, unde aveam să-mi întâlnesc prietenii și să pot afla și cele mai noi vești.

M-am îmbrăcat, am mâncat și am ieșit din apartament. Pe zidurile caselor și pe stâlpii de publicitate erau lipite afișe mari cu mesajul președintelui către națiune, în care eram informați despre atacul nemților asupra Poloniei. Unii oameni le citeau adunați în grupuri, alții însă alergau nervoși în diverse direcții, vrând probabil să-și rezolve problemele cele mai importante, dar și pe cele amânate. În magazinul din colț, aproape de casa noastră, proprietara lipea benzi de hârtie albă pe geamuri, care ar fi trebuit să împiedice spargerea lor în cazul unor bombardamente.

În timpul acesta, fiica ei decora farfuriile cu salată, șuncă și cârnați cu stegulețe și mici portrete ale eroilor naționali. Pe străzi alergau necontenit vânzători de ziare, care fluturau ediții speciale. Nu se simțea nici o panică. Starea de spirit oscila între curiozitatea pentru ce va rezulta din toate acestea și uimirea că lucrurile luaseră o asemenea întorsătură.

În fața unuia dintre stâlpii cu afișe se oprise un bărbat cărunt, proaspăt bărbierit și îmbrăcat îngrijit, elegant, cu gâtul și fața roșii de enervare. Citea anunțul, dând neîncrezător din cap, apoi citea mai departe, potrivindu-și ochelarii pe nas. A zis câteva cuvinte, cu indignare:

— Au atacat... fără avertisment...

A privit spre oamenii din jur, curios să le vadă reacția, a ridicat o mână, și-a îndreptat ochelarii și a strigat:

— Asta e o porcărie!

O clipă mai târziu, mergând deja și neputând însă să se calmeze, mormăia pe sub mustăți, ridicând din umeri:

— Nu, așa ceva nu se face...

Parcurgerea drumului până la Radio, deși locuiam foarte aproape, s-a dovedit a fi o întreprindere deloc ușoară, care mi-a luat de două ori mai mult timp decât de obicei. Eram cam pe la jumătatea distanței, când a răsunat alarma din difuzoarele prinse de felinarele de pe străzi și deasupra intrărilor în magazine, ca și din cele puse la ferestrele caselor. Apoi s-a auzit glasul crainicului: „Alarmă pentru orașul Varșovia! Atenție, atenție, se apropie...", după care a urmat o serie de cifre și litere ale alfabetului în cod militar, care suna în urechile populației civile ca o incantație tainică. Oare cifrele însemnau numărul de avioane în zbor? Iar literele semnificau, poate, locurile unde aveau să cadă în curând bombe? Oare se număra printre ele și acela unde tocmai ne aflam?

Strada s-a golit imediat. Femeile se grăbeau înspăimântate spre subsoluri. Bărbații, nevrând să se adăpostească în ele, stăteau la porțile caselor și-i înjurau pe nemți, demonstrându-și curajul, dar și furia împotriva guvernului care decretase mobilizarea generală în mod ineficient și cu întârziere. Pe străzile pustii, parcă moarte, se auzeau doar certurile dintre membrii apărării antiaeriene și cei care refuzau să se adăpostească și, din motive doar de ei știute, apăreau din porțile clădirilor și încercau să se strecoare de-a lungul zidurilor. Puțin mai târziu s-au auzit din nou explozii, dar nici de data asta nu păreau a fi prea aproape.

Am reușit să ajung la clădirea Radioului în momentul în care a răsunat alarma a treia oară. Însă nimeni dintre cei de-acolo nu se gândea să coboare de fiecare dată în adăpostul antiaerian.

Transmisia era dată peste cap, iar când se reușea în cea mai mare grabă să se improvizeze ceva, era din nou întreruptă, căci soseau știri noi și importante de pe front sau informații politice, care erau transmise fără întârziere, ilustrația muzicală făcându-se cu marșuri militare sau cu imnul național. Pe coridoare se instalase haosul. Printre oameni, unii erau încrezători și aveau o stare de spirit războinică.

Un angajat, chemat sub arme, venise să-și ia rămas-bun de la colegi și să-și arate uniforma nouă. Probabil își imaginase că toți îl vor înconjura și va avea loc o scenă impresionantă de despărțire. A trăit însă o dezamăgire: nimeni nu avea timp să-i acorde atenție. Stătea acolo, oprindu-și colegii care treceau în grabă, încercând să-și poată realiza măcar în parte programul său de „despărțire de viața civilă", despre care ar fi putut să le povestească mai târziu nepoților. Nu bănuia atunci că, două săptămâni mai târziu, nimeni nu avea să aibă timp nici măcar să-i cinstească memoria venind la înmormântarea lui.

În fața studioului m-a prins de mânecă un bătrân pianist de la Radio, profesorul Ursztein. De ani de zile măsura timpul în acompaniamentele de pian, așa cum orice alt om îl măsoară în zile și ore. Atunci când profesorul încerca să se întoarcă undeva în trecut, oriunde, în amintirile sale, întotdeauna începea de la cuvintele „Pe atunci cântam..." și când reușea în acest fel să găsească acompaniamentul respectiv după data la care avusese loc, ca o bornă kilometrică la margine de drum, îngăduia memoriei sale să descrie cercuri tot mai largi, pentru a cuprinde și alte amintiri, mai puțin importante și mai îndepărtate.

Acum stătea în fața studioului, confuz și dezorientat: cum va arăta acest război, fără acompaniament la pian?

— Nimeni n-a putut să-mi spună – a început să se plângă – dacă voi lucra azi ...

După-amiază s-a dovedit că vom lucra, fiecare la pianul lui. Emisiunile muzicale, deși într-o altă ordine decât cea programată inițial, urmau să aibă loc, totuși.

Între timp se apropiase vremea prânzului și unora dintre noi li se făcuse foame. Am plecat așadar de la Radio ca să mâncăm ceva într-un restaurant din apropiere.

Orașul arăta de parcă nimic nu s-ar fi întâmplat. Pe arterele principale traficul era intens. Magazinele erau deschise și, pentru că primarul îndemnase populația să nu facă rezerve, fiindcă, în opinia lui, acestea erau inutile, nimeni nu făcea coadă. Vânzătorii stradali vindeau cu mare succes o jucărie din hârtie reprezentând un porc, care, după ce era despăturită coala într-un mod ingenios, se transforma în figura lui Hitler.

Cu greu am găsit o masă la restaurant. Multe feluri de mâncare, pe care le putuserăm comanda întotdeauna, acum lipseau. Celelalte se scumpiseră simțitor. Speculanții își începuseră deja în mod clar activitatea.

Discuțiile se axau mai ales pe intrarea în război a Franței și a Marii Britanii, așteptată peste puțin timp. Cu excepția câtorva pesimiști incorigibili, toți erau de părere că acest lucru avea să se întâmple în decursul următoarelor ore sau chiar minute. Unii chiar credeau că și americanii urmau să declare război Germaniei. Argumentele invocate în acest caz se bazau pe experiența dobândită în războiul precedent și sunau de parcă acela fusese declanșat la vremea respectivă numai ca să se știe cum trebuia luptat de data asta.

Franța și Anglia au intrat în război abia pe 3 septembrie.

În ziua aceea, deși ceasul arăta deja ora unsprezece, eram încă acasă. Lăsaserăm radioul să meargă tot timpul, ca să nu ne scape nici una dintre știrile de ultimă oră. Totuși, comunicatele de pe front nu erau pe măsura așteptărilor. La drept vorbind, cavaleria noastră pătrunsese în Prusia de Est, iar avioanele noastre bombardau pozițiile de luptă germane, dar cu toate acestea armata poloneză trebuia să se retragă tot timpul din teritoriile deja ocupate, din pricina superiorității militare a inamicului. Cum era posibil acest lucru, câtă vreme propaganda noastră de război ne spusese că nemții aveau avioane și tancuri din carton, ce funcționau cu benzină sintetică, care nu era bună nici la încărcatul brichetelor? Multe avioane germane fuseseră deja doborâte deasupra Varșoviei și martori oculari povestiseră că au văzut cadavrele aviatorilor inamici în uniforme și ghete din hârtie. Cum putea o bandă atât de jigărită să ne oblige să ne retragem? Nimeni nu putea înțelege așa ceva.

Mama se învârtea prin salon, tata exersa la vioară, iar eu citeam ceva, așezat în fotoliu, când o emisiune oarecare a fost întreruptă și crainicul a anunțat că urma să fie transmisă o știre de importanță majoră. M-am apropiat de aparatul de radio, împreună cu tata, în timp ce mama s-a repezit afară din încăpere să-i cheme pe fratele meu și pe cele două surori ale mele. Din difuzor răsunau sunetele unui marș militar, după care comunicatul a fost repetat și iar am fost obligați să ascultăm marșuri, pentru ca, puțin mai târziu, crainicul să anunțe din nou că urmează să fie transmisă o știre importantă. Tensiunea devenise de-a dreptul insuportabilă, când răsună imnul nostru național și, imediat după el, cel britanic. Apoi am aflat că nu mai eram singuri în lupta cu dușmanul, că aveam un aliat puternic și că precis urma să câștigăm războiul, chiar dacă desfășurarea acestuia avea să fie schimbătoare sau nefavorabilă nouă la un moment dat.

Este greu de descris emoția care ne-a cuprins atunci. Mama avea lacrimi în ochi, tata pur și simplu plângea cu suspine, iar Henryk, fratele meu, a profitat de situație ca să-mi fluture mâna pe sub nas, într-un gest victorios, și să strige surescitat:

— Vezi? Am spus doar!

Regina era însă de părere că într-un asemenea moment nu era cazul să te contrazici. Stătea între noi și a spus calm:

— Încetați! Toți am știut că așa va fi...

Și, după o clipă, a adăugat:

— Asta rezulta din tratatele internaționale.

Regina era avocat, prin urmare o autoritate în asemenea chestiuni. Nu avea sens să mai discutăm.

Halina își concentra atenția asupra aparatului de radio, încercând să prindă postul britanic: se decisese să caute informații direct de la sursă.

Ambele mele surori erau cele mai calme din întreaga familie. Pe cine moșteneau? Dacă moșteneau într-adevăr pe cineva, atunci sigur aceea era mama, dar acum chiar și ea, în comparație cu ele, făcea impresia unei persoane impulsive.

Patru ore mai târziu, și Franța declara război Germaniei. După-amiază tata s-a hotărât să participe la manifestația care urma să aibă loc în fața sediului Ambasadei Marii Britanii. Mama nu voia să-l lase, dar el o ținea pe-a lui. Mai târziu, s-a întors acasă foarte agitat, înfierbântat și cu hainele mototolite. Ne-a povestit că-i văzuse acolo pe ministrul polonez al afacerilor externe, dar și pe ambasadorii Angliei și Franței. Ovaționase și, împreună cu alții, cântase până în momentul în care, brusc, li s-a cerut să se îndrepte cât mai repede spre casă, din pricina pericolului unui atac aerian. Mulțimea a dat curs acestei solicitări cu atâta frenezie, încât puțin a lipsit ca tata să nu fie sufocat. În ciuda acestor experiențe, era mulțumit și binedispus.

Din păcate, bucuria noastră a durat puțin. Comunicatele de pe front erau tot mai alarmante. În dimineața zilei de 7 septembrie, cineva a bătut puternic la ușa noastră. Era vecinul de vizavi, medic, încălțat cu cizme militare înalte, purtând o șapcă de sportiv și o scurtă de vânătoare și având un rucsac aruncat pe umăr. Era foarte grăbit, dar considerase că era de datoria lui să ne înștiințeze că nemții se apropiau deja de Varșovia, că guvernul nostru se retrăsese la Lublin și toți bărbații trebuiau să părăsească orașul, pentru a ajunge pe malul celălalt al Vistulei, unde urma să fie organizată o nouă linie de apărare.

La început, nici unul dintre noi n-a vrut să-i dea crezare. M-am hotărât să-i întreb și pe ceilalți vecini ai noștri dacă știau ceva. Henryk a dat drumul la radio, cu toate acestea în eter domnea liniștea. Postul amuțise.

Nu am reușit să găsesc prea mulți vecini de la care să pot afla ceva. Cele mai multe apartamente erau încuiate, în altele însă femeile își pregăteau soții și frații de drum, plângând și așteptându-se la tot ce era mai rău. Nu mai rămânea nici o îndoială că doctorul spusese adevărul.

M-am decis imediat să rămân. Nu vedeam nici un sens în a mă plimba de colo până colo. Dacă soarta voia să mor, mai bine să se întâmple în casa noastră. În afară de asta – mă gândeam – cineva trebuia să aibă grijă de mama și de surorile mele, dacă tata și Henryk aveau să plece. Când am discutat cu toții, s-a dovedit că și ei se hotărâseră să rămână.

Mama a încercat să ne convingă să fugim din oraș, din sentimentul datoriei. Se uita nervoasă la noi, cu ochii larg deschiși, și tot căuta noi argumente cu care să ne convingă să părăsim orașul. Când însă și-a dat seama că nu este în stare să ne înfrângă rezistența, chipul ei frumos, plin de expresivitate, a trădat un sentiment de ușurare și mulțumire; întâmplă-se ceea ce trebuia să se întâmple, dar mai bine să fim cu toții împreună.

Am așteptat să se facă ora opt și, când abia se întuneca, am hotărât să merg în oraș. Varșovia se schimbase, era de nerecunoscut. Cum era posibil să se fi transformat atât în decursul a doar câteva ore?

Toate magazinele erau închise, tramvaiele nu mai circulau, și doar mașinile, supraîncărcate, treceau în mare viteză pe străzi, toate în aceeași direcție, spre podul Poniatowski. Pe strada Marszałkowska mărșăluia un detașament de soldați. Mergeau țanțoș, cântând, cu toate acestea se putea remarca la ei o atitudine nemaivăzută până atunci: chipiurile erau puse în dezordine, fiecare dintre ei purta carabina așa cum îi era comod, mărșăluiau inegal, iar fețele lor trădau faptul că mergeau să lupte fiecare pe cont propriu și că nu mai erau de mult parte a unei mașinării precise, care funcționează perfect, așa cum ar trebui să fie o armată bine organizată. Două femei tinere aruncau spre ei, de pe trotuar, flori roz de ochiul-boului, strigând din când în când ceva, transportate de emoție. Nimeni nu dădea atenție acestui lucru. Oamenii se grăbeau și se putea ghici că aveau să se îndrepte spre malul drept al Vistulei. Mai aveau de rezolvat câteva ultime probleme și se temeau că nu vor reuși până la atacul decisiv al Germaniei. Și ei arătau altfel decât în seara de dinainte. Și doar Varșovia fusese un oraș atât de elegant! Unde dispăruseră deodată bărbații și femeile acelea, îmbrăcați ca și cum ar fi coborât din paginile jurnalelor de modă? Cei care se îndreptau astăzi în diferite direcții arătau de parcă ar fi fost costumați în turiști sau vânători. Cu cizme înalte, militare, sau bocanci de schi, pantaloni de schi, cu basmale pe cap, încărcați cu baloturi sau rucsacuri, cu bastoane în mână, îmbrăcați neglijent, în grabă, evident fără să-și fi dat osteneala să arate cât de cât civilizat.

Străzile, ieri încă atât de curate, astăzi erau pline de gunoaie și murdărie. Pe una dintre aleile laterale, pe borduri, pe trotuar și pe carosabil erau așezați sau întinși soldați întorși direct de pe front. Pe chipurile lor, în atitudinea și în gesturile lor se vedeau o uriașă epuizare și demoralizare. Încercau să arate, demonstrativ, ca oamenii din jurul lor să nu aibă nici o îndoială că, dacă ei se află aici, și nu pe front, aceasta este numai din cauză că nimic nu mai avea sens, că totul era fără speranță. Oamenii care stăteau în apropiere în mici grupuri își transmiteau unul altuia veștile de pe câmpul de luptă, auzite de la soldați: acestea erau descurajante.

În mod instinctiv, am început să mă uit în jur, căutând difuzoare. Poate fuseseră date jos? Nu. Erau în continuare la locul lor, dar amuțiseră.

M-am grăbit atunci spre Radio. De ce nu se dădeau nici un fel de știri? De ce nimeni nu încerca să le insufle oamenilor curaj, ca să-i oprească din fuga aceea colectivă? Clădirea Radioului era însă închisă. Conducerea părăsise orașul și doar casierii, în cea mai mare grabă, plăteau angajaților și artiștilor salariul pe trei luni.

— Ce facem acum? l-am întrebat, prinzându-l de braț, pe un funcționar superior.

S-a uitat la mine cu o privire absentă, în care se citea disprețul amestecat cu indignarea. În cele din urmă s-a smucit din strânsoarea mea.

— Cui îi pasă? a strigat la mine, ridicând din umeri și a fugit în stradă, trântind ușile cu furie.

La asta n-am mai rezistat. Nimeni nu încerca să împiedice oamenii să fugă. Difuzoarele de pe stâlpii felinarelor erau mute. Nimeni nu curăța murdăria de pe străzi. Murdărie? Panică? Sau rușinea că pe străzile acelea lumea fuge, în loc să lupte pentru ele?

Nimeni nu mai putea reda orașului demnitatea pierdută.

Aceasta era imaginea unei catastrofe. M-am întors acasă cu inima frântă. A doua zi, seara, unul dintre primele proiectile ale artileriei germane a lovit depozitul de lemne aflat vizavi de casa noastră. Primele au căzut geamurile lipite cu grijă cu benzi de hârtie albă ale magazinului din colț, aflat nu departe de casa noastră.

2
Primii nemți

Din fericire, zilele următoare au adus o ameliorare considerabilă a situației. Orașul a fost declarat fortăreață și a fost desemnat un comandant care a făcut un apel la populație, îndemnând-o să rămână în oraș și să se pregătească pentru apărare. Peste Bug se organiza deja contraatacul trupelor poloneze, iar misiunea noastră era de a opri principalele forțe ale inamicului în fața Varșoviei, până când armata avea să fie pregătită să ne vină în ajutor. Și în interiorul Varșoviei lucrurile stăteau mai bine: proiectilele artileriei germane nu mai cădeau peste oraș.

În schimb, raidurile aeriene erau mai intense. Nu mai existau însă alarme aeriene. Atacurile paralizaseră orașul de prea multe ori și perturbaseră pregătirile pentru apărarea acestuia. Aproape la fiecare oră apăreau sus, pe cerul neobișnuit de albastru al acelei toamne, profilurile argintii ale avioanelor și norișorii albi, de fum, ai proiectilelor apărării noastre antiaeriene, care explodau în jurul lor. Atunci trebuia să te ascunzi imediat în adăpost. Nu mai era de glumă: podelele și pereții adăposturilor vibrau când cădeau bombe și, dacă o bombă nimerea o casă în a cărei pivniță se adăpostise cineva, asta însemna moarte sigură: glonțul mortal din acea ruletă rusească a distrugerii. Prin oraș ambulanțele goneau fără încetare; când acestea nu erau suficiente, erau suplimentate cu taxiuri, ba chiar cu căruțe obișnuite, trase de cai, pentru a transporta răniții și morții scoși din ruine.

Starea de spirit a oamenilor era bună, entuziasmul creștea de la o oră la alta. Nu mai eram ca atunci, pe 7 septembrie, la bunul plac al sorții. Formaserăm o armată organizată, aveam propriii comandanți, dispuneam de muniție și urmăream un scop: apărarea orașului, și numai de noi depindea succesul sau eșecul. Trebuia să depunem toate eforturile.

Generalul comandant a apelat la populație să participe la acțiunea de săpare a unor șanțuri de apărare în jurul orașului, menite să îngreuneze înaintarea tancurilor germane. Toți s-au oferit voluntari. La noi, numai mama a rămas acasă, pentru a avea grijă de gospodărie și ca să ne facă de mâncare.

Am săpat la periferia orașului, de-a lungul unuia dintre dealurile din Wola. În spatele nostru se întindea un cartier frumos de vile, în fața noastră era însă un crâng. Munca aceasta mi-ar fi făcut chiar plăcere, dacă nu ne-ar fi urmărit și aici bombele. Ce-i drept, nu cădeau prea aproape, dar nu mă simțeam tocmai bine auzind șuieratul lor și fiind conștient că una dintre ele putea să ne nimerească.

În prima zi, lângă mine muncea un evreu bătrân, în caftan și cu yarmulka. Săpa cu o ardoare biblică, se arunca asupra cazmalei ca asupra unui duşman de moarte; cu spumă la gură, cu o faţă cenuşie de oboseală, acoperită de transpiraţie, tremurând, cu spasme ale muşchilor încordaţi. Săpa şi scrâşnea din dinţi – un vârtej de caftan negru cu barbă. Munca, peste puterile lui, făcută cu înverşunare, nu dădea nici un rezultat vizibil. Cazmaua abia pătrundea cu vârful în pământul tare, iar bulgării scoşi în felul acesta cădeau înapoi în şanţ, înainte ca el să reuşească să-i arunce peste marginea lui. Se sprijinea din când în când de peretele de pământ şi tuşea, horcăind. Palid ca un mort, bea ceaiul de mentă pe care femeile bătrâne, care nu mai puteau săpa, dar voiau să se facă utile, îl aduceau – ca să mai prindă putere cei care munceau.

— Este prea greu pentru dumneavoastră, i-am spus în timpul uneia dintre pauze. Ar trebui să vă opriţi, dacă nu mai aveţi putere.

Mi-era milă de el şi am încercat să-l conving să renunţe. Era limpede că o asemenea muncă era peste puterile lui.

— Doar nu vă obligă nimeni…

S-a uitat la mine, respirând greu, apoi a ridicat privirea spre cer, pe albastrul căruia continuau să plutească norişorii albi lăsaţi de proiectilele rupându-se în bucăţi, iar în privirea lui se putea observa o expresie de fericire, de parcă în clipa aceea, la orizont, ar fi apărut Iehova în toată splendoarea lui.

— Am un magazin, a şoptit el.

A tras adânc aer în piept, a suspinat, disperarea se citea pe chipul lui, şi, cu un efort nebunesc, s-a aruncat iar asupra cazmalei.

Două zile mai târziu nu mai făceam această muncă. Aflasem că Radioul și-a reluat activitatea sub conducerea unui nou director – Edmund Rudnicki, fost șef al redacției muzicale. El nu fugise, ca alții. Strângea angajații împrăștiați care încotro pentru a reporni emisia. Ajunsesem la concluzia că sunt mai potrivit acolo decât la săpatul șanțurilor. Așa s-a și întâmplat: cântam mult, atât ca solist, cât și ca acompaniator.

În timpul acesta, condițiile de viață din oraș începuseră să se înrăutățească vizibil, ca să nu spun invers proporțional cu dârzenia tot mai mare a populației civile.

Artileria germană a reînceput bombardarea orașului, la început a suburbiilor, apoi a centrului. Se vedeau tot mai multe case fără ferestre, cu urme de proiectile sau cu zidurile ciuruite de schije. Nopțile, cerul era roșu de la incendii, iar aerul greu din cauza fumului. Hrana era pe sfârșite. Era singura privință în care dârzul primar Starzyński nu avusese dreptate: n-ar fi trebuit să sfătuiască oamenii să nu-și facă provizii. Orașul trebuia acum să-și hrănească nu numai locuitorii, ci și soldații prinși în el – Armata „Poznań", care venise spre Varșovia, pentru a întări apărarea acesteia.

În jurul datei de 20 septembrie, ne-am mutat toți din apartamentul de pe strada Śliska la niște prieteni, pe strada Pańska. Aceștia locuiau la primul etaj. Etajele inferioare păreau a fi mult mai puțin amenințate și ne-am zis că nu va fi necesar să coborâm la subsol în timpul atacurilor. Tuturor ne era frică de adăposturile antiaeriene, cu aerul lor greu, irespirabil și cu tavanele joase, care dădeau impresia că se vor prăbuși într-o clipă, îngropând totul sub dărâmăturile clădirii cu mai multe etaje. Nici în apartamentul de la etajul trei, unde locuiserăm noi, nu ne simțiserăm mai bine: prin ferestrele fără geamuri auzeam șuieratul proiectilelor, și oricare dintre ele ar fi putut să ne nimerească. Am ales așadar primul etaj al prietenilor noștri, chiar dacă mai mulți oameni se adăposteau deja la ei și de înghesuială trebuia să dormim pe podea.

În timpul acesta, asediul Varșoviei se sfârșea.

Îmi era tot mai greu să ajung la Radio. Pe străzi, pretutindeni se aflau cadavre, iar toate cartierele orașului erau în flăcări și de multă vreme nu mai putea fi vorba de stingerea incendiilor, mai ales că artileria inamică avariase conductele de apă. Munca în studio presupunea un mare pericol. Tunurile germane țin-teau toate obiectivele importante din oraș și, când crainicul anunța un program, se întețeau imediat salvele de artilerie trase asupra radiodifuziunii.

Teama isterică de sabotaj a populației ajunsese în acest timp la paroxism. Oricine putea fi suspectat de spionaj și împușcat imediat, până să se lămurească lucrurile.

La etajul al patrulea al clădirii în care ne mutaserăm locuia o femeie vârstnică, o profesoară de muzică. Avea ghinion: se numea Hoffer și era neînfricată. Curajul ei însă ar trebui considerat o extravaganță. Nu exista raid aerian care să o facă să intre în adăpost și să renunțe la exercițiile la pian din fiecare dimineață, care durau două ore. Cu încăpățânarea care o caracteriza, hrănea de trei ori pe zi păsările pe care le ținea pe balcon, în colivii. Un asemenea mod de viață într-o Varșovie asediată părea ciudat. Femeile din toată clădirea, care se strângeau în fiecare zi la ședințe politice la portar, considerau acest lucru din cale-afară de suspect. După îndelungi dezbateri, au ajuns la concluzia că profesoara cu un nume care suna cu siguranță a nume străin era nemțoaică și că trimitea semnale aviației dușmane unde să lanseze bombele prin cântatul ei la pian, care precis era un cod secret. Și, până să ne dezmeticim, femeile acelea înfuriate au dat buzna în locuința bătrânei ciudate, au dus-o la parter și au închis-o într-una din pivnițe, cu tot cu păsările sale, care constituiau dovada activității ei de spionaj. Vrând-nevrând, în felul acesta i-au salvat viața: câteva ore mai târziu apartamentul i-a fost complet distrus de unul dintre proiectilele căzute.

Pe 23 septembrie am cântat pentru ultima oară în fața microfoanelor de la Radio Polonia. Nici eu nu știu cum am ajuns atunci în studio. M-am furișat de la o intrare la alta, m-am oprit puțin și apoi am alergat mai departe, când nu auzeam șuierat de bombe în imediata apropiere. La ușă l-am întâlnit pe primarul Starzyński. Era îmbrăcat neglijent, nebărbierit, iar pe chipul lui se citea o oboseală de moarte. Nu dormise de multe zile, era sufletul apărării și eroul orașului. Pe umerii lui apăsa responsabilitatea pentru soarta Varșoviei. Se afla peste tot: controla primele linii din tranșee, supraveghea construirea baricadelor, se ocupa de spitale, de distribuirea corectă a puținelor rezerve de hrană, de organizarea apărării antiaeriene și a pazei contra incendiilor și, cu toate acestea, găsea timp pentru a se adresa populației la radio. Toți așteptau cuvintele lui și își trăgeau din ele optimismul. Nimeni nu avea motive să-ți piardă curajul câtă vreme nu se simțea vreo îndoială în vocea primarului. Situația, de altfel, trebuia să fie nu tocmai disperată. Francezii trecuseră de Linia Siegfried, englezii bombardaseră Hamburgul și în orice clipă era așteptată invadarea Germaniei. Cel puțin așa li se părea tuturor.

În ziua aceea urma să susțin un recital Chopin. Era, așa cum avea să se dovedească mai târziu, ultima transmisiune muzicală în direct a postului Radio Polonia. Bombele cădeau tot timpul în imediata apropiere a studiourilor, iar clădirile din jur erau în flăcări. În zgomotul acela aproape că nu auzeam sunetul propriului pian. După recital, am fost nevoit să aștept două ore, până când focul artileriei a încetat, ca să pot pleca spre casă. Părinții, surorile și fratele erau îngroziți că mi se întâmplase ceva și m-au întâmpinat ca și cum m-aș fi întors de pe lumea cealaltă. Numai fata care ne ajuta în casă credea că tot zbuciumul acela fusese inutil. Și ne-a și explicat: „Doar avea actele la el, ar fi fost adus acasă..."

Tot în ziua aceea, puțin după ora trei, postul radio a amuțit. Se transmitea o înregistrare a *Concertului pentru pian în do minor* de Rahmaninov, și tocmai se încheia partea a doua, frumoasă, duioasă, când o bombă germană a lovit centrala electrică. Difuzoarele din oraș n-au mai funcționat. Seara, în pofida focului la fel de înnebunitor al artileriei, am încercat să mai lucrez la compoziția mea *Concertino pentru pian și orchestră*. M-am ocupat de ea până la sfârșitul lunii septembrie, deși îmi era tot mai greu.

După apusul soarelui, m-am aplecat să privesc pe fereastră. Luminată de incendii, strada era goală, numai ecoul exploziilor răsuna din când în când. Pe partea stângă ardea strada Marszałkowska, tot așa, în spatele meu, strada Królewska și Piața Grzybowski, iar drept în față, strada Sienna. Nori grei de fum, sângerii se târau deasupra caselor. Carosabilul și trotuarele erau acoperite de manifestele germane, pe care nu le lua nimeni, pentru că – așa se spunea – erau otrăvite. Sub unul dintre felinare zăceau două trupuri fără viață, unul cu brațele larg deschide, celălalt ghemuit ca și cum ar fi dormit. În fața porții de la intrarea spre clădirea noastră era întins cadavrul unei femei cu capul și un braț desprinse de trup. Lângă ea, o găleată răsturnată. Adusese apă de la fântână. Urmele sângelui său se întindeau într-un șuvoi lung, întunecat, până la rigolă și mai departe, spre o gură de canal acoperită cu un grătar.

Pe strada Żelazna, dinspre strada Wielka, se apropia încet o birjă. Era greu de înțeles în ce mod reușise să ajungă aici și de ce atât calul, cât și vizitiul erau așa de liniștiți, ca și cum nu se petrecea nimic în jurul lor. La intersecția cu strada Sosnowa vizitiul a tras de hățuri, probabil întrebându-se pe unde să o ia mai departe. După o scurtă ezitare, a ales drumul drept, a plescăit din limbă și calul a pornit la trap. Au reușit să parcurgă vreo zece metri, când s-a auzit un șuierat și a răsunat o bubuitură. O strălucire puternică m-a orbit, iar când m-am reobișnuit cu întunericul, trăsura nu mai era. Lemn sfărâmat, resturi de oiște, bucăți de tapiserie și trupurile sfârtecate ale bărbatului și calului zăceau aruncate pe lângă zidurile caselor. Și ar fi putut să cotească spre strada Sosnowa...

Au urmat zilele infernale de 25 și 26 septembrie. Vacarmul exploziilor se amesteca necontenit cu zgomotul avioanelor în picaj, care semăna cu cel făcut de niște burghie electrice. Aerul greu de fum și de praf se strecura în fiecare crăpătură, neîngăduind oamenilor ascunși în pivnițe sau în locuințele aflate cât mai departe de stradă să respire liber.

Nici eu nu știu cum am supraviețuit în cele două zile. Schija unui șrapnel l-a ucis pe omul care era așezat lângă mine în dormitorul prietenilor noștri. Două nopți și-o zi am petrecut împreună cu alte zece persoane, închis într-o toaletă mică. Câteva săptămâni mai târziu, când ne întrebam cum a fost posibil așa ceva, și chiar am încercat să intrăm din nou în toaletă, s-a dovedit că în condiții normale nu ar fi încăput în ea mai mult de opt persoane.

Miercuri, pe 27 septembrie, Varșovia a capitulat. Am avut nevoie de încă două zile ca să mă încumet să merg în oraș. M-am întors acasă distrus: mi se părea că Varșovia încetase să existe.

Strada Nowy Świat se îngustase până la dimensiunea unei poteci strâmte, care trecea printre mormanele de moloz. La fiecare colț trebuia să ocolești baricadele ridicate din tramvaie răsturnate și bucăți de pavaj. Pe străzi se ridicau grămezi de cadavre în stare de descompunere. Populația, lihnită după foamea din timpul asediului, se arunca cu lăcomie asupra hoiturilor de cal aflate peste tot. Ruinele multor clădiri ardeau încă mocnit.

Mergeam chiar pe aleea Jerozolimskie, când, dinspre Vistula, s-a apropiat o motocicletă. Pe ea se aflau doi soldați având pe cap căști de oțel, îmbrăcați în uniforme verzi, necunoscute mie. Aveau fețele late, cu o expresie neroadă, și ochi de culoarea apei. S-au oprit lângă bordură și au chemat un băiat care trecea prin apropiere. Acesta a mers spre ei.

— *Marschallstrasse*! *Marschallstrasse*!

Au repetat cuvântul cu voci groase, aspre. Băiatul a rămas fără glas, cu gura căscată, incapabil să scoată vreun cuvânt.

Soldații și-au pierdut răbdarea. Unul dintre ei a înjurat în barbă, după care a dat disprețuitor din mână, a accelerat și au plecat.

Aceștia erau primii nemți pe care-i vedeam.

Câteva zile mai târziu, pe zidurile Varșoviei apăreau anunțurile comandantului german, în două limbi, prin care promitea populației poloneze de lucru, dar și grija statului german. Un paragraf special era consacrat evreilor, cărora li se garanta respectarea tuturor drepturilor, inviolabilitatea proprietății, precum și siguranță deplină.

3
Tata se înclină în fața nemților

Ne-am întors pe strada Śliska fără speranța că vom găsi locuința noastră așa cum o lăsaserăm. Însă, cu excepția câtorva geamuri sparte, nu lipsea nimic. Ușa era încuiată cu cheia, așa cum o lăsaserăm la plecare, iar înăuntru toate lucrurile noastre, până și cele mai mărunte, se aflau la locul lor. Nici alte clădiri din împrejurimi nu avuseseră de suferit. După câteva zile, când am început să ieșim pe stradă ca să aflăm câte ceva despre prietenii noștri, s-a dovedit că orașul funcționa, în ciuda distrugerilor considerabile suferite. Pierderile s-au dovedit a fi în realitate mult mai mici decât ne așteptaserăm imediat după raidurile aeriene. La început s-a vorbit despre o sută de mii de morți, și toată lumea era profund cutremurată de acest număr, care reprezenta o zecime din populația totală a Varșoviei. Ulterior s-a dovedit că numărul victimelor se ridica la aproximativ douăzeci de mii. Printre acestea se aflau și prietenii noștri, pe care îi văzuserăm în viață cu câteva zile înainte, iar acum zăceau sub dărâmături, sfârtecați de bombe. Doi colegi ai surorii mele Regina muriseră, îngropați sub o casă prăbușită pe strada Koszykowa. Mai târziu, când oamenii treceau prin apropierea acelui loc, trebuiau să-și ducă batista la nas. Prin ferestrele blocate ale pivnițelor și prin găurile din ziduri se degaja mirosul greu a optzeci de cadavre aflate în descompunere, otrăvind aerul din tot cartierul. Pe strada Mazowiecka, unul dintre colegii mei fusese sfâșiat în bucăți de un obuz. Numai datorită faptului că i se găsise capul s-a putut afirma că rămășițele sfâșiate aparțineau celui care fusese cândva un violonist de talent. Erau vești îngrozitoare. Nimic însă nu putea tulbura bucuria noastră aproape animalică, reprimată rușinos de subconștient, că trăiam și că nimic nu ne mai amenința. În acea nouă realitate, tot ceea ce, cu doar o lună în urmă, reprezenta o valoare durabilă, își pierduse importanța. Lucruri care înainte nu meritau o clipă de atenție au ajuns să ocupe un loc nou, important: un fotoliu frumos și comod, o sobă albă de teracotă, pe care puteai să zăbovești cu privirea o clipă, sau scârțâitul podelei care răzbătea din apartamentul de deasupra – semne ale unei vieți normale și ale unei atmosfere tihnite.

Tata a fost primul care s-a apucat din nou de muzică. Ore întregi cânta la vioară, evadând în felul acesta din realitate. Când cineva încerca să-l distragă cu vești rele, asculta îngrijorat, încruntându-se, pentru ca, o clipă mai târziu, cu o expresie deja luminoasă pe chip, să spună: „Dar asta nu dovedește nimic! Oricum Aliații vor fi aici peste o lună.“ Acest răspuns neschimbat la toate întrebările și problemele era atunci modul lui de a se izola de ceea ce era în jur, evadând în lumea muzicii, în care se simțea cel mai bine.

Din păcate, primele informații aduse de cei care reușiseră să-și pornească aparatele de radio cu ajutorul acumulatorilor nu au confirmat optimismul tatei. Nu era bine: francezii nu încercaseră să străpungă Linia Siegfried, englezii nu avuseseră nici o tentativă de a bombarda Hamburgul, ca să nu mai amintim de vreun plan de invadare a Germaniei. În timpul acesta, în Varșovia aveau loc primele razii germane. La început erau făcute prost, ca și cum le-ar fi fost rușine de această nouă metodă de a chinui oamenii. În plus, cei care le făceau nu aveau încă experiență. Mici automobile personale mergeau pe străzi, se opreau pe neașteptate în apropierea evreilor care treceau pe trotuar, iar prin portiera deschisă ieșea o mână, și un deget arătător îndoit chema cu un gest: „*Komm, komm!*" Cei care trecuseră prin asemenea razii povesteau despre primele cazuri de bătăi: pe atunci erau încă suportabile – se limitau mai degrabă la palme, lovituri cu pumnii și cu picioarele. Aceste incidente erau resimțite foarte acut de către cei care le considerau drept ceva insultător și încă nu înțelegeau că ele nu aveau altă semnificație morală decât o lovitură dată de un animal.

La început, indignarea împotriva membrilor guvernului polonez și a conducătorilor armatei, care fugiseră peste hotare, lăsând țara în voia sorții, era mai puternică decât ura față de nemți. Cu amărăciune erau menționate cuvintele feldmareșalului, care anunțase că nu va da dușmanului nici măcar un nasture de la uniformă. Într-adevăr, nu a dat, căci uniforma a luat-o cu el când a fugit din Polonia. Nu au lipsit nici unii care preziceau că de-acum va fi chiar mai bine, deoarece nemții vor pune capăt debandadei din Polonia.

Cu toate că nemții câștigaseră lupta armată împotriva noastră, din punct de vedere politic au început să sufere înfrângeri. O înfrângere categorică au suferit în decembrie 1939, când, la Varșovia, au fost împușcați primii o sută de bărbați nevinovați. În numai câteva ore între polonezi și germani s-a înălțat un zid de ură care nu a mai putut fi doborât niciodată, în pofida bunăvoinței manifestate din partea ocupantului în ultimii ani ai războiului.

Au fost afișate primele dispoziții germane, a căror nerespectare avea să fie pedepsită cu moartea. Cea mai importantă se referea la comerțul cu pâine: oricine va vinde sau cumpăra produse de panificație la un preț mai ridicat decât cel de dinainte de război și va fi prins va primi pedeapsa cu moartea prin împușcare. Această interdicție a făcut o impresie puternică asupra noastră. Mai multe zile nu am mâncat deloc pâine, hrănindu-ne cu cartofi și cu niște preparate pe bază de amidon. Mai târziu, Henryk a observat că pâine, totuși, exista, se cumpăra, iar cumpărătorii nu erau uciși pe loc. Așa că și noi am început să cumpărăm pâine. Interdicția nu a fost niciodată ridicată și, cum toată lumea a cumpărat și mâncat pâine vreme de cinci ani, cât a ținut războiul, ar fi însemnat să fie puse în fapt milioane de sentințe de condamnare la moarte semnate de cancelaria guvernului german de pe teritoriul polonez. A mai trecut mult timp până când ne-am convins că nu decretele nemților erau pentru noi o amenințare reală, ci ceea ce se i putea întâmpla cuiva, absolut pe neașteptate, ca un trăsnet picat din senin, fără să fi fost anunțat de nici cea mai puțin importantă dispoziție.

La puțin timp după aceea au apărut noi decrete, îndreptate cu precădere împotriva evreilor. Nemții au început să se ocupe de proprietățile imobiliare aflate în posesia evreilor. S-a anunțat și că nici o familie nu are dreptul de a deține mai mult de două mii de zloți. Restul economiilor și obiectele de valoare trebuiau depuse la bancă. Desigur, nimeni nu era atât de naiv încât să lase de bunăvoie ceva în mâinile dușmanului. Și noi am hotărât să ascundem totul, chiar dacă întreaga noastră avuție era alcătuită din ceasul de buzunar de aur al tatei și cinci mii de zloți în bani gheață.

O discuție aprinsă a izbucnit în familie privind locul în care ar fi trebuit să ascundem aceste lucruri. Tata a propus o metodă verificată în timpul războiului precedent: trebuia să faci o gaură într-un picior al mesei și să ascunzi totul acolo.

— Și ce se va întâmpla dacă vor lua masa? a întrebat ironic Henryk.

— Prostii! a zis tata cu indignare. La ce le-ar folosi așa o masă?

A privit cu dispreț la mobila al cărei blat, bine lustruit, purta numeroase urme de lichide vărsate pe el, iar într-un loc furnirul de nuc sărise. S-a apropiat brusc de masă și a împins cu un deget furnirul desprins. Acesta a plesnit, cu un trosnet, lăsând să se vadă lemnul gol. Trebuia să-i răpească mobilei ultima rămășiță din splendoarea sa.

— Ce faci? s-a supărat mama.

Henryk avea altă propunere. După părerea lui, trebuia să recurgem la elemente de psihologie – să punem ceasul și banii pe masă, la vedere. Atunci nemții ar fi căutat eventuale ascunzători, iar banii și ceasul ar fi rămas neobservate.

În cele din urmă am reușit să cădem de acord: am ascuns ceasul sub dulap, lanțul de ceas și-a găsit adăpost în cutia în cutia viorii tatei, iar banii au fost îndesați în tocul ferestrei.

Oamenii nu se lăsau înspăimântați de severitatea legilor germane și se consolau cu gândul că în orice clipă Varșovia ar fi putut fi cedată de către nemți Rusiei Sovietice, care urma să înapoieze Poloniei, când acest lucru avea să fie posibil, teritoriile ocupate de ea doar pentru aparențe. Granița peste Bug nu era încă stabilită și tot timpul treceau de dincolo de Vistula oameni care se jurau că văzuseră cu ochii lor trupe rusești în Jabłonna și Garwolin. Erau și unii care jurau că întâlniseră ruși care se retrăgeau din Wilno și Lvov, lăsând aceste orașe în mâna nemților. Nu era ușor să-ți dai seama pe cine trebuia să crezi.

Mulți evrei nu i-au așteptat pe ruși. Și-au vândut agoniseala din Varșovia și s-au îndreptat spre răsărit, în singura direcție în care puteau încă să fugă de nemți. Aproape toți colegii mei porniseră la drum și încercaseră să mă convingă să plec împreună cu ei. Împreună cu familia, am hotărât totuși să rămânem și de această dată.

Unul dintre cunoscuții mei s-a întors după două zile, fără rucsac și fără bani, bătut și deprimat. Nu departe de graniță văzuse cinci evrei, dezbrăcați până la brâu, care fuseseră spânzurați de mâini de copaci și biciuiți. Fusese și martorul morții doctorului Haskiewicz, căruia nemții, după ce aflaseră că plănuia să treacă Bugul, îi ordonaseră, sub amenințarea cu împușcarea, să intre în apa râului, tot mai adânc și mai adânc, până când nu a mai avut pământ sub picioare și s-a înecat. Mulți evrei însă, deși jefuiți și chinuiți, au reușit să ajungă în Rusia. Colegului meu i se furaseră doar banii și lucrurile, fusese bătut și alungat înapoi. L-am compătimit, bietul de el, dar am fost de părere că i-ar fi fost mai bine dacă ar fi procedat ca noi. Hotărârea noastră nu fusese luată pe baza vreunor premise logice și, chiar dacă nu aș vrea să sune patetic, trebuie să afirm că în luarea ei rolul cel mai important a fost atașamentul nostru față de Varșovia.

Când spun „hotărârea noastră", îi am în vedere pe toți ai mei, cu excepția tatei. Dacă el rămânea la Varșovia, era doar pentru că nu voia să se îndepărteze prea mult de Sosnowiec, unde se născuse. Nu iubise niciodată prea mult Varșovia și, cu cât ne era mai rău la Varșovia, cu atât mai mult tânjea după orașul său natal și îl idealiza. Numai acolo era bine și frumos, oamenii iubeau muzica, prețuiau un violonist bun. Doar acolo se putea bea o bere bună, rece, în vreme ce aici, la Varșovia, erai servit cu o apă chioară scârboasă, dezgustătoare. După cină, tata își împreuna mâinile pe burtă, se așeza mai comod în scaun, închidea visător ochii și ne făcea mai plăcută viața monotonă cu amintirile depănate cu nostalgie despre un Sosnowiec care exista numai în imaginația lui.

În ultimele săptămâni ale toamnei, la nici două luni după intrarea nemților în oraș, Varșovia revenise brusc și în mod absolut neprevăzut la ritmul său de viață obișnuit. Activitatea desfășurată fără greutăți economice constituia pentru toți încă o surpriză în războiul acela mai straniu decât oricare, în care totul avea să se petreacă altfel decât ar fi fost de așteptat. Un oraș imens, capitală parțial distrusă a unei țări cu o populație de mai multe milioane de locuitori, cu o armată de funcționari șomeri, în care veneau valuri-valuri de refugiați din Silezia, Pomerania și împrejurimile orașului Poznań. Dintr-o dată, toți acești oameni, lipsiți de un acoperiș deasupra capului, fără șanse de a găsi un loc de muncă și fără nici un plan de viitor, au constatat că se puteau câștiga bani mulți din nerespectarea decretelor nemților. Și cu cât acestea erau mai multe, cu atât posibilitățile de câștig erau mai mari.

Viața începea să se desfășoare pe două niveluri: la primul, conform legilor în vigoare, oamenii trebuiau să muncească de dimineață până seara, aproape murind de foame, iar la cel de-al doilea, pe lângă lege, plină de posibilități extraordinare de îmbogățire prin comerțul înfloritor cu dolari, diamante, făină, piele sau documente false, se ducea o existență sub amenințarea permanentă a pedepsei cu moartea, colorată însă de petrecerile din restaurante de lux, la care se mergea în ricșă.

Puţini trăiau confortabil pe atunci. Seara, când mă întorceam acasă, vedeam de fiecare dată o femeie care stătea în nişa zidului unei case de pe strada Sienna şi cânta cântece triste, ruseşti. Întotdeauna începea să cerşească abia după apusul soarelui, de parcă s-ar fi temut să n-o recunoască cineva. Era îmbrăcată într-un costum gri, a cărui linie elegantă stătea mărturie despre faptul că posesoarea lui cunoscuse cândva vremuri mai bune. Chipul ei frumos, în lumina cenuşie de amurg, dădea impresia că e neînsufleţit, iar privirea îi era pironită într-un singur punct, undeva deasupra capetelor trecătorilor. Cânta cu un glas plăcut, grav, acompaniindu-se la armonică. În întreaga ei atitudine şi în modul în care se sprijinea de zid se putea recunoaşte o femeie din lumea bună pe care doar războiul o putea obliga să câştige în acest fel bani să se întreţină. Dar nu-i mergea rău. În tamburina împodobită cu panglici de culoare deschisă, pe care cu siguranţă o considera un simbol al condiţiei de cerşetor, şi pe care o aşezase la picioarele ei, ca nimeni să nu se îndoiască de faptul că aşteaptă ajutor, se găseau întotdeauna multe monede, iar uneori chiar bancnote de cincizeci de zloţi.

Şi eu ieşeam, când puteam, nu mai devreme de apusul soarelui, dar din cu totul alte motive. Printre numeroasele reguli stricte impuse evreilor era una nescrisă, care însă trebuia neapărat respectată: bărbaţii trebuiau să se încline în faţa fiecărui soldat neamţ întâlnit. Acest ordin idiot şi jignitor ne scotea din minţi, pe Henryk şi pe mine. Făceam tot ce ne stătea în puteri ca să ne eschivăm. Când vedeam un neamţ apropiindu-se de departe, treceam pe partea cealaltă a străzii, iar când întâlnirea nu putea fi evitată, întorceam capul, făcându-ne că nu-l vedem, cu toate că ne păştea întotdeauna cel puţin o bătaie bună pentru asta.

Tata avea o cu totul altă metodă. Căuta străzile largi, circula pe ele şi, înclinându-se, îi saluta ironic pe nemţi cu gesturi exagerate, încântat când vreun militar german, păcălit de faţa lui voioasă, îi răspundea politicos şi zâmbitor, ca unui bune cunoştinţe. În fiecare seară, după întoarcerea acasă, nu-şi putea refuza plăcerea de a aminti în treacăt cât de multe relaţii sociale avea: era suficient să iasă o clipă în stradă, că era imediat înconjurat de câteva zeci de cunoscuţi. Nu scăpa de ei pe nicăieri şi îi amorţea braţul de la gestul repetat de scoatere a pălăriei. Ne povestea despre asta cu un zâmbet jucăuş, frecându-şi mâinile de mulţumire.

Nu trebuia totuşi să iei în râs toate aceste şicane din partea nemţilor. Făceau parte dintr-un program care avea ca scop menţinerea noastră într-o continuă tensiune nervoasă şi nesiguranţă privind viitorul. La fiecare câteva zile apăreau noi decrete, care aparent nu însemnau nimic, dar care ne dădeau mereu de înţeles că nemţii se gândesc la noi şi n-au de gând să ne uite.

Apoi evreilor li s-a interzis să mai ia trenul. Mai târziu, le-a fost impusă o taxă de patru ori mai mare decât „arienilor“ pentru călătoria cu tramvaiul. Pe urmă au început să circule zvonuri despre înfiinţarea ghetoului. Au circulat timp de două zile, aducând oamenii în pragul nebuniei, pentru ca apoi să dispară brusc.

4
Ghetoul

La sfârșit de noiembrie, când zilele însorite de toamnă erau neobișnuit de rare și când tot mai des cădeau ploi reci, dese, pentru prima oară, împreună cu tata și cu Henryk, m-am aflat la un pas de moarte. Într-o seară, zăboviserăm la un prieten și, când m-am uitat la ceas, am constatat cu spaimă că în curând avea să se dea stingerea. Trebuia să plecăm imediat. La drept vorbind, nu aveam șanse să ajungem acasă la timp, dar un sfert de ceas de întârziere nu putea fi un delict chiar atât de mare. Am hotărât, prin urmare, să încercăm.

Ne-am pus paltoanele, ne-am luat rămas-bun în grabă și am ieșit repede în stradă. Era întuneric și pustiu. Ploaia ne biciuia fețele, rafalele puternice de vânt zgâlțâiau firmele, și totul în jurul lor era plin de un huruit metalic. Cu gulerele ridicate, am încercat să ne strecurăm de-a lungul zidurilor cât de repede și fără zgomot. Eram deja pe strada Zielna și părea că vom ajunge cu bine acasă, când, brusc, de după colț a apărut o patrulă. Nu aveam timp să ne retragem sau să ne ascundem. Ne-am oprit în lumina orbitoare a lanternelor, iar unul dintre jandarmi se apropie de noi, ca să ne vadă mai bine fețele.

— Sunteți evrei?

Întrebarea era mai degrabă retorică, pentru că n-a așteptat să-i răspundem:

— Așa deci...

În vocea lui se simțea atât o notă de triumf, pentru că reușise să pună mâna pe o asemenea pradă, cât și amenințare și batjocură. Până să ne dăm seama ce aveau de gând să facă ne-au și pus cu fața la zid, s-au îndepărtat câțiva pași și și-au armat carabinele. Așa avea să arate deci moartea noastră... Peste câteva secunde numai. Apoi aveam să zacem în bălți de sânge cu creierul împrăștiat până în ziua următoare, până să afle toate astea surorile și mama și să vină într-un suflet. Prietenii la care fuseserăm își vor face procese de conștiință pentru că ne-au lăsat să plecăm de la ei la o oră atât de târzie. Toate gândurile astea mi-au trecut iute prin minte, fără să le conștientizez pe deplin, de parcă ar fi fost vorba de cu totul altcineva. Am auzit o voce zicând:

— Ăsta e sfârșitul!

Abia după o clipă mi-a dat seama că era chiar propria voce. Cineva plângea tare. Am întors capul și, în lumina lanternelor, l-am zărit pe tata îngenunchind pe asfaltul ud. Plângând cu suspine, îi implora pe jandarmi să ne lase în viață. Cum se putea înjosi într-atât? Henryk stătea aplecat deasupra tatei, îi șoptea ceva și încerca să-l ridice. Henryk, fratele meu, cu râsul lui veșnic sarcastic, avea în momentul acela în el ceva dezarmant și delicat. Nu-l mai văzusem niciodată așa. În el exista cu siguranță încă un om, complet diferit, cu care m-aș fi putut chiar înțelege bine și cu care nu m-aș fi certat necontenit, dacă aș fi avut prilejul să-l cunosc mai devreme. M-am întors din nou cu fața la zid. Situația noastră era în continuare disperată. Tata plângea, Henryk încerca să-l liniștească, iar nemții continuau să țintească spre noi. Nu-i vedeam din cauza luminii puternice. Deodată, într-o fracțiune de secundă, am simțit instinctiv că moartea nu ne mai amenința. Au trecut câteva secunde și am auzit un strigăt:

— Ce meserie aveți?

Henryk, cu o stăpânire de sine neobișnuită, cu un glas atât de liniștit, de parcă nu s-ar fi întâmplat nimic deosebit, a răspuns în numele tuturor:

— Suntem muzicieni.

Unul dintre jandarmi a venit mai aproape, m-a apucat de guler și m-a zgâlțâit cu furie, chiar dacă nu mai avea nici un motiv să o facă, de vreme ce se hotărâse să ne lase în viață.

— Aveți noroc că ați dat peste un muzician!

M-a lovit atât de tare, că m-am poticnit de perete.

— Ștergeți-o!

Ne-am năpustit înainte în întuneric, ca să dispărem cât mai repede din lumina lanternelor, de teamă că s-ar putea răzgândi. Auzeam de la depărtarea tot mai mare cearta dintre ei, care se întețea. Ceilalți doi jandarmi îi spuneau salvatorului nostru că nu meritam milă, pentru că războiul, în care acum mureau germani nevinovați, izbucnise numai din vina noastră.

Dar nemții nu mureau, se îmbogățeau. Tot mai des, cete de nemți invadau locuințele evreilor, furând din ele obiecte de valoare și piese de mobilier pe care le transportau cu camioanele. Oamenii, înspăimântați, se debarasau de lucrurile mai prețioase, pentru a le înlocui cu unele fără valoare, care să nu mai tenteze pe nimeni. Și noi am vândut aproape tot ce ar fi putut avea oarecare valoare, dar nu atât de frică, ci pentru că o duceam din ce în ce mai greu. Nimeni din familie nu avea instinct de negustor. Regina făcuse o încercare, dar fără succes. Ca jurist, avea un simț dezvoltat al dreptății și nu putea să pretindă un preț nemeritat pentru ceva. A renunțat repede la comerț pentru a da meditații. Tata, mama și Halina dădeau lecții de muzică, iar Henryk preda engleza. Numai eu n-am putut în perioada asta să mă mă apuc de ceva ca să câștig niște bani. Cufundat într-o depresie adâncă, mă forțam doar din când în când să lucrez la orchestrația concertinoului meu.

În a doua jumătate a lui noiembrie, fără vreo explicație, nemții au început să împrejmuiască partea de nord a străzii Marszałkowska cu sârmă ghimpată. Pe urmă, la sfârșitul lunii, a apărut un anunț în care la început nimeni n-a putut crede. Întrecea și cele mai negre așteptări ale noastre: între 1 și 5 decembrie toți evreii trebuiau să facă rost de niște banderole albe pe care să fie cusută o Stea a lui David albastră. Prin urmare, trebuia să fim stigmatizați și evidențiați în mod public ca „destinați împușcării". În felul acesta se anulau câteva sute de ani de progres al umanismului, înlocuit cu metodele întunecatului Ev Mediu.

Inteligheнția evreiască a rămas săptămâni la rând într-un arest voluntar la domiciliu. Nimeni nu avea curajul să iasă pe stradă cu banderola pe braț și, când acest lucru nu mai putea fi evitat, toți încercau să se strecoare neobservați, cu privirea în pământ, plini de rușine și durere.

Au urmat luni de iarnă neașteptat de grele. Gerul părea să-i ajute pe nemți în prigonirea oamenilor. A durat săptămâni întregi, iar de temperaturi atât de scăzute nu-și aminteau nici cei mai bătrâni oameni din Polonia. Cărbuni nu se puteau cumpăra mai deloc, iar prețul lor a crescut până la sume imposibile. Îmi aduc aminte că erau zile în care rămâneam în pat pentru că era atât de frig în casă, că nu puteam rezista altfel.

În timpul acelor săptămâni cumplite au început să sosească la Varșovia transporturi de evrei deportați din zona de vest a Poloniei. Doar o parte dintre ei reușiseră să ajungă în oraș. În locurile de baștină fuseseră încărcați în vagoane pentru vite sigilate mai apoi, iar oamenii astfel închiși au fost ținuți fără mâncare, fără apă și încălzire timp de mai multe zile. Când transporturile ajungeau la destinație, rareori se întâmpla ca mai mult de jumătate din oameni să fi rămas în viață; dacă, totuși, rămăseseră, aveau degerături cumplite. Ceilalți, fără suflare, înțepeniți de frig, erau înghesuiți în picioare printre cei vii și se rostogoleau la pământ când se deschideau ușile vagoanelor.

Se părea că mai rău de-atât nu putea fi. Așa gândeau evreii, însă nemții erau de altă părere. În conformitate cu sistemul lor de intensificare treptată a terorii, au dat noi decrete represive. Primul anunța transportul evreilor la muncă în lagăre de concentrare, unde urmau să primească educația socială corespunzătoare, care să le permită să nu mai fie „niște paraziți pe organismul sănătos al rasei ariene". De muncit, trebuiau să muncească bărbații sănătoși, cu vârste între doisprezece și șaizeci ani, și femeile cu vârste între paisprezece și patruzeci și cinci de ani. Cel de-al doilea decret stabilea modul în care să se facă înregistrarea și transportul evreilor. Germanii nu voiau să se ocupe de asta și au decis să încredințeze sarcina Consiliului Evreiesc, care se ocupa de administrarea comunității. Urma să fim propriii călăi, să ne pregătim sfârșitul cu mâinile noastre, să comitem ceva în genul unei sinucideri legitimate prin lege. Transporturile fuseseră planificate la începutul primăverii.

Consiliul a hotărât să facă totul pentru a cruța intelighenția – în măsura în care acest lucru era posibil. Pentru o mie de zloți, înlocuia fictiv persoana înregistrată cu un muncitor din proletariatul evreiesc. Desigur, nu toți banii adunați astfel ajungeau în mâinile acelor amărâți: funcționarii comunității trebuiau să trăiască și ei, și trăiau bine, cu votcă și delicatese.

În cele din urmă a venit și primăvara, dar transporturile așteptate nu au plecat. S-a dovedit din nou că deciziile oficiale ale nemților nu erau întotdeauna duse la îndeplinire. Din contră, în relațiile dintre evrei și germani domnea de câteva luni o relaxare, care părea cu atât mai reală, cu cât ambele părți erau preocupate de evenimentele de pe front.

Nimeni nu se îndoia că Aliații, care avuseseră destul timp pentru a se pregăti peste iarnă, la venirea primăverii vor ataca în același timp Germania din Franța, Belgia și Olanda, că vor străpunge Linia Siegfried, că vor ocupa Bavaria, bazinul Saar și partea de nord a Germaniei și vor cuceri Berlinul, pentru ca cel târziu în vară să elibereze Varșovia. Întregul oraș trăia în așteptarea acestui atac, cu nerăbdare și cu speranță, de parcă ar fi fost o sărbătoare. În timpul acesta nemții pătrunseseră în Danemarca, ceea ce, în opinia „politicienilor" locali, nu însemna nimic – aveau să fie încercuiți și izolați acolo.

La 10 mai a început ofensiva, dar nu cea aliată, ci cea germană. Olanda și Belgia au capitulat, a fost atacată Franța. Cu atât mai mult nu trebuia pierdută speranța. Se repeta anul 1914. Forțele franceze erau conduse de aceiași oameni ca și atunci: Pétain, Weygand – remarcabili tacticieni din școala lui Foch. Se putea avea încredere în faptul că vor ține piept nemților la fel de bine ca atunci.

Pe 20 mai ne-a vizitat pe la ora prânzului unul dintre colegii mei, violonist. Urma să cântăm împreună, reamintindu-ne una dintre sonatele lui Beethoven, mult îndrăgită de noi, pe care nu o mai cântaserăm de ceva vreme. Au venit și alți câțiva prieteni, iar mama, vrând să-mi facă plăcere, a pregătit o gustare. Era o zi frumoasă, însorită, am băut o cafea excelentă, am mâncat prăjitura făcută de mama și eram binedispuși; știam că nemții ocupaseră deja poziții lângă Paris, dar nimeni nu era prea preocupat de asta. În fond, exista încă Marna, reprezentând o linie clasică de apărare, unde totul trebuia să se oprească, la fel ca în *fermata* părții a doua a *Scherzoului în si bemol minor* de Chopin, într-un tempo furtunos, până la acordul final, după care nemții, tot atât de repede cum înaintaseră, aveau să se retragă până la granițele lor, apoi mai departe și mai departe, până la sfârșitul războiului și victoria Aliaților.

Băuserăm cafeaua și voiam să începem să cântăm. M-am așezat la pian, înconjurat de un grup de ascultători sensibili, care știau să aprecieze plăcerea pe care urma să o trăim imediat. În partea mea dreaptă s-a așezat violonistul, în partea stângă stătea o tânără încântătoare, o prietenă a Reginei, care urma să întoarcă foile partiturii. Ce îmi mai lipsea ca să fiu fericit? O așteptam și pe Halina, care mersese puțin până la magazinul de la parter ca să telefoneze undeva. S-a întors aducând ediția specială a unui ziar. Cu litere de-o șchioapă, poate cele mai mari din câte avea tipografia, erau tipărite pe prima pagină două cuvinte: PARISUL, CUCERIT!

Mi-am sprijinit capul de pian și, pentru prima oară de la începutul războiului, am izbucnit în plâns.

Îmbătați de victoria lor, nemții, după un moment de respiro, urmau să aibă acum timp să se concentreze asupra noastră, cu toate că nu se putea spune că nu s-ar fi gândit la noi în timpul luptelor de pe frontul de vest. Jafurile, evacuarea forțată a evreilor și deportările la muncă în Germania aveau loc încontinuu, dar ne obișnuiserăm cu ele. Acum trebuia să ne așteptăm la ceva mai rău. În septembrie au pornit primele transporturi spre lagărele de muncă de la Bełżec și Hrubieszów. Evreii care primeau acolo „educația socială cuvenită lor" stăteau zile întregi cufundați în apă până la brâu, muncind la construcția șanțurilor de canalizare. Rația lor zilnică de hrană consta într-o sută de grame de pâine și o farfurie de supă chioară. Munca nu a durat – așa cum se anunțase – doi ani, ci numai trei luni, dar atât a fost suficient pentru ca oamenii aceia să fie epuizați fizic, mulți dintre ei îmbolnăvindu-se de tuberculoză.

Bărbații care rămăseseră la Varșovia trebuiau să solicite un loc de muncă în oraș; fiecare urma să meargă la muncă fizică cel puțin șase zile pe săptămână. Am făcut tot ce mi-a stat în putință ca să evit acest lucru. În primul rând, mă gândeam la mâinile mele: ar fi fost de-ajuns chiar și o mică leziune a articulațiilor, o rupere a unui mușchi sau un ușor traumatism, și cariera mea de pianist s-ar fi sfârșit. Henryk vedea lucrurile cu totul altfel: după părerea lui, cei care aveau o activitate de creație trebuiau să cunoască gustul muncii grele, fizice, pentru a-i putea aprecia valoarea. De aceea s-a și înscris ca voluntar, cu toate că acest lucru făcea imposibilă continuarea studiilor.

În scurt timp, opinia publică avea să fie zguduită de alte două evenimente: primul a fost atacul aerian german asupra Angliei, iar cel de-al doilea – faptul că pe străzile care aveau să marcheze mai târziu limita ghetoului apăruseră panouri cu informații despre epidemia de tifos și îndemnul de a ocoli cartierul. La puțin timp după aceea, în singurul ziar publicat la Varșovia de nemți în limba polonă a apărut un comentariu oficial pe această temă: evreii sunt paraziți sociali, dar și purtători de molimă. Nu aveau să fie închiși în ghetou, cuvântul acesta nici n-ar trebui să fie folosit – se scria în articol. Nemții erau un popor generos și cultivat și niciodată n-ar fi închis nici măcar niște paraziți cum erau evreii în ghetouri, o rămășiță a Evului Mediu, care nu aveau loc în noua ordine europeană. Dimpotrivă, se plănuia înființarea unui cartier special, în care să trăiască numai evrei, unde aceștia se vor simți liberi și vor putea să-și păstreze tradițiile și să își dezvolte propria cultură. Numai din rațiuni igienice va fi înconjurat cu un zid, pentru ca tifosul și alte boli „evreiești" să nu atingă locuitorii din celelalte părți ale Varșoviei. Anunțul era completat cu planul orașului, pe care fuseseră marcate granițele exacte ale ghetoului. Puteam doar să ne consolăm cu faptul că strada noastră se afla în perimetrul acestuia și nu eram nevoiți să căutăm o altă locuință. Evreii care locuiau în afara limitelor ghetoului se aflau într-o situație mult mai dificilă. Au fost nevoiți să dea mită niște sume exorbitante pentru a găsi un alt acoperiș deasupra capului înainte de sfârșitul lunii octombrie. Cei mai norocoși au găsit camere libere pe strada Sienna, care urma să avanseze la rangul de Champs-Élysées al ghetoului, sau în imediata apropiere a acesteia. Ceilalți au fost condamnați la maghernițe murdare din zone aflate în vecinătatea străzilor Gęsia, Smocza și Zamenhof, locuite dintotdeauna de evreii săraci.

Porțile ghetoului au fost închise la 15 noiembrie. În seara aceea aveam ceva de rezolvat în capătul străzii Sienna, la intersecția cu strada Żelazna. Deși ploua, era neobișnuit de cald pentru acea perioadă a anului. Străzile întunecate erau pline de oameni cu banderole albe pe braț. Toți, agitați, alergau dintr-o parte într-alta, ca niște animale închise într-o cușcă cu care nu reușiseră încă să se obișnuiască. De-a lungul zidurilor, pe grămezi de pilote ude și mânjite de noroi, ședeau lamentându-se femei plângând, cu copii țipând de spaimă. Erau familii de evrei, împinse cu forța în ghetou în ultimul moment, care nu aveau nici o șansă să capete nici cel mai mic adăpost. În cartierul care era de mult suprapopulat, în care ar fi încăput în mod normal o sută de mii de oameni, trăiau sigur acum peste jumătate de milion.

Pe fundalul străzii sumbre se vedea, luminat de reflectoare, cioplit din lemn proaspăt, grilajul porții ghetoului, care ne despărțea de oamenii liberi, neîngrădiți, aflați în spațiul suficient al celeilalte părți a aceleiași Varșovii.

Din acel moment, nimeni nu a mai avut voie să treacă de această poartă.

Într-o zi, m-am întâlnit cu unul dintre prietenii tatălui meu. Și el era muzician și, la fel ca tata, o fire veselă, jovială.

— Ei, ce spuneți de asta? a izbucnit el într-un râs nervos, în vreme ce mâna lui descria un arc de cerc care cuprindea mulțimea, zidurile și poarta ghetoului.

— Ce să zic? i-am răspuns. Ne vor termina.

Dar bătrânul domn nu putea sau nu voia să fie de acord cu mine. A râs din nou, puțin forțat, m-a bătut pe umăr și a strigat:

— Nu vă faceți griji! M-a prins de un nasture al hainei, și-a apropiat fața rozalie de a mea și a declarat cu profundă sau bine mimată convingere: Oricum ne vor elibera în curând. E suficient să afle americanii despre asta...

5
Dansul de pe strada Chłodna

Astăzi, când încerc să mă întorc printre amintiri la experiențele trăite de mine în ghetoul din Varșovia în perioada acelor doi ani, din noiembrie 1940 până în iunie 1942, ele se contopesc într-o singură imagine, ca și cum totul n-ar fi durat decât o zi, și nu reușesc, cu tot efortul meu, să le separ în bucăți, pentru a le putea ordona cronologic, așa cum se procedează întotdeauna la scrierea unui jurnal. Desigur, unele întâmplări din perioada aceea, precum și altele, ulterioare, erau bine cunoscute. Printre ele – vânătoarea de oameni, pornită de nemți pentru folosirea lor ca forță de muncă, la fel ca cea organizată de ei în toată Europa pe care o ocupaseră. Cu singura diferență, poate, că în ghetoul din Varșovia a fost întreruptă brusc în primăvara anului 1942. În cazul acesta, prada evreiască a fost destinată altui scop. Acesta, ca și în cazul animalelor înainte de sezonul de vânătoare, cerea o perioadă de ocrotire, pentru ca marea vânătoare, programată pentru mai târziu, să fie cât mai bogată și să nu dezamăgească pe nimeni. Noi, evreii, am fost jefuiți, la fel ca grecii, francezii, belgienii sau olandezii, doar că acest lucru s-a făcut în mod mai metodic și în numele legii. Nemții neautorizați nu aveau acces pe teritoriul ghetoului. Nu li se permitea să ne jefuiască pe cont propriu. Împuternicită era doar poliția germană, prin ordinul comandantului, emis pe baza legii privind furtul, lege instituită de guvernul Reichului.

În anul 1941, nemții au invadat Rusia. Cu respirația tăiată, am urmărit în ghetou desfășurarea acestei noi ofensive, având la început convingerea greșită că, poate, cineva va reuși să învingă Germania, dar apoi cu o neîncredere plină de temeri pentru soarta noastră și a omenirii. Neîncrederea aceasta a sporit pe măsură ce armatele lui Hitler înaintau pe teritoriile rusești, însă a lăsat loc optimismului atunci când nemții au rechiziționat, sub amenințarea pedepsei cu moartea, toate hainele de blană aflate în posesia evreilor. Acest fapt ne-a dat de gândit: nu se poate să le fie bine, de vreme ce victoria lor depinde de scurtele din blană de vulpe argintie sau castor.

Ghetoul se micșora din ce în ce. Suprafața lui era redusă sistematic, tot așa cum aveau loc schimbările teritoriale în toată Europa, unde nemții, ocupând diverse țări, deplasau granițele care le divizau în două părți – cea liberă și cea ocupată. Era ca și cum ghetoul din Varșovia ar fi fost la fel de important ca Franța, iar separarea străzii Złota sau a străzii Zielna de ghetou ar fi avut aceeași însemnătate pentru lărgirea spațiului vital al nemților precum separarea Alsaciei și a Lorenei de teritoriul francez. Cu toate acestea, nici una dintre aceste întâmplări nu avea greutatea pe care o avea convingerea care ne cuprinsese inevitabil, ocupând locul central în conștiința noastră: eram prizonieri. Aș zice că situația ar fi fost mai ușor de suportat dacă libertatea noastră ar fi fost îngrădită într-un mod mai palpabil – de exemplu, în celula unei închisori. Un asemenea mod de a fi închiși ar fi definit clar și fără echivoc relația cu lumea care ne înconjura. E știut la ce trebuie să te aștepți într-o închisoare; o celulă reprezintă o lume în sine, lipsită de iluziile vieții normale, la care poți doar să visezi, dar plină de cotidianul închisorii, și nu ca în ghetou, o iluzie care apare la fiecare pas, oriunde te-ai afla, amintindu-ți în fiecare clipă de gustul libertății pierdute. Iar viața în ghetou era cu atât mai greu de suportat, cu cât crea aparența unei vieți în libertate. Puteai să ieși pe stradă și să ai impresia că te afli într-un oraș normal. Banderolele de pe braț nu ne mai deranjau – erau purtate de toți, iar după mai mult timp de la înființarea ghetoului m-a surprins cât de mult mă obișnuisem cu ele; când îmi apăreau în vis prietenii mei de dinainte de război, îi vedeam cu banderole, ca și cum ele ar fi fost o parte indispensabilă a îmbrăcăminții – asemenea cravatei sau batistei. Totuși, străzile ghetoului nu duceau nicăieri. Întotdeauna se terminau cu un zid. Adesea mi se întâmpla să merg la întâmplare și să dau deodată de un perete. Îmi bloca pe neașteptate drumul și nu exista nici un motiv logic pentru ca eu să nu pot să înaintez. Strada, așa cum continua ea de cealaltă parte a zidului, creștea în mine până la dimensiunea a ceva la care nu puteam renunța, ceva care era cel mai de preț lucru pe pământ, unde se întâmpla ceva, și aș fi dat tot ce aveam numai să trăiesc momentul acela. Mă întorceam deprimat, și așa în fiecare zi – cu aceeași disperare.

În ghetou puteai să mergi doar la restaurant sau la cafenea. Acolo te întâlneai cu prietenii și puteai să ai impresia că nimic nu te împiedică să-ți petreci timpul într-o atmosferă agreabilă, asemănătoare cu cea din orice altă cafenea din lume. Dar inevitabil venea o clipă în care vreunuia dintre prieteni îi scăpa observația că, în același grup, s-ar fi putut merge într-o duminică însorită până la Otwock. E vară, putea spune el, e cald, vremea e frumoasă, și nimic n-ar trebui să împiedice un plan atât de banal, în fond, chiar și imediat. Ar mai trebui doar să achităm nota pentru cafea, să ieșim pe stradă și, alături de prietenii binedispuși, să mergem la gară, să cumpărăm bilete și să luăm un tren local. Trăiam într-o lume falsă a iluziilor, împrejmuită de zidurile ghetoului...

Această perioadă de aproape doi ani îmi reamintește de o întâmplare din copilărie, care a durat, totuși, mult mai puțin. Trebuia să fiu supus unei operații de apendicită. O operație nu prea grea, care nu dădea nici un motiv de îngrijorare. Urma să aibă loc peste o săptămână, data fusese deja stabilită, camera de spital – rezervată. Părinții, vrând să-mi facă așteptarea mai ușoară, se străduiau să-mi găsească diverse ocupații agreabile. În fiecare zi mergeam la înghețată, apoi la cinema sau la teatru, primeam cărți și jucării – tot ce-ți poate pofti inima. S-ar fi zis că nu-mi lipsea nimic pentru a fi fericit. Totuși, știu bine până astăzi că toată săptămâna aceea – indiferent că eram la cinema, la teatru, sau pe când mâncam înghețată sau în timpul altor îndeletniciri pasionante, care îmi solicitau toată atenția, niciodată nu m-a părăsit în subconștient teama de ceva mai degrabă nedefinit, ceva necunoscut încă: de operația care mă aștepta. O teamă instinctivă, asemănătoare trebuie să nu-i fi părăsit pe oamenii care au trăit în ghetou vreme de doi ani. În comparație cu ceea ce avea să se întâmple mai târziu, era o perioadă de relativă liniște, în care viața noastră devenea tot mai mult un coșmar, pentru că eram înspăimântați de ceea ce putea să se întâmple în orice clipă, numai că nimeni nu putea să prevadă ce fel de pericol și din ce parte ne amenința.

În fiecare dimineață ieșeam din casă, de obicei imediat după micul dejun. La ritualul meu cotidian se adăuga și o lungă plimbare pe strada Miła, până la cocioaba întunecată, mohorâtă, în care locuia Jehuda Zyskind cu familia lui.

Ieșirea din casă – lucrul cel mai banal din lume – în condițiile din ghetou, mai ales în perioada raziilor, se ridicase la rangul unui autentic eveniment. Întâi trebuia să te oprești pe la câțiva vecini, să le asculți plângerile și nemulțumirile, și cu acest prilej să afli ce atmosferă domnește în oraș: ce era cu raziile, dacă auziseră ceva și care era treaba cu paznicul de pe strada Chłodna. Abia după aceea puteai să te încumeți să ieși din clădire, dar și pe stradă trebuia să fii cu ochii în patru: la câțiva pași cereai informații trecătorilor care veneau din direcția opusă. Numai așa aveai cât de cât o oarecare garanție că n-ai să dai peste o razie.

Ghetoul era împărțit în două, unul mare și unul mic. Ghetoul mic, cuprins între străzile Wielka, Sienna, Żelazna și Chłodna, după ultima micșorare a perimetrului, mai avea o singură legătură cu cel mare, la intersecția străzilor Chłodna și Żelazna. Ghetoul mare se întindea în toată partea de nord a Varșoviei, cu o mulțime de străduțe mici, urât mirositoare și cu fundături care mișunau de evrei amărâți, trăind în sărăcie, murdărie și înghesuială. Și în ghetoul mic domnea înghesuiala, totuși nu depășea limitele bunului-simț. Într-o cameră locuiau trei, cel mult patru persoane, iar pe străzi, cu puțină atenție, puteai să circuli fără să te lovești de alți oameni. Și, chiar dacă se întâmpla așa ceva, nu era nici un pericol, în ghetoul mic trăiau în cea mai mare parte intelectuali și burghezi înstăriți, cu relativ puțini păduchi, care nu răspândeau molime – cu acelea te pricopseai cu siguranță în ghetoul mare. Coșmarul începea după ce lăsai în urmă strada Chłodna, dar trebuia să ai mult noroc și simțul situației ca s-o traversezi. Strada Chłodna aparținea în întregime părții „ariene" a orașului și era animată de traficul automobilelor, tramvaielor și pietonilor. Ca să treacă populația evreiască prin strada Żelazna, din ghetoul mic spre cel mare sau în direcție opusă, trebuia oprită circulația pe strada Chłodna. Era însă o bătaie de cap pentru nemți, și de aceea trecerea evreilor era permisă cât mai rar posibil.

Când mergeam pe Żelazna, încă de la distanță vedeam o mulțime adunată la colțul străzii Chłodna. Grăbindu-se la treburile lor, oamenii se mutau agitați de pe un picior pe celălalt, în așteptarea milei jandarmului care decidea dacă mulțimea de pe Żelazna era suficient de numeroasă, ca să permită trecerea. Când sosea un asemenea moment, santinelele se dădeau în lături și masa de nerăbdători împingea din ambele părți, lovindu-se, răsucindu-se și călcându-se unii pe alții, ca să se îndepărteze cât mai repede de vecinătatea periculoasă a nemților, și împrăștiindu-se pe străzile ambelor părți ale ghetoului. Apoi iar se închidea lanțul santinelor și începea așteptarea nervoasă, plină de neliniște și teamă.

Santinelele nemțești se plictiseau la posturi și încercau, cum puteau, să-și ocupe timpul cu ceva. Una dintre distracțiile lor preferate era dansul. De pe străzile învecinate aduceau muzicanți – trupele stradale, o dată cu răspândirea sărăciei, apăreau întruna – apoi alegeau din grupul celor care așteptau oamenii cei mai amuzanți și le ordonau să danseze. Muzicanții erau așezați lângă zidul uneia dintre case, pe carosabil se crea loc liber și unul dintre soldați își asuma rolul de dirijor, lovind membrii orchestrei când aceștia cântau prea lent. Ceilalți supravegheau corectitudinea interpretării dansurilor. Sub ochii mulțimii înspăimântate se învârteau perechile de infirmi, bătrâni, grăsani sau slăbănogi. Oamenii scunzi sau copiii dansau în pereche cu cei mai înalți. În jur stăteau nemții, prăpădindu-se de râs și strigând: „Mai repede! Mișcați-vă! Toată lumea dansează!“ Când alegerea perechilor era foarte izbutită și caraghioasă, dansurile se prelungeau. Trecerea era deschisă, apoi închisă și iar deschisă, dar ghinioniștii aleși continuau să se legene în ritm de vals, gâfâind și plângând de oboseală, cu ultimele puteri, așteptând zadarnic milă.

Abia trecând fără probleme de strada Chłodna puteam să văd limpede ghetoul, așa cum era el, de fapt. Aici oamenii nu aveau averi sau comori ascunse. Trăiau din negoț. Cu cât te aventurai mai mult în labirintul străduțelor strâmte, cu atât era negoțul mai viu și mai animat. Femeile, cu copii agățați de poale, le țineau calea trecătorilor, încercând să le vândă o bucată de prăjitură pusă pe o fâșie de carton, reprezentând toată averea lor, de vânzarea căreia depindea dacă în seara aceea copiii lor aveau să mănânce un sfert de pâine neagră. Alături, bătrâni evrei înfometați, de nerecunoscut, încercau cu un strigăt răgușit să atragă atenția oamenilor asupra unor zdrențe, cu speranța că, vânzându-le, vor reuși să le transforme în bani. Bărbații tineri făceau negoț cu aur și valută, purtând o luptă înverșunată și încăpățânată pentru capace de ceas îndoite, capete de lanțuri sau dolari murdari și uzați, la care se uitau ridicându-i în lumină, ca să spună apoi că erau rupți și fără valoare, deși vânzătorul se jura că sunt „ca noi“.

Pe străzile aglomerate avansau, cu huruit și zdrăngănituri, tramvaie cu cai, așa-numitele *kohnhellerki*, separând cu oiștea sau cu trupurile cailor masa compactă de oameni, așa cum un vapor despică apa cu prora. Purtau numele proprietarilor lor – Kohn și Heller, doi evrei bogați, aflați în serviciul Gestapoului, mulțumită căruia au putut să facă afaceri frumoase. Din cauza costului ridicat al călătoriei, vagoanele erau pline doar cu oameni înstăriți, care mergeau în ghetou numai pentru comerț. Când coborau din tramvai în stații, încercau să ajungă cât mai repede la magazinul sau la biroul unde aveau ceva de rezolvat, pentru ca mai târziu să prindă din nou un tramvai, care-i scotea din cartierul acela îngrozitor.

Parcurgerea distanței de la stație și până la cel mai apropiat magazin nu era ușoară. Un asemenea moment al întâlnirii cu un om cu stare era așteptat de zeci de cerșetori, care, îmbulzindu-se, îl apucau de haine, îi țineau calea, plângând, țipând sau amenințând. Nu era însă înțelept să cedezi compasiunii și să dai de pomană unui cerșetor. Țipătul se transforma atunci în urlet și, ca la un semn, din toate părțile curgeau apoi nenorociți care-l înconjurau pe binefăcătorul dintr-o dată încercuit de personaje cadaverice, împroșcându-l cu salivă tuberculoasă, de copii acoperiți de răni purulente, care-i erau împinși la picioare, de cioturi de mâini care gesticulau, de ochi lipsiți de lumină și de guri știrbe, împrăștiind duhoare, ce implorau milă în acea ultimă clipă de dinaintea morții, de parcă acel sfârșit ar fi putut fi amânat doar mulțumită unui sprijin dat imediat.

În centrul ghetoului se putea ajunge doar pe strada Karmelicka, era singura stradă care ducea acolo. Era imposibil să nu te atingi de alte persoane. Mulțimea compactă de oameni nu mergea, ci se împingea și își făcea drum înainte, creând vârtejuri în dreptul dughenelor și golfuri de liniște în porțile clădirilor. De peste tot se revărsa o duhoare rece, stătută, de lenjerie de pat neaerisită, de grăsimi râncede și resturi în putrefacție. Dintr-un motiv sau altul, mulțimea intra în panică și se tălăzuia ba într-o parte, ba într-alta, sufocându-se, presând, strigând și revărsând un potop de înjurături. Strada Karmelicka se număra printre cele extrem de periculoase. Zilnic circulau pe ea mașinile închisorii. Acestea transportau, nevăzuți în spatele geamurilor mici, lăptoase ale ferestrelor cu gratii, deținuți de la Pawiak la centrala Gestapoului de pe aleea Szucha și, la întoarcere, duceau ceea ce mai rămânea din ei după interogatorii: zdrențe sângerânde cu oase sfărâmate, rinichi zdrobiți și unghii smulse. Escorta nu lăsa pe nimeni în apropierea acestor mașini, deși erau blindate. Când virau pe strada Karmelicka, atât de aglomerată, încât oamenii nu se puteau adăposti în porțile caselor nici cu cel mai mare efort, soldații de la Gestapo se aplecau din mașini și loveau la nimereală mulțimea cu bastoanele. Nu ar fi fost prea periculos dacă ar fi avut bastoane din cauciuc normale; dar la cele pe care le foloseau erau țintuite cu lame și cuie.

Pe strada Miła, în apropiere de intersecția cu strada Karmelicka, locuia Jehuda Zyskind. Era paznic, iar când se ivea ocazia – hamal, vizitiu, negustor; făcea și contrabandă cu marfă peste zidurile ghetoului. Câștiga un ban de unde se nimerea ca să-și hrănească, cu iscusința și puterile sale, familia atât era de numeroasă, că nici n-am aflat vreodată câți membri avea de fapt. În afara ocupațiilor sale obișnuite, Zyskind era un om plin de idealuri. Activa într-o organizație socialistă, aducea rapoarte secrete de presă în ghetou și încerca să dezvolte pe teritoriul acestuia o activitate conspirativă, deși putea cu mare greutate să facă ceva. Mă trata cu un ușor dispreț, așa cum se cuvenea, după părerea lui, să fie tratați artiștii – oameni care nu erau buni pentru activitatea în Rezistență. Cu toate acestea, ținea la mine, îmi îngăduia să trec pe la el în fiecare zi și îmi citea știrile cele mai proaspete, aflate în taină de la radio. Jehuda se număra printre optimiștii convinși. Când mă gândesc astăzi la el, după anii de groază care mă despart de ziua în care trăia încă și răspândea veștile lui bune printre oameni, simt o admirație profundă pentru inflexibilitatea lui. Nu exista vreun comunicat de rău augur pe care să nu-l poată interpreta pozitiv. Odată, când, după citirea ultimelor știri, am lovit ziarul cu mâna, plin de îndoieli, și am oftat, zicând: „Dar astăzi va trebui, în cele din urmă, să recunoașteți că totul este pierdut“, Zyskind a zâmbit, și-a luat o țigară, s-a așezat comod în fotoliu și mi-a răspuns: „Domnule Szpilman, dumneavoastră nu pricepeți nimic, dar chiar nimic!“, după care și-a început unul dintre cursurile sale de politică. Înțelegeam puțin din tot ceea ce spunea, dar avea un fel de a vorbi care insufla o credință puternică, molipsitoare că totul merge în cea mai bună dintre direcțiile posibile în cea mai bună dintre lumile posibile, încât –

nici eu nu știu cum și când – mă pomeneam că am căpătat și eu aceeași convingere. De la Jehuda Zyskind de pe strada Miła plecam întotdeauna întărit și plin de speranță. Abia acasă, când eram deja culcat în pat și analizam în gând, iar și iar, știrile politice, ajungeam la concluzia că argumentele lui Zyskind erau lipsite de sens. Totuși, în dimineața următoare mergeam din nou la el, și iar mă convingeam că greșisem, și din nou plecam de la el cu o doză de optimism, care ținea până seara și îmi îngăduia să supraviețuiesc.

Zyskind a rezistat până în iarna lui 1942. A fost prins asupra faptului: pe masă se aflau grămezi de manifeste, iar Jehuda, împreună cu soția și copiii erau ocupați să le sorteze. Au fost împușcați toți pe loc, fără a fi cruțat nici băiețelul cel mai mic, Symche, care avea trei ani. Cât de greu mi-a fost să-mi păstrez moralul când Zyskind a fost ucis și nu mai exista nimeni care să-mi explice totul așa cum trebuia! Abia acum știu că nu avuseserăm dreptate nici eu, nici comunicatele, ci Zyskind. Ulterior totul a decurs întocmai cum a prevestit el, chiar dacă atunci ni se părea de necrezut.

Mă întorceam spre casă pe același traseu: pe strada Karmelicka, apoi pe Leszno și Żelazna. Pe drum mă abăteam puțin pe la niște prieteni, ca să le transmit veștile auzite la Zyskind. Apoi mergeam pe strada Nowolipki, ca să-l ajut pe Henryk să care un coș cu cărți.

Henryk nu avea o viață ușoară. Singur și-o făcuse așa și chiar nu încerca să o schimbe deloc, deoarece credea că nu ar fi fost demn să trăiască altfel. Prietenii, care îi apreciau pregătirea umanistă, îl sfătuiau să intre în poliția evreiască. Acolo se găseau, pentru siguranță, majoritatea tinerilor provenind din cercurile de intelectuali. În plus, cu puțină pricepere, se putea câștiga și un ban bun. Henryk însă nici nu voia să audă de asemenea sfaturi. Era chiar revoltat și le considera o jignire. Cu obișnuita lui bună-cuviință reținută răspundea că nu intenționează să colaboreze cu niște bandiți. Prietenii s-au simțit ofensați, iar Henryk a început să meargă în fiecare dimineață cu un coș plin cu cărți pe strada Nowolipki. Făcea comerț cu ele – vara, trudind din greu, cu transpirația șiroindu-i pe frunte, iarna – înghețând în ger, dar nu se lăsa, rămânând neînduplecat la convingerea sa; dacă lui, ca intelectual, nu îi fusese dat să aibă o altă legătură cu cărțile, atunci măcar să rămână așa cum este, dar mai jos de atât nu-i era permis să coboare.

Când ne întorceam amândoi, cu coșul lui Henryk, de obicei ai noștri erau deja acasă și ne așteptau ca să ne așezăm cu toții la masă. Mama acorda mare atenție meselor în familie – intra în obligațiile sale și se străduia în felul acesta să ne sprijine. Avea grijă ca masa, acoperită cu o față de masă și cu șervete curate, să fie cât se putea de frumos aranjată. Până să ne așezăm la masă, își pudra puțin fața, își aranja părul și se uita în oglindă, să vadă dacă arată suficient de elegant. Cu o mișcare nervoasă a mâinilor își netezea rochia. Nu reușea însă să-și netezească și ridurile din jurul ochilor, ale căror linii deveneau tot mai evidente de la o lună la alta. Nu putuse nici să împiedice ca părul ei, ușor cenușiu, să înceapă brusc să încărunțească. Când eram deja așezați la locurile noastre, aducea din bucătărie supa și, punând în farfurii, începea să vorbească cu noi. Evita însă subiectele neplăcute. Dacă, totuși, vreunul dintre noi comitea o asemenea stângăcie, spunea doar: „O să treacă, o să vedeți." Apoi schimba imediat vorba și i se adresa tatei: „Îți place supa, Samuel?"

Tata nu era omul care să se tortureze cu gânduri negre. În schimb, ne asalta exagerat cu vești bune. Când avea loc o razie, după care, în schimbul mitei, erau eliberați câțiva bărbați, el afirma încântat că știe din cea mai bună sursă că toți bărbații cu vârsta de peste sau sub patruzeci de ani, cu studii sau fără, din cutare sau cutare motiv au fost eliberați – în orice caz, totuși, trebuia să consideri acest fapt deosebit de îmbucurător. Atunci când ajungeau din oraș vești categoric proaste, stătea deprimat la masă, dar deja la supă începea să fie mai optimist. La felul al doilea, compus de cele mai multe ori din legume, se înveselea și trecea la o conversație degajată, fără apăsarea grijilor.

De cele mai multe ori, Henryk și Regina erau cufundați în propriile gânduri. Regina se pregătea în sinea ei pentru serviciu, unde mergea după-amiaza. Lucra într-un birou de avocatură. Câștiga foarte puțin, dar se interesa foarte tare de munca ei, de parcă ar fi câștigat cu miile de zloți. Atunci când Henryk reușea, în sfârșit, să lase la o parte ce-l preocupa, o făcea numai ca să se certe cu mine. Mă urmărea ceva vreme cu indignare, ridica apoi din umeri și mormăia, ca până la urmă să dea frâu liber indignării:

— Trebuie să fii o maimuță caraghioasă ca să porți cravate ca ale lui Władek! îmi arunca el.

— Maimuță ești tu, și mai ești și măgar pe deasupra! îi dădeam eu replica, și atunci cearta începea de-a binelea.

Nu voia să înțeleagă că trebuia să fiu îmbrăcat îngrijit, pentru că apăream în public. Nu înțelegea nimic din ceea ce avea legătură cu mine și cu problemele mele. Acum, când nu mai e de mult în viață, știu că am ținut unul la celălalt în felul nostru, chiar dacă deseori ne tachinam. De fapt, am avut firi foarte asemănătoare.

Cel mai puțin aș avea de spus despre Halina. Era singura persoană din familie care trăia parcă în afara acesteia. Era rezervată și, când se afla în casă, nu trăda nimic din ceea ce se întâmpla înlăuntrul ei și din ce o emoționa. În fiecare zi se așeza pur și simplu la masă, fără a manifesta vreun interes pentru problemele noastre. Nu pot spune cum era cu adevărat și niciodată nu voi afla mai mult despre ea.

Mesele noastre de prânz erau foarte modeste. Carne aproape că nu vedeam, iar toate felurile de mâncare erau pregătite de mama cu multă economie. Chiar și așa, erau bucate cu adevărat regești, în comparație cu ceea ce aveau în farfurie alți oameni din ghetou.

Era iarnă, o zi umedă de decembrie, sub tălpi noroiul se amesteca cu zăpada, iar pe străzi bătea un vânt aspru, când am devenit întâmplător martorul „prânzului“ unuia pungaș bătrân. „Pungași“ erau numiți în ghetou oamenii care ajunseseră într-un asemenea hal de sărăcie, încât erau nevoiți să fure ca să supraviețuiască. Se aruncau asupra câte unui trecător care avea un pachet, i-l smulgeau și fugeau, în speranța că vor găsi în el ceva de mâncare.

Treceam prin Piața Bankowy și la numai câțiva pași înaintea mea mergea o femeie săracă, având în mâna stângă o oală învelită într-un ziar. Între mine și femeie se învârtea un cerșetor bătrân, cu umerii cocârjați, tremurând de frig, târându-și picioarele prin noroi în niște ghete pline de găuri, din care îi ieșeau labele cenușiu-violet. Deodată, bătrânul se aruncă înainte, înșfăcă oala și dădu să i-o smulgă femeii. Poate că nu avea suficientă forță sau poate femeia o ținea strâns – în orice caz, nu reuși să i-o ia, ci a răsturnat-o, iar supa groasă, aburindă se vărsă pe strada murdară.

Toți trei stăteam ca împietriți. Femeia rămase fără grai de groază, cerșetorul se uită la oală, apoi la femeie, iar din pieptul lui ieși un oftat adânc, care sună ca un geamăt. Se aruncă brusc în noroi și începu să hăpăie supa direct de pe trotuar, păzind-o cu mâinile din ambele părți, ca să nu irosească nici o picătură, fără să-i dea atenție femeii care îl lovea peste cap, strigând și smulgându-și părul de disperare.

6
Ceasul copiilor și al nebunilor

Cariera mea de pianist de război a început la cafeneaua Nowoczesna, care se afla pe strada Nowolipki, chiar în centrul ghetoului din Varșovia. Încă înainte de sfârșitul anului 1940, când i s-au închis porțile, vânduserăm tot ce se putea vinde, până și ceea ce aveam mai de preț în casă – pianul. Viața m-a obligat să-mi înving apatia și să caut posibilități de a câștiga o pâine. Am avut în privința asta mare noroc. Munca îmi lăsa mai puțin timp pentru reflecție, iar faptul că eram conștient că de veniturile mele depindea existența întregii familii m-a ajutat să ies din starea de depresie în care căzusem.

Ziua mea de muncă începea după-amiaza. Pentru a ajunge la cafenea, mergeam pe străduțe întortocheate prin centrul ghetoului, însă atunci când, aflându-mă pe drum, voiam să văd activitatea fascinantă a contrabandiștilor, mergeam direct pe lângă granițele acestuia, adică de-a lungul zidurilor.

Orele după-amiezii erau prielnice pentru contrabandă. Soldații, obosiți după o dimineață în care își umpluseră buzunarele și mulțumiți de afacerile bune încheiate, erau mai puțin atenți după-amiaza și cel mai mult îi preocupa să-și numere câștigurile. La porțile și ferestrele clădirilor aflate de-a lungul zidurilor ghetoului se arătau și apoi se retrăgeau chipuri neliniștite, care, pline de nerăbdare, ascultau să prindă huruitul unei mașini sau al unui tramvai care se apropia. Din când în când, zgomotul așteptat creștea și, când vehiculul cu marfă se afla deja destul de aproape, răsunau fluierăturile convenite și erau aruncați peste zid saci și pachete. Cei care stăteau la pândă alergau de la porți, își apucau în grabă prada, se întorceau să se ascundă și iar se așternea tăcerea aparentă, plină de așteptare, tensiune nervoasă și șoapte secrete. În zilele în care soldații își îndeplineau mai conștiincios îndatoririle, nu se auzeau decât ecourile împușcăturilor amestecându-se cu zgomotul vehiculelor, iar de peste zid, în loc de saci, cădeau grenade de mână, care, explodând cu o bubuitură puternică, făceau pagube considerabile.

Aproape pe toată lungimea lui, zidul înainta la distanță de carosabil. La anumite intervale, la nivelul pământului se aflau în el spărturi prelungi, care serveau ca scurgeri pentru apă din partea „ariană“ a străzii spre canalele de scurgere aflate de-a lungul trotuarelor de pe partea ghetoului.

Aceste spărturi erau folosite de copiii care făceau contrabandă. Micile ființe se grăbeau spre ele din toate părțile, pe niște piciorușe subțiri ca bețele de chibrit, ochi speriați priveau pe furiș în toate părțile, iar mânuțele firave, slabe, trăgeau prin aceste găuri sacii, adesea mai grei decât contrabandistul.

Când toată încărcătura se afla deja în ghetou, cei mici și-o aruncau pe umeri și – îndoindu-se mult sub greutatea ei, clătinându-se, cu venele albastre de la tâmple umflate de efort, cu gura larg deschisă și înghițind cu efort aerul – se împrăștiau în toate direcțiile ca niște șobolani fugăriți.

Într-o zi, când mergeam din nou de-a lungul zidului, am fost martorul unei operațiuni de contrabandă infantilă care părea că se îndreaptă spre un final fericit. Un băiețel evreu se strecurase de partea cealaltă a zidului, printr-o spărtură, urmându-și marfa. Fețișoara lui mică era deja vizibilă pe jumătate, când, deodată copilul începu să țipe ascuțit. În același timp, dinspre partea „ariană" se auzi strigătul răgușit al unui neamț. Am alergat spre băiat ca să-l ajut dar, ca și cum ar fi vrut să-mi facă în ciudă, șoldurile lui au rămas înțepenite în canalul de scurgere. L-am tras de brațe din toate puterile, în vreme ce țipătul lui devenea tot mai disperat. De cealaltă parte a zidului răzbătea ecoul loviturilor grele ale șuturilor jandarmului. Când, în cele din urmă, am reușit să trag copilul înăuntru, mi-a murit în brațe. Avea șira spinării ruptă.

Sacii și pachetele aruncate peste zid conțineau în cea mai mare parte donațiile polonezilor pentru cei mai săraci evrei, dar aprovizionarea ghetoului se baza pe contrabanda aflată sub controlul unor potentați precum Kohn și Heller. Ea decurgea lin, fără complicații și într-un mod absolut sigur. Santinelele mituite își pierdeau pur și simplu văzul la ora stabilită, iar atunci, chiar sub nasul lor și sub supravegherea lor tăcută treceau prin porțile ghetoului coloane întregi de mașini pline cu alimente, băuturi scumpe, delicatese de lux, tutun adus direct din Grecia și îmbrăcăminte și cosmetice franțuzești.

Aceste mărfuri le puteam admira zilnic la Nowoczesna. Acolo veneau cei bogați, împodobiți cu aur, strălucind de diamante, și tot acolo dame fardate strident își ofereau serviciile speculanților de război, la mesele pline de bunătăți, în ritmul pocnetelor dopurilor de șampanie. Tot acolo mi-am pierdut și două iluzii: una – despre solidaritatea care domnește pretutindeni, și cealaltă – despre muzicalitatea evreilor.

Cerșetorii nu aveau voie să stea în fața cafenelei Nowoczesna. Portarii solizi îi alungau cu bâtele. În trăsurile care trăgeau aici se lăfăiau bărbați distinși și femei elegante, care iarna purtau haine scumpe din stofă de lână, iar vara pălării costisitoare și mătăsuri franțuzești. Pentru a ajunge în zona apărată de bastoanele paznicilor, trebuiau, cu o expresie de indignare care le strâmba fețele, să-și croiască drum prin banda de cerșetori. Niciodată nu dădeau de pomană. După părerea lor, era demoralizantă. Să muncească și alții, așa, ca ei, și tot așa să câștige banii. La urma urmelor, oricine putea face asta și fiecare purta el însuși vina de a nu fi știut să-și organizeze viața.

Stăteau la mesele localului spațios, vizitat de ei pentru afaceri, și începeau să se plângă de vremurile grele și de lipsa de solidaritate a evreilor americani. Cum se poate una ca asta? Aici mor oameni care nu au o bucățică de pâine și se întâmplă lucrurile cele mai îngrozitoare, iar pe partea cealaltă a oceanului presa americană păstrează tăcerea, iar bancherii evrei nu fac nimic ca americanii să declare război Germaniei, deși ar fi putut influența asta în orice clipă, numai să fi vrut.

La Nowoczesna nimeni nu acorda muzicii mele nici cea mai mică atenție. Cu cât cântam mai tumultuos, cu atât mai tare se discuta și zilnic se ducea o competiție între mine și public, încercând să ne acoperim reciproc. Odată s-a întâmplat chiar ca unul dintre clienți să-mi ceară, trimițând chelnerul la mine, să întrerup puțin cântatul fiindcă nu putea să verifice puritatea sunetului celor douăzeci de dolari în monede de aur, pe care tocmai îi cumpărase. Voia să lovească monedele de placa de marmură a mesei, pe urmă să le ducă la ureche și să asculte cu mare atenție sunetul produs, singura muzică ce părea să-l intereseze. Nu am rezistat prea mult în locul acela. Din fericire, am găsit de lucru într-un local de cu totul alt soi, pe strada Sienna, unde veneau intelectualii evrei să-mi asculte muzica. Acolo am reușit să-mi fac o reputație de artist și am cunoscut oameni cu care ulterior aveam să petrec multe clipe frumoase, dar și să trăiesc multe momente cumplite. Printre clienții fideli ai acelei cafenele se număra și pictorul Roman Kramsztyk, un artist remarcabil, prieten cu Artur Rubinstein și Karol Szymanowski. Lucra la un minunat ciclu de grafică despre viața între zidurile ghetoului, fără să știe că va fi mai târziu ucis și că mare parte din desenele lui vor dispărea.

În cafeneaua de pe strada Sienna venea deseori și unul dintre oamenii cei mai nobili pe care i-am întâlnit în viața mea – Janusz Korczak. Era literat, prieten cândva cu Żeromski, și cunoștea aproape toți artiștii importanți din mișcarea Tânăra Polonie, despre care povestea într-un mod simplu, dar interesant totodată. Nu trecea drept un scriitor de primă mărime, poate și din cauză că meritele lui în plan literar aveau un caracter destul de special. Creația lui se limita la scrieri despre copii și pentru copii. Cărțile lui Korczak se caracterizau printr-o profundă înțelegere a psihologiei copilului și erau scrise nu pentru satisfacerea unor ambiții artistice, ci din nevoia inimii unui activist și educator înnăscut. Marea valoare a lui Korczak consta nu în ceea ce scria, ci în felul în care trăia. Fiecare minut din timpul lui liber și fiecare zlot pe care-l avea le dedicase, încă de la începuturile activității sale profesionale, cauzei copiilor. Nu și-a abandonat convingerile până la moarte. A organizat o casă de copii, a inițiat numeroase colecte pentru copii săraci, a ținut prelegeri la radio – grație acestui fapt a dobândit o mare popularitate, și nu doar printre copii, sub numele de Bătrânul Doctor. Atunci când au fost închise porțile ghetoului, a rămas între ele, cu toate că s-ar fi putut salva. În ghetou și-a continuat misiunea de părinte din vocație pentru câteva zeci de orfani evrei, cei mai săraci și cei mai singuri dintre toți copiii de pe lume. Atunci când am stat la taifas cu el pe strada Sienna, nici nu bănuiam măcar prin ce gest minunat și plin de dăruire își va încheia viața.

Patru luni mai târziu m-am mutat la o altă cafenea, Sztuka, aflată pe strada Leszno. Era cel mai mare local din ghetou și avea ambiții diverse. În sala de la Sztuka aveau loc concerte și tot acolo cânta și Maria Eisenstadt, care ar fi putut deveni foarte cunoscută și prețuită de milioane de oameni, dacă nu ar fi fost ucisă de nemți. Acolo am cântat în duet cu Andrzej Goldfeder și tot acolo am avut un succes remarcabil cu prelucrarea mea după valsul din *Casanova* de Ludomir Różycki, pe textul lui Władysław Szengel, poet care apărea acolo zilnic împreună cu Leonid Fokczański, cântărețul Andrzej Włast, cunoscutul satirist „Mecena"-Wacuś și cu Pola Braunówna în spectacolul *Ziarul viu* – o cronică sarcastică a ghetoului, plină de aluzii tăioase și camuflate la adresa nemților. Lângă sala de spectacol se afla barul, unde oamenii mai puțin pasionați de artă, dar interesați în primul rând de mâncare și băutură, puteau găsi băuturi alese, precum și niște *côtelettes de volaille* sau *boeuf Stroganoff* preparate excelent. Atât în sala de spectacol, cât și la bar toate locurile erau ocupate aproape întotdeauna. Câștigam bine pe vremea aceea și am putut, chiar dacă n-a fost mereu ușor, să acopăr nevoile celor șase membri ai familiei mele.

În pauzele dintre piese mă întâlneam aici cu mulți prieteni cu care puteam discuta, și poate mi-ar fi plăcut la Sztuka dacă n-ar fi fost gândurile care mă chinuiau toată după-amiază în legătură cu întoarcerea acasă seara.

Iarna 1941–1942 a fost cumplit de grea pentru ghetou. Micile insule de relativă bunăstare ale intelectualilor evrei și de fast al speculanților erau înconjurate de marea săracilor evrei, deja epuizați la maximum de foame, plini de păduchi și lipsiți de orice apărare în fața frigului, pentru că nu aveau cu ce să se încălzească. Ghetoul era plin de paraziți și nu exista nici o posibilitate de a te feri de ei. Pline de păduchi erau hainele trecătorilor, interioarele tramvaielor și ale magazinelor, păduchii mișunau pe trotuare, pe scările caselor, picau din tavanele instituțiilor publice, unde n-aveai de ales și trebuia să mergi pentru rezolvarea diverselor probleme. Păduchii se aflau în îndoiturile ziarelor, pe monede, acopereau chiar coaja pâinii abia cumpărate, iar fiecare insectă era purtătoare de tifos exantematic.

În ghetou a izbucnit deci epidemia... Numărul deceselor ajungea la cinci mii în fiecare lună. Pentru toți – săraci sau bogați – tifosul era principalul subiect de discuție: săracii se întrebau când vor muri de el, bogații se gândeau cum să se apere de el și de unde să procure vaccinul doctorului Weigl. Acest bacteriolog celebru devenise acum figura cea mai cunoscută, după Hitler; două simboluri la extreme – al binelui și al răului – unul lângă celălalt. Se povestea că doctorul fusese arestat la Lvov, dar – să ne păzească Dumnezeu – nu-l omorâseră, ci imediat a fost considerat un „progerman“ *honoris causa* și i s-a oferit un laborator minunat, o vilă și o mașină nu mai puțin minunată, după ce a fost pus sub supravegherea la fel de „minunată“ a Gestapoului, pentru a produce cât mai multe vaccinuri pentru armata germană aflată în Est, care era plină de păduchi. Se zicea că doctorul a refuzat și vila, și mașina.

Nu știu cum stăteau lucrurile cu-adevărat. Știu doar că doctorul a supraviețuit și că nemții, după ce le-a spuse secretul vaccinului său și a încetat să le mai fie necesar, doar printr-o minune nu i-au oferit la sfârșit una dintre „minunatele" lor camere de gazare. În orice caz, grație descoperirii sale și corupției germane, au fost salvați de la moarte mulți evrei din Varșovia, care, de altfel, oricum urmau să moară mai târziu, însă altcumva.

Nu m-am vaccinat. Puteam să-mi permit o doză de vaccin, dar numai pentru mine, nu și pentru restul familiei. Nu am vrut așa ceva.

Nu putea fi vorba să fie înmormântați cei ce muriseră de tifos în ritmul în care mureau. Nici în case nu puteau fi lăsați. Atunci s-a hotărât să se facă un compromis: cadavrele erau puse, fără haine, care deveniseră de mare preț, numai învelite în ziare, în fața caselor, pe trotuare, unde deseori trebuiau să aștepte multe zile, până când mașinile primăriei le puteau lua și duce la gropile comune din cimitir. Cadavrele celor morți de tifos sau de foame făceau ca întoarcerile mele seara, de la cafenea, să fie atât de înspăimântătoare.

Părăseam localul printre ultimii, împreună cu șeful acestuia, imediat după ce se socoteau câștigurile din ziua respectivă și primeam banii care mi se cuveneau. Străzile erau aproape pustii și întunecoase. Îmi aprindeam lanterna și eram atent la fiecare pas, ca să nu mă împiedic de cadavre. Vântul rece de ianuarie îmi sufla în față sau mă împingea din spate, foșnea hârtia în care erau înfășurați morții, se umfla de vânt, arătând oasele uscate ale tibiei, burțile lăsate, fețe cu dinți dezveliți sau ochi fixați în gol.

Pe atunci nu eram încă obișnuit cu vederea cadavrelor. Plin de groază și repulsie, străbăteam în grabă străzile, ca să ajung cât mai repede acasă, unde mama mă aștepta deja cu un vas cu spirt și o pensetă. În vremurile acelea groaznice de molimă, avea grijă de sănătatea familiei noastre cum putea ea mai bine. Nu lăsa pe nimeni să intre din vestibul în casă fără să fi verificat temeinic paltoanele, pălăriile sau îmbrăcămintea și să le curețe de păduchi, pe care îi îneca în spirt.

În primăvară, când devenisem mai bun prieten cu Roman Kramsztyk, deseori, după muncă, în loc să merg acasă, mergeam la locuința lui de pe strada Elektoralna, unde ne întâlneam ca să stăm de vorbă până noaptea târziu.

Proprietarul apartamentului se număra printre cei fericiți. Își avea micul său regat: o cămăruță cu tavanul pieziș la ultimul etaj al unuia dintre imobilele cu apartamente de închiriat. Acolo își adunase toate comorile pe care reușise să le protejeze de jafurile nemților: o canapea largă acoperită cu un chilim, două fotolii vechi de valoare, o superbă comodă renascentistă, un covor persan, o armă veche, câteva tablouri și multe mici obiecte adunate de-a lungul anilor din diverse părți ale Europei, fiecare dintre ele fiind o operă de artă în miniatură și o desfătare pentru văz. Era plăcut să stai în cămăruța aceea, bând cafea și flecărind vesel la lumina gălbuie, slabă a lămpii împodobite cu un abajur făcut cândva de Roman Kramsztyk. Până să apună soarele, ieșeam puțin pe balcon ca să respirăm aer proaspăt, care aici, la înălțime, era mai curat decât jos, pe străzile prăfuite și sufocante. Se apropia ora stingerii, oamenii se închideau în case, soarele de primăvară la crepuscul acoperea cu o strălucire trandafirie acoperișurile de tablă galvanizată, stoluri de porumbei albi descriau cercuri pe albastrul cerului, iar din Grădina Saxonă, aflată în apropiere, se revărsa, de dincolo de ziduri, până aici, la noi, în cartierul blestemat, mirosul de liliac. Sosise ceasul nebunilor și al copiilor. Roman se uita cu atenție, ca și mine, de-a lungul străzii Elektoralna, căutând-o cu privirea pe „dama cu panaș", așa cum o numiserăm pe nebuna noastră. Arăta nemaipomenit. Obrajii îi erau fardați cu un roz strident, iar sprâncenele groase de un centimetru desenate de la o tâmplă la cealaltă. Peste rochia neagră, zdrențuită, aruncase o draperie veche, din catifea verde cu franjuri, iar din pălăria ei de pai ieșea în afară, drept în sus, o pană mare, purpurie, de struț, care se legăna delicat în ritmul pașilor ei grăbiți și nesiguri. Pe drum oprea la fiecare pas trecătorii, întrebându-i politicos, cu un zâmbet, despre soțul ei, ucis de nemți sub ochii săi:

— Mă scuzați... Nu l-ați întâlnit cumva pe Izaak Szerman? Un bărbat înalt, elegant, cu o bărbuță cenușie...

Și îl privea pe cel oprit drept în față, cu insistență, iar când primea un răspuns negativ, striga dezamăgită:

— Ah, nu?

Atunci fața ei se crispa dureros preț de-o clipă, dar imediat se destindea într-un zâmbet amabil, silit.

— Vă rog să mă scuzați, stimate domn....

Și se îndepărta imediat, scuturând din cap, în parte de jenă, pentru că răpise din timpul cuiva, în parte de uimire că cineva putea să nu-l cunoască pe soțul ei, Izaak, un domn atât de distins și elegant.

De obicei, la ora aceea, cutreiera pe strada Elektoralna și Rubinstein, îmbrăcat în niște cârpe sfâșiate, murdare și fâlfâind în toate părțile. Se învârtea cu un băț în mână, făcea salturi, murmura și fredona în barbă. Era foarte îndrăgit în ghetou. Se știa de la distanță că vine, după cum striga „N-avea grijă, băiete!", iar scopul lui era unul singur: să le insufle oamenilor curaj. Bancurile și glumele lui circulau prin ghetou și răspândeau veselie. Una dintre specialitățile lui era să se apropie de santinele și să le numească, scălâmbăindu-se în fel și chip, „imbecili, bandiți și adunătură de hoți". Nemții se distrau teribil și adesea îi aruncau, drept plată pentru insultele lui, țigări și mărunțiș, căci doar nu putea fi luat în serios un nebun. Nu eram atât de sigur ca nemții de nebunia lui, și nici astăzi nu știu dacă Rubinstein chiar se număra printre cei mulți care își pierduseră mințile în urma atrocităților trăite sau doar se prefăcea, pentru ca, sub masca de nebun, să evite moartea, ceea ce oricum n-a reușit în final.

Nebunilor nu le păsa de ora stingerii. Pentru ei, nu avea nici o însemnătate. Nici pentru ei, nici pentru copii. Mici apariții fantomatice ieșeau din pivnițe, fundături, de pe unde dormeau, în speranța că, poate, în acea ultimă oră din zi, vor reuși, totuși, să trezească compasiune în inimile oamenilor. Se așezau sub felinare, pe lângă zidurile caselor, în drum, și, ridicând capetele, se văitau monoton că sunt flămânzi. Cei mai muzicali dintre ei cântau. Cu glasuri slabe, subțirele cântau despre un soldat tânăr, care, rănit și abandonat de toți pe câmpul de luptă, agonizând, își cheamă mama, dar mama nu e lângă el. Este departe și nu știe că fiul ei e pe moarte, și pentru odihna veșnică îl leagănă doar pământul, cu murmurul arborilor și al ierbii: „Dormi, fiule, dormi, dragule!", iar floarea căzută din copac pe pieptul fără viață este singura lui decorație.

Alți copii încercau să ajungă la conștiința oamenilor și să-i convingă: „Suntem foarte, foarte flămânzi. Nu am mâncat de multă vreme. Dați-ne o bucățică de pâine, sau, dacă nu pâine, atunci măcar un cartof sau o ceapă, ca să putem trăi și noi măcar până mâine".

Dar aproape nimeni nu avea ceapa aceea, și, chiar dac-ar fi avut-o, nu putea să o dea, fiindcă nu avea inimă. Războiul o preschimbase în piatră.

7
Gestul doamnei K.

În primăvara timpurie a anului 1942 au încetat brusc toate raziile făcute până atunci sistematic. Dacă s-ar fi întâmplat cu doi ani mai devreme, oamenii ar fi fost mai liniștiți, căci ar fi văzut în asta un motiv de bucurie, de speranță, un semn că lucrurile se puteau îndrepta. Dar după doi ani și jumătate de conviețuire cu nemții, nimeni nu se mai lăsa înșelat. Încetaseră să ne mai vâneze numai pentru că le venise o altă idee, una ca să ne chinuie și mai eficient. Întrebarea era: ce idee? Oamenii se lăsau purtați de presupunerile cele mai fantastice și, în loc să se liniștească, erau și mai zbuciumați.

În orice caz, nu mai trebuia ca la cel mai mic semn să fugim de-acasă ca să ne refugiem peste noapte în secția de chirurgie. Henryk dormea pe masa de operație, iar eu în scaunul ginecologic și, când mă trezeam dimineața, privirea îmi cădea pe radiografiile agățate deasupra mea, puse la uscat; inimi bolnave, plămâni devorați de tuberculoză, vezici biliare pline de pietre și oase rupte. Șeful dispensarului, un medic prieten cu noi, spunea pe bună dreptate că, oricât de rele ar fi fost raziile de noapte ale Gestapoului, niciodată, dar niciodată n-avea să-i treacă prin cap cuiva să caute acolo și că numai în locul acela puteam dormi liniștiți.

Liniștea aparent netulburată a durat până în aprilie, mai exact până într-o zi de vineri din a doua jumătate a lunii, când, pe neașteptate, ghetoul a fost măturat de un uragan de spaimă. S-ar fi zis că nu exista un temei pentru frică, fiindcă atunci când oamenii erau întrebați de ce anume se tem și ce avea să se întâmple, după părerea lor, nimeni nu putea da un răspuns concret. Cu toate acestea, după-amiaza au fost închise toate magazinele, iar oamenii s-au ascuns în case.

Nu știam ce urma să se întâmple cu cafenelele. M-am dus așadar, ca de obicei, la Sztuka, dar și acolo era închis. În drum spre casă am devenit tot mai nervos, cu atât mai mult, cu cât, în ciuda întrebărilor puse unor prieteni în general bine informați, n-am putut afla despre ce era vorba. Nimeni nu știa.

Până la ora unsprezece am stat îmbrăcați, așteptând să vedem ce se petrece dar, pentru că afară era liniște, până la urmă am hotărât să ne culcăm. Eram de-a dreptul convinși că panica fusese pornită de niște zvonuri absurde. Dimineața, tata a ieșit primul în oraș și s-a întors după câteva minute palid și înspăimântat: în timpul nopții, nemții intraseră în mai multe case și scoseseră în stradă șaptezeci de bărbați, pe care îi împușcaseră pe loc. Cadavrele nu fuseseră ridicate nici până atunci.

Ce trebuia să însemne asta? Ce făcuseră oamenii aceia? Eram cutremurați și revoltați.

Abia după-amiaza am primit răspunsul, când pe străzile pustii au fost lipite afișe. Autoritățile germane informau că au fost nevoite să curețe cartierul nostru de „elemente indezirabile", dar această acțiune nu viza partea loială a locuitorilor, magazinele și cafenelele trebuiau să fie imediat redeschise, iar oamenii să revină la modul normal de viață și nu aveau să fie amenințați de nici un pericol.

Luna următoare a trecut într-adevăr în liniște. Era mai, și chiar și în grădinile din ghetou înflorise liliacul, iar din salcâmi atârnau ciorchini îmbobociți, care de la o zi la alta deveneau mai albi. Când au fost pe punctul de a înflori, nemții și-au amintit de noi. De data asta, cu o mică diferență: nu aveau să se mai ocupe ei de noi; obligația de a face razii revenea poliției evreiești și biroului evreiesc al forțelor de muncă.

Henryk avusese dreptate când refuzase să intre în poliție numind-o haită de bandiți. Era alcătuită în principal din bărbați tineri, care proveneau din pătura înstărită. Aveam printre ei mulți cunoscuți și, cu cât era mai mare repulsia care ne cuprindea, cu atât mai mult vedeam cum oameni până nu demult cumsecade, cu care dădeam mâna și pe care îi consideram prieteni, se transformaseră în canalii. Se contaminaseră de spiritul Gestapoului, așa, probabil, se putea numi asta. Din clipa în care își puneau uniforma și șapca de polițist și primeau un baston de cauciuc, deveneau niște animale. Cel mai mult îi interesa să stabilească legături cu cei din Gestapo, să le fie utili, să fie văzuți cu ei pe străzi, să se împăuneze cu faptul că știu limba germană și să-i concureze pe șefii lor în brutalitatea manifestată față de populația evreiască. Asta nu i-a împiedicat să înființeze o orchestră de jazz a poliției, de altfel excelentă.

În timpul marii razii din mai au înconjurat străzile, cu o precizie demnă de SS-iștii exponenți ai „rasei pure“, au năvălit în uniformele lor bine croite, zbierând brutal după modelul nemților și lovind oamenii cu bastoanele de cauciuc.

Eram încă acasă când, deodată, mama veni într-un suflet să ne aducă o veste despre vânătoarea de oameni: îl luaseră pe Henryk! Am hotărât să-l eliberez cu orice preț. Puteam să contez doar pe popularitatea mea ca pianist, căci nici actele mele nu erau în ordine. Croindu-mi drum printre câteva șiruri de polițiști, am fost oprit, apoi eliberat și în cele din urmă am ajuns la clădirea în care se afla oficiul forțelor de muncă. În fața ei stăteau bărbații prinși, goniți aici din toate părțile de polițiști, ca de niște câini ciobănești. Turma adunată se mărea însă cu fiecare clipă cu alți bărbați, aduși de pe străzile învecinate. Am reușit cu greu să ajung la directorul adjunct și să-i smulg promisiunea că Henryk va fi acasă încă înainte de lăsarea întunericului.

Așa s-a și întâmplat, numai că – și asta a fost ceva absolut neașteptat pentru mine – Henryk era furios! După părerea lui, nu aveam voie să mă înjosesc și să merg să mă rog de ticăloșii de polițiști și de cei de la biroul forțelor de muncă.

— Ar fi fost mai bine dacă te-ar fi luat?!

— Nu e problema ta! a răspuns morocănos. Pe mine trebuiau să mă ducă. De ce te amesteci în chestiuni care nu te privesc...

Am ridicat din umeri. Cum să te cerți cu nebunul?

Seara s-a anunțat amânarea orei de stingere pentru douăsprezece noaptea, pentru ca familiile celor „trimiși la muncă" să aibă suficient timp să le ducă pături, lenjerie de schimb și hrană pentru drum. O asemenea „mărinimie" a nemților era cu adevărat emoționantă, iar polițiștii evrei au subliniat-o, ca să ne câștige încrederea.

Mult mai târziu aveam să aflu că o mie de bărbați prinși atunci au fost duși din ghetou direct în lagărul de la Treblinka, pentru a testa pe ei eficacitatea camerelor de gazare și a cuptoarelor crematoriului, construite de curând.

Și iar a trecut o lună de liniște totală, până la seara aceea greu de uitat a masacrului din iunie. Nu bănuiam câtuși de puțin ce avea să urmeze. Era cald, așa că, după cină, am ridicat storurile care țineau umbră și am deschis larg ferestrele, ca să respirăm puțin aerul proaspăt, de seară. Mașina Gestapoului a oprit la casa aflată vizavi cu asemenea repeziciune, și atât de rapid au fost trase gloanțele de avertisment, încât, până să reușim să ne ridicăm de la masă și să alergăm la fereastră, ușa clădirii era deja larg deschisă, iar din interior răzbăteau strigătele SS-iștilor. Ferestrele deschise erau întunecate, dar se putea totuși simți teroarea care domnea acolo. Chipuri înspăimântate se iveau din întuneric și din nou dispăreau repede. Luminile s-au aprins etaj după etaj, pe măsură ce nemții urcau scările. Peste stradă de noi locuia familia unui comerciant, pe care o cunoșteam din vedere. Când și la etajul din dreptul nostru a strălucit lumina și SS-iștii, cu căști, cu carabine automate gata să tragă s-au năpustit în încăpere, locatarii din apartamentul de vizavi, ca și noi cu puțin timp în urmă, erau așezați la masă, rămânând nemișcați de groază. Subofițerul care conducea detașamentul a luat asta drept o jignire personală. Aproape că-i pierise graiul de indignare. Stătea mut, cuprinzând cu privirea pe cei ce ședeau la masă și abia după câteva clipe a răcnit înfuriat:

— În picioare!

S-au ridicat cât de repede au putut, cu excepția capului familiei, un bătrânel cu picioarele paralizate. Subofițerul fierbea de furie. S-a apropiat de masă, s-a sprijinit de ea cu ambele mâini și, fixându-l pe bătrânul paralizat, a răcnit din nou:

— În picioare!

Bătrânul s-a apucat tare de brațele fotoliului rulant, făcând eforturi disperate să se ridice, dar fără succes. Până să reușim să ne dăm seama ce se întâmplă, nemții s-au năpustit asupra lui, l-au ridicat brusc cu tot cu fotoliu, l-au scos pe balcon și l-au aruncat în stradă de la etajul al treilea.

Mama a scăpat un țipăt, acoperindu-și ochii. Tata a fugit de la fereastra cealaltă spre centrul camerei. Halina s-a precipitat spre el, iar Regina a luat-o pe mama în brațe și i-a spus pe un ton imperativ, foarte tare și foarte clar:

— Liniște!

Henryk și cu mine nu ne puteam desprinde de fereastră. Îl văzuserăm pe bătrân încă suspendat în fotoliu deasupra străzii, iar mai târziu am auzit distinct cum se lovea fotoliul de caldarâm și ecoul izbiturii corpului omenesc de dalele trotuarului. Stăteam nemișcați, incapabili să ne dăm înapoi sau să ne desprindem privirile de la ceea ce se întâmpla peste stradă. În același timp, SS-iștii scoseseră din clădire câteva zeci de bărbați. Au aprins reflectoarele de pe mașini, i-au obligat pe cei prinși să se pună în lumina lor, au pornit motoarele și le-au ordonat oamenilor să alerge înainte în cercul alb de lumină. De la ferestrele caselor se auzeau țipete spasmodice și, în același moment, din mașină s-a tras o rafală de armă automată. Cei care alergau în fața mașinii cădeau unul după altul, ridicați în aer de gloanțe, întorcându-se cu fața sau învârtindu-se în cerc, de parcă trecerea hotarului dintre viață și moarte trebuia să fie legată de efectuarea unui salt foarte greu și complicat. Numai unul a reușit să iasă din cercul de lumină. Fugea cât îl țineau puterile și ni se părea că va reuși să ajungă la cea mai apropiată cotitură a străzii. Mașina avea însă un reflector mobil, fixat la înălțime, pregătit pentru asemenea situații. A fost pornit, fugarul a fost găsit, au fost trase gloanțe și a fost ridicat și el în aer: a înălțat mâinile deasupra capului, s-a îndoit în saltul înapoi și a căzut pe spate.

SS-iștii au urcat în mașină și au demarat, trecând peste cadavre, la călcarea cărora vehiculul se scutura ușor, ca și cum ar fi trecut peste niște gropi mici.

În noaptea aceea au fost împușcați în ghetou o sută de bărbați, dar acțiunea aceasta nu a mai făcut asupra noastră o impresie la fel de puternică precum cea de dinainte. În ziua următoare, magazinele și cafenelele au fost deschise normal.

Oamenii erau interesați și de altceva: ocupația cotidiană a nemților devenise acum filmarea. De ce? Dădeau buzna într-un restaurant, le ordonau chelnerilor să umple mesele cu cea mai bună mâncare și cu băutură, oamenilor din local le cereau să zâmbească, să mănânce și să bea, iar spectacolul acesta îl fixau pe peliculă. Au filmat în cinematograful Femina de pe strada Leszno operete montate acolo și, o dată pe săptămână, au filmat concertele simfonice sub bagheta lui Marian Neuteich, desfășurate în același loc. Președintelui Consiliului Evreiesc i-au cerut să ofere o recepție fastuoasă, la care să invite toate personalitățile importante din ghetou, și au filmat evenimentul. Într-o zi au adunat mai mulți bărbați și femei la baia publică, le-au ordonat să se dezbrace complet și să se spele într-o încăpere comună, iar această scenă ciudată au filmat-o întocmai. Abia mult mai târziu am aflat că filmele erau destinate populației germane din Reich și celor din străinătate. Ele trebuiau să spună minciuni celor neliniștiți de zvonuri, în cazul în care înaintea lichidării ghetoului s-ar fi scurs informații. Filmele trebuiau să stea mărturie că evreii au dus-o bine la Varșovia și că erau lipsiți de simț moral și nedemni de respect, de vreme ce bărbații și femeile făceau baie împreună, dezgolindu-se fără rușine unii în fața celorlalți.

Cam în aceeași vreme, începuseră să circule prin ghetou vești din ce în ce mai neliniștitoare. Ca de obicei, nu se știau sursele și nu putea fi găsit autorul lor sau cineva care să poată confirma că se bazează pe ceva real. Cu toate acestea, treceau drept verificate. Pur și simplu, într-o zi cineva începea să povestească despre cât de îngrozitoare erau, de pildă, condițiile de viață din ghetoul din Łódź, unde evreii fuseseră obligați să introducă în circulație propriii bani, cu care nu puteau cumpăra nimic din afara ghetoului și acum mureau de foame cu miile. Unele dintre aceste vești îți strângeau inima, alții însă le ascultau cu o ureche și le dădeau mai departe. După o vreme nu s-a mai vorbit despre Łódź și au început să circule zvonuri despre Lublin și Tarnów, unde, pare-se, evreii erau otrăviți cu gaz, lucru pe care, de altfel, nimeni nu voia să-l creadă. Mai credibil părea zvonul că ghetourile evreiești din Polonia trebuiau să se limiteze la patru mari comasări în Varșovia, Lublin, Cracovia și Radom. Apoi, un alt zvon a început să circule – despre mutarea ghetoului din Varșovia spre vest, în transporturi de câte șase mii de oameni zilnic. După părerea unora, s-ar fi trecut de multă vreme la asta, dacă nu ar fi fost o conferință secretă a Consiliului Evreiesc, în timpul căreia s-a reușit convingerea Gestapoului – cu siguranță cu ajutorul mitei – să se renunțe la mutarea noastră.

Pe 18 iulie, într-o sâmbătă, Goldfeder și cu mine am susținut, în cafeneaua Pod Fontanną de pe strada Leszno, un concert în beneficiul cunoscutului pianist

Leon Boruński, laureat al Concursului Chopin. Boruński se afla în ghetoul din Otwock, era bolnav de tuberculoză și lipsit de mijloace de existență. Grădina cafenelei era plină ochi. Se adunaseră vreo patru sute de persoane din elita societății și din pretinsa elită. Nimeni nu-și mai amintea când se mai adunase un asemenea public, iar dacă oamenii erau emoționați, asta avea o cauză absolut prozaică: doamnele elegante din clasele bogate și distinșii parveniți erau foarte curioși dacă doamna L. se va saluta astăzi cu doamna K. Ambele doamne se angajaseră în acțiuni de binefacere. Participau activ la demersurile comitetelor care luaseră ființă în numeroase case bogate și aveau drept scop ajutorarea celor sărmani. O asemenea activitate era foarte plăcută, căci aveau adesea loc baluri la care lumea dansa, se distra, bea, iar sumele obținute erau destinate acțiunilor de binefacere.

Cauza neînțelegerii dintre cele două doamne era o întâmplare care avusese loc în urmă cu câteva zile la cafeneaua Sztuka. Ambele erau foarte frumoase, fiecare în felul său. Se detestau din toată inima și fiecare încerca să atragă admiratorii celeilalte, printre cei mai râvniți numărându-se Maurycy Kohn – agent al Gestapoului și proprietar al unei linii de tramvai, un om cu o figură interesantă, expresivă, de actor.

În seara aceea, la Sztuka, amândouă se distrau de minune, în bar, fiecare în micul său cerc de adoratori, și încercau să supraliciteze în alegerea celor mai căutate băuturi și șlagărelor la modă cântate la cerere la masă de acordeonistul orchestrei de jazz. Prima a plecat doamna L., fără să știe că, târându-se pe stradă, o femeie răpusă de foame căzuse și murise în ușa cafenelei. La ieșire, orbită trecând de la lumină la întuneric, doamna L. s-a împiedicat de cadavru. Văzându-l, a avut un șoc și nu se mai putea liniști. Altfel au stat lucrurile cu doamna K., care fusese între timp informată de toată întâmplarea. Ajungând în ușă, scoase un strigăt de groază, imediat însă, ca și cum ar fi fost cuprinsă de o profundă compasiune, merse spre femeia moartă, scoase din poșetă cinci sute de zloți și îi dădu lui Khon, care venea în urma ei, cu cuvintele:

— Vă rog, faceți-mi o favoare și aveți grijă să fie îngropată.

Iar una dintre femeile din compania ei a zis în așa fel încât toți să poată auzi:

— Un înger, ca întotdeauna!

Doamna L. nu a putut să-i ierte asta doamnei K. În ziua următoare a numit-o „căzătură abjectă“ și a declarat că nu avea de gând să o mai salute niciodată. Astăzi urmau să apară amândouă în cafeneaua Pod Fontanną, iar *la jeunesse dorée* din ghetou aștepta în tensiune să vadă cum va fi întâlnirea lor.

Prima parte a concertului ajunsese deja la final și am ieșit cu Goldfeder în stradă, să fumăm liniștiți câte o țigară. Cântaserăm împreună tot anul și ne împrieteniserăm foarte mult. Astăzi, el nu mai e în viață, deși aparent avea mai multe șanse de supraviețuire decât mine! Era un pianist remarcabil, dar și jurist. Terminase conservatorul și dreptul, dar era foarte sever cu sine și ajunsese la concluzia că nu va reuși să ajungă un pianist de primă mână, prin urmare începuse să practice avocatura, pentru ca, mai târziu, în timpul războiului, să fie din nou pianist.

Grație inteligenței, farmecului personal și rafinamentului său era foarte popular și îndrăgit în Varșovia de dinaintea războiului. Mai târziu a reușit să fugă din ghetou și să trăiască doi ani la scriitorul Gabriel Karski, care îi oferise adăpost. O săptămână înainte de intrarea armatei sovietice a fost împușcat de nemți într-un orășel din apropierea Varșoviei distruse.

Fumam, stăteam de vorbă și simțeam cum ni se mai duce oboseala cu fiecare fum tras. Fusese o zi atât de frumoasă! Soarele dispăruse deja dincolo de case și numai în acoperișuri și ferestrele etajelor superioare se reflecta strălucirea lui purpurie. Albastrul intens al cerului devenea mai stins și era desenat de zborul de rândunele. Mulțimea de pe străzi se rărise și ni se părea mai puțin murdară și nefericită când trecea cufundată în amestecul de lumină roz-purpurie și aurie a acelei seri.

La un moment dat l-am zărit pe Kramszytek, care venea spre noi. Ne-am bucurat amândoi. Aveam de gând să-l introducem cumva în a doua parte a concertului: promisese să-mi facă portretul și voiam să mai discut cu el despre asta. N-am reușit însă să-l convingem să intre. Era apatic și cuprins de gândurile cele mai negre. Cu puțin timp înainte aflase, din surse sigure, că nu vom putea evita de astă dată strămutarea din ghetou: de partea cealaltă a zidului, comandoul german de exterminare, *Vernichtungskommando*, deja instalat, se pregătea să intre în acțiune.

8
Un mușuroi de furnici în pericol

Tot în perioada aceea Goldfeder și cu mine voiam să organizăm un concert de prânz cu ocazia aniversării duetului nostru. Trebuia să aibă loc în grădina cafenelei Sztuka, sâmbătă, 25 iulie 1942. Speram să fie totul bine. Țineam foarte mult să dăm acest concert și depuseserăm multe eforturi pentru organizarea lui. Acum, în preziua concertului, pur și simplu nu ne venea să credem că nu va avea loc. Crezusem că și de această dată zvonurile despre strămutare se vor dovedi neîntemeiate. Duminică, 19 iulie, cântasem încă în grădina unei cafenele de pe strada Nowolipy, fără să am măcar presentimentul că poate fi ultimul meu concert în ghetou. Grădina era plină de lume, dar domnea o atmosferă mai degrabă tristă.

După ce am terminat, am trecut pe la Sztuka. Ora era târzie și deja nu mai era nimeni în local. Numai angajații se învârteau încoace și încolo, pentru a-și termina obligațiile zilnice. M-am așezat pentru o clipă să discut cu patronul. Era devastat și dădea ordine fără convingere, mai mult pentru a păstra aparențele.

— Pregătiți deja sala pentru concertul nostru de sâmbătă? am adus eu vorba.

S-a uitat la mine ca și cum n-ar fi știut despre ce vorbesc, iar pe fața lui se citea compasiunea amestecată cu ironie pentru ignoranța mea privind deciziile care pecetluiseră soarta ghetoului.

— Chiar credeți că vom mai fi în viață sâmbătă? m-a întrebat, aplecându-se spre mine peste masă.

— Sunt sigur de asta! i-am zis.

Și, ca și cum răspunsul meu i-ar fi deschis noi perspective de salvare și salvarea aceea urma să depindă de mine, m-a prins de mână și mi-a spus cu înflăcărare:

— Dacă vom mai trăi, sâmbătă puteți mânca aici ce doriți, pe cheltuiala mea, și... – aici a avut o scurtă ezitare, dar s-a hotărât să meargă până la capăt și a continuat – ... și puteți comanda pe cheltuiala mea cele mai bune băuturi care există în pivnița cafenelei Sztuka!

După zvonuri, acțiunea de evacuare trebuia să înceapă în noaptea de duminică spre luni. Noaptea a trecut totuși în liniștite, iar luni dimineața oamenii erau iarăși bine dispuși. Poate că fuseseră iarăși niște aiureli?

Seara însă a izbucnit panica: după ultimele informații, acțiunea urma să înceapă în noaptea aceea, de la evacuarea ghetoului mic – de data aceasta, cu toată certitudinea. Pe podul pe care nemții îl construiseră peste strada Chłodna, ca să ne priveze și de ultima posibilitate de a fi în contact cu „cartierul arian“, au început să treacă din ghetoul mic în cel mare mulțimi agitate de oameni cu baloturi și cufere, cu copii, încercând să fugă din cartierul amenințat înainte de ora stingerii. Noi, cu atitudinea noastră fatalistă, am rămas pe loc. Seara târziu, vecinii au primit vestea de la comisariatul poliției poloneze că se declarase starea de alertă. Prin urmare, ceva rău se pregătea, totuși. N-am închis un ochi până la ora patru dimineața, am vegheat la fereastra deschisă, dar și noaptea aceea a trecut în liniște. Marți am mers cu Goldfeder la administrația Consiliului Evreiesc. Tot nu ne pierduserăm speranța că lucrurile se vor rezolva cumva. Voiam să obținem de acolo o informație oficială privind intențiile nemților pentru următoarele zile. Eram deja foarte aproape de clădire când a trecut pe lângă noi o mașină deschisă, în care ședea, înconjurat de jandarmi, palid și cu capul descoperit, colonelul Kon, șeful departamentului pentru sănătate din Consiliu. În același timp, așa cum am aflat în scurt timp, fuseseră arestați mulți alți funcționari ai Consiliului. Începuseră crunte razii de stradă.

În aceeași zi, după-amiaza, s-a produs un incident care a cutremurat întreaga Varşovie, de ambele părți ale zidului: cunoscutul chirurg polonez, o somitate în domeniu, doctorul Raszej, profesor al Universității din Poznań, fusese rugat să meargă în ghetou pentru a face o operație grea. Ca de obicei în asemenea împrejurări, la intrare a primit, de la comandamentul german, un permis de liberă trecere, dar când a ajuns la bolnav și a început operația, în locuință au dat buzna SS-iștii, l-au împușcat pe pacientul anesteziat aflat pe masa de operație, apoi pe chirurg și în final pe toți cei aflați în casă.

Miercuri, 22 iulie, am pornit spre oraș în jurul orei zece dimineața. Atmosfera de pe stradă nu era atât de tensionată cât fusese în seara precedentă, căci circula un zvon liniștitor că funcționarii arestați ai Consiliului fuseseră puși în libertate. Deci deocamdată nemții nu aveau totuși intenția de a ne evacua, de vreme ce, așa cum auziserăm din provincie, unde de mult timp evacuaseră comunități evreiești mult mai mici, se începuse întotdeauna cu dizolvarea consiliilor.

Era ora unsprezece și mergeam de-a lungul podului peste strada Chłodna. Umblam cufundat în gânduri, fără să fi observat că oamenii de pe pod se opriseră, își arătau ceva cu degetul și apoi se împrăștiau repede, speriați.

Tocmai mă pregăteam să urc scările de lemn ale podului, când m-a prins de braț un prieten pe care nu-l mai văzusem de mult.

— Ce faci aici? Era foarte agitat și, când vorbea, buza de jos îi tremura ca botul unui iepure: Întoarce-te imediat acasă!

— Ce se-ntâmplă?

— Într-o oră începe acțiunea.

— Nu se poate!

— Nu? a pufnit el nervos, cu amărăciune. M-a întors spre balustradă și a arătat cu mâna de-a lungul străzii Chłodna: Uită-te și tu!

Pe Chłodna mărșăluia un detașament de soldați în uniforme galbene, pe care nu le știam, condus de un subofițer german. La fiecare câțiva pași, detașamentul se oprea și unul dintre soldați se posta lângă zidul care ne împrejmuia.

— Ucrainenii... Suntem înconjurați...

Mai mult a suspinat decât a rostit cuvintele și a alergat pe scări fără să-și ia rămas-bun.

La ora douăsprezece a început evacuarea caselor bătrânilor și invalizilor, precum și a adăposturilor de noapte, în care erau înghesuiți în ghetoul din Varșovia evrei din împrejurimile Varșoviei, dar și cei care fuseseră deportați aici din Germania, Cehoslovacia, România și Ungaria. După-amiaza erau deja în oraș afișe care anunțau începerea evacuării în Est a tuturor evreilor care nu puteau munci. Fiecare avea voie să ia douăzeci de kilograme de bagaj, rezerve de hrană pentru două zile și o bijuterie. Cei apți de muncă urmau să fie instalați în barăci și trimiși la muncă în fabricile din orașele germane. Singurele excepții erau angajații organizațiilor sociale evreiești și ai Consiliului Evreiesc. Pentru prima dată, comunicatul nu avea semnătura președintelui Consiliului – inginerul Czerniaków se sinucisese înghițind cianură de potasiu.

Astfel a început ce era mai rău – evacuarea unui cartier al orașului de jumătate de milion de locuitori, ceva atât de absurd, că nimeni nu putea să creadă.

În primele zile, acțiunea s-a desfășurat pe principiul loteriei. Au fost înconjurate casele la întâmplare, o dată în partea asta de ghetou, o dată în partea cealaltă. Cu un singur fluierat, locuitorii erau alungați în curte și erau încărcați în căruțe toți, fără excepții, indiferent de sex și vârstă, începând cu bebelușii și sfârșind cu bătrânii, și duși în Umschlagplatz – centrul de adunare și tranzit. Acolo victimele erau înghesuite în vagoane și trimise în necunoscut.

În acele prime zile acțiunea a fost condusă doar de poliția evreiască, având în frunte trei zbiri: colonelul Szerzyński și căpitanii Lejnik și Erlich.

Erau la fel de amenințători și nemiloși ca nemții, și poate chiar mai ticăloși decât ei: când găseau oameni care se ascundeau în loc să iasă în curte, se lăsau înduplecați, dar numai cu mită. Lacrimile, implorările și strigătele de disperare nu îi mișcau.

Deoarece magazinele erau închise și ghetoul nu avea acces la nici un fel de resurse de hrană, după câteva zile a început să bântuie foamea, de data aceasta generală. Nu aceasta era însă cea mai mare problemă pentru noi, căci acum apăruse ceva mai important decât foamea – era vorba despre obținerea certificatelor de angajare.

Atunci când încerc să recompun imaginea vieții noastre în acele zile și ore pline de groază, o singură comparație îmi vine în minte: cea cu un mușuroi de furnici aflat în pericol.

Când piciorul brutal al unui ins fără minte începe să distrugă mușuroiul acestor insecte, furnicile aleargă în toate părțile și se agită, căutând drumuri și posibilități de a se salva. Amețite de bruschețea atacului sau preocupate de salvarea progeniturilor și avutului, se învârt în cerc ca sub influența unei otrăvi și, în loc să fugă, se întorc pe aceleași drumuri, la aceleași locuri și, fără să fie în stare să părăsească cercul morții, pier. Tot așa ni se întâmpla și nouă...

Perioada aceea îngrozitoare pentru noi a fost una nemaipomenită pentru afacerile nemților. Firmele germane apăruseră în ghetou ca ciupercile după ploaie și fiecare era gata să elibereze un certificat de angajare, bineînțeles, contra unei sume corespunzătoare, care ajungea la câteva mii de zloți. În fața firmelor se formaseră cozi, care, în cazul birourilor fabricilor cu adevărat importante și mari, precum Toebbens sau Schultz, ajungeau la dimensiuni uriașe. Cei care reușiseră să-și procure certificatele își prindeau de haine cartonașe cu numele locului unde chipurile aveau să muncească. Credeau că asta o să-i scape de evacuare.

Puteam să intru cu ușurință în posesia unui asemenea certificat, dar, din nou, ca și în cazul vaccinului împotriva tifosului, numai pentru mine. Nici unul dintre prietenii mei, nici chiar cei cu relațiile cele mai bune, nu voia să audă de eliberarea de certificate pentru toată familia. Șase certificate însemnau mult, și eu nu-mi puteam permite să plătesc pentru ele nici măcar cel mai mic preț. Câștigam cât s-o ducem de pe o zi pe alta, iar ceea ce câștigam era doar pentru mâncare. Începutul acțiunii din ghetou m-a prins cu doar câteva sute de zloți în buzunar. Eram deprimat din cauza neputinței mele, cu atât mai mult cu cât remarcasem cum prietenii mei mai bogați își puseseră cu ușurință familiile la adăpost. Neîngrijit, nebărbierit și fără o bucățică de pâine am alergat de dimineața până seara de la o firmă la alta, cerșind milă. Abia după șase zile, după epuizarea tuturor relațiilor și cunoștințelor, am reușit cum-necum să obțin certificatele acelea.

Cam cu o săptămână înainte de declanșarea acțiunii m-am întâlnit pentru ultima oară cu Roman

Kramsztyk. Era foarte slăbit și cu greu reușea să-și ascundă enervarea. S-a bucurat când m-a zărit.

— Nu ești în turneu? a încercat el să glumească.

— Nu, i-am răspuns scurt. Nu-mi ardea de glume. I-am pus o întrebare pe care o punea toată lumea: Ce crezi? Ne vor evacua pe toți?

A evitat să-mi răspundă, dar a aruncat în treacăt o observație, privindu-mă compătimitor:

— Nu arăți bine! Prea pui totul la inimă.

— Se poate și altfel? am ridicat eu din umeri.

A surâs, și-a aprins o țigară, a tăcut o clipă și-apoi a spus:

— O să vezi, într-o bună zi se vor termina toate astea, pentru că... – și și-a deschis larg brațele – pentru că toate astea nu au nici un sens...

A spus acest lucru cu o convingere amuzată, puțin neajutorată, de parcă lipsa de sens a evenimentelor ar fi putut ea singură să constituie un argument suficient pentru schimbarea cursului acestora.

Dar schimbarea n-a venit. Și a început să fie chiar mai rău când au intrat în acțiune lituanienii și ucrainenii, în următoarele zile. Erau la fel de coruptibili ca poliția evreiască, dar în alt fel. Luau mită, dar imediat ce o primeau, ucideau oamenii de la care obținuseră bani. Ucideau cu mare plăcere: pentru sport sau pentru a-și ușura munca, pentru antrenament la trageri sau pentru amuzament, pur și simplu. Ucideau copiii sub ochii mamelor și se distrau, văzându-le disperarea. Trăgeau în oameni țintind în burtă, ca să vadă cum se chinuie, sau unii aruncau de la distanță grenade în direcția victimelor așezate pe rânduri, ca să vadă cine nimerește mai bine. În fiecare război ies la suprafață grupuri de naționalități care sunt prea lașe pentru a lupta deschis și prea jalnice pentru a juca orice fel de rol politic individual, dar suficient de imorale pentru a accepta rolul de călăi plătiți ai uneia dintre puterile aflate în luptă. În acest război, un asemenea rol l-au jucat fasciștii ucraineni și cei lituanieni.

Cam tot atunci un sfârșit meritat au avut agenții Gestapoului Kohn și Heller. Nu se asiguraseră suficient sau fuseseră prea zgârciți. Au plătit doar unuia din cele două cartiere generale SS din Varșovia, și ghinionul a făcut să cadă în mâinile celor din celălalt. Legitimațiile prezentate, eliberate de unitatea SS concurentă, i-au făcut pe rivali și mai furioși. Nu s-au mulțumit să-i împuște pe Kohn și Heller, ci au ordonat să fie adusă o căruță de gunoi, și pe ea, printre resturi și mizerii, cei doi potentați au călătorit ultima oară prin ghetou, până la o groapă comună.

Ucrainenii și lituanienii nu au mai dat atenție nici documentelor de muncă. Tot efortul meu de șase zile pentru a le obține fusese inutil. Trebuia să muncești, dar cum? Mi-am pierdut și bruma de curaj care-mi mai rămăsese. Zăceam zile întregi în pat, ascultând zgomotele care veneau din stradă. Fiecare bocănitură a roților pe caldarâm trezea în mine spaima. Erau căruțe care duceau oamenii la Umschlagplatz – altele nu mai treceau prin ghetou – și fiecare dintre ele se putea opri în fața casei noastre și în orice clipă se putea auzi în curte un șuierat. Săream din pat, alergam la fereastră, apoi mă băgam din nou în pat. Și iar alergam la fereastră, și iar mă băgam în pat.

Din toată familia, numai eu mă purtam atât de jalnic. Poate tocmai din cauză că, ținând cont că mă bucuram de oarece popularitate, puteam încă să salvez familia și simțeam presiunea acestei răspunderi.

Mama, tata, fratele meu și surorile mele știau că sunt neputincioși. Se străduiau din răsputeri să-și țină firea și să întrețină iluzia unei vieți normale. Tata cânta de dimineața până seara la vioară, Henryk studia, Regina și Halina citeau, iar mama ne cârpea lenjeria.

Pe urmă nemților le-a venit o nouă idee, care să le ușureze sarcina. Pe zidurile orașului au apărut anunțuri care înștiințau că toți cei care, împreună cu membrii familiei, se înscriu de bună voie la Umschlagplatz ca să plece, vor primi o bucată de pâine și un kilogram de marmeladă de persoană, și că aceste familii nu vor fi separate. Și au început să curgă voluntarii, atât din pricina foamei, cât și în speranța că vor fi străbătute împreună cărările necunoscute și grele ale sorții.

Pe neașteptate, Goldfeder ne-a venit în ajutor. Avea posibilitatea de a plasa un anumit număr de oameni la locul de colectare din Umschlagplatz, unde erau sortate mobile și obiecte din locuințele evreilor care fuseseră deja deportați. Acolo ne-a plasat pe mine, pe tata și pe Henryk, iar ulterior am putut să le aducem și pe mama și surori, care nu munceau împreună cu noi, ci se ocupau de noua noastră „casă", adică barăcile în care fuseserăm cazați. Rațiile pe care le primeam erau modeste: fiecare dintre noi primea zilnic câte o jumătate de pâine și un sfert de litru de supă, ca să-și păcălească foamea cât putea mai bine.

A fost prima mea muncă la nemți. De dimineața până seara căram mobilă, oglinzi, covoare, lenjerie de corp și de pat, îmbrăcăminte – lucruri care, cu doar câteva zile în urmă, aparținuseră cuiva, dăduseră un aspect familiar unor interioare locuite de oameni cu gust sau fără, avuți sau săraci, buni sau răi. Acum nu mai aparțineau nimănui, erau stivuite în mormane, apucate brutal, și doar uneori, când duceam un braț de lenjerie, din ea se ridica mirosul delicat, slab ca amintirea vreunui parfum preferat, sau apăreau preț de-o secundă monograme colorate pe fond alb. De altfel, nici nu aveam timp să mă gândesc la asta. Fiecare clipă de reflecție sau de neatenție atrăgea după sine lovituri dureroase de baston de cauciuc sau șuturi în fund, și te putea costa chiar viața, ca pe acei tineri care au fost împușcați pe loc pentru că scăpaseră o oglindă de salon.

În dimineața zilei de 2 august s-a hotărât ca evreii rămași în ghetoul mic să îl părăsească până la ora șase seara. Am reușit să mă învoiesc și, cu ajutorul unui cărucior, ceea ce presupunea un mare efort, am dus din locuința noastră de pe strada Śliska la barăcile noastre niște haine, lenjerie de corp, de pat, compozițiile mele, câteva recenzii ale concertelor și vioara tatei. Era tot avutul nostru.

Câteva zile mai târziu, probabil la 5 august, am reușit să plec puțin de la lucru și am mers pe strada Gęsia, unde s-a întâmplat să fiu martor la plecarea din ghetou a lui Janusz Korczak și a orfanilor săi.

Pentru dimineața aceea se plănuise, conform ordinului, evacuarea orfelinatului condus de Korczak. Copiii urmau să fie luați singuri, fără însoțitori, iar lui i-au dat șansa de a se salva, și doar cu greu a reușit să-i convingă pe nemți să-i îngăduie să însoțească copiii. Petrecuse cu ei mulți ani din viață și acum, pe ultimul lor drum, nu a vrut să-i abandoneze. Voia să le facă plecarea mai ușoară. Le-a explicat orfanilor că trebuie să fie bucuroși, pentru că merg la țară. În sfârșit, puteau schimba zidurile apăsătoare, respingătoare cu poieni în care creșteau flori, cu izvoare în care să se poată scălda, cu păduri, unde sunt atât de multe afine și ciuperci. Le-a cerut să se îmbrace ca de sărbătoare și, așa frumos gătiți, s-au aliniat cu bucurie doi câte doi în curte.

Coloana mică era condusă de un SS-ist, care, ca toți nemții, iubea copiii, mai ales pe cei pe care în scurtă vreme urma să-i trimită pe lumea cealaltă. Îndrăgise în mod special un băiețel de vreo doisprezece ani, violonist, care își ducea instrumentul sub braț. I-a ordonat să meargă în fruntea procesiunii și să cânte. Așa au pornit la drum.

Când i-am întâlnit pe strada Gęsia, copiii, în mers, cântau în cor, cu fețele radioase, micul violonist îi acompania, iar Korczak ducea în brațe doi copilași foarte mici, și ei zâmbitori, și le povestea ceva amuzant.

Cu siguranță, chiar și în camera de gazare, când Zyklon B strângea deja laringele copiilor, iar frica lua locul bucuriei și speranței în inimile orfanilor, Bătrânul Doctor le-a șoptit, cu un ultim efort: „Nu-i nimic, copii! Totul o să fie în regulă...", ca să-i cruțe pe micuții aflați în grija lui de spaima trecerii de la viață la moarte.

La 16 august 1942, ne-a venit și nouă rândul, în cele din urmă. La centrul de colectare s-a făcut o selecție și numai Henryk și Halina au fost considerați apți de muncă în continuare. Tatei, Reginei și mie ni s-a ordonat să ne întoarcem la baraci, iar când am ajuns acolo, zona era înconjurată și din curte s-a auzit un șuierat.

Nu merita să mai lupt. Făcusem tot ce-mi stătuse în puteri ca să-mi salvez familia și pe mine. Cu toate acestea, salvarea era în mod evident imposibilă. Poate măcar lui Henryk și Halinei să le fi fost mai bine...

Ne-am îmbrăcat, în timp ce din curte se auzeau țipete și împușcături, obligându-ne să ne grăbim. Mama a strâns într-o boccea ce i-a căzut mai repede în mână și am coborât scările.

9
Umschlagplatz

Umschlagplatz se afla la marginea ghetoului. Zona înconjurată de o rețea de străzi murdare, alei și fundături ascundea, înainte de război, în pofida aspectului său respingător, mari bogății. Pe o linie ferată secundară se aduceau aici mărfuri din toată lumea, pentru care se tocmeau vânzătorii evrei cu ridicata și cu care, mai târziu, din depozitele de pe strada Nalewki și din Pasajul Simon, erau aprovizionate magazinele din Varșovia. Piața avea forma unui cerc uriaș, în parte mărginit de case, în parte înconjurat cu un gard. Spre piață dădeau câteva străduțe laterale, care o legau de oraș într-un mod convenabil. Capetele străzilor erau închise, iar spațiul astfel creat putea acum cuprinde până la opt mii de oameni.

Când am ajuns în piață, încă era complet pustie. Oamenii alergau încoace și încolo în căutare zadarnică de apă. Era o zi minunată, fierbinte, de vară târzie. Cerul era albastru-fumuriu, de parcă ar fi urmat să se transforme în cenușă în dogoarea ridicată din pământul bătătorit și din pereții incandescenți ai clădirilor, iar soarele de foc storcea din trupurile extenuate ultimele picături de sudoare.

Capătul uneia dintre străzi era pustiu. Toți ocoleau locul de la distanță, fără să se oprească și holbându-se cu groază. Acolo zăceau trupurile celor care fuseseră împușcați cu o zi în urmă pentru încălcarea vreunei interdicții, poate chiar pentru vreo tentativă de evadare. Printre cadavrele bărbaților zăceau și trupurile unei tinere femei și a două fetițe cu craniile complet sfărâmate. Oamenii își arătau unul altuia zidul lângă care zăceau trupurile, care avea urme vizibile de sânge și bucăți de creier. Copilele fuseseră ucise prin metoda preferată a nemților: fuseseră prinse de picioare și capetele lor izbite cu avânt de zid. Pe cadavre și printre bălțile de sânge închegat se plimbau muște mari, negre și se vedea clar cum corpurile intrate în descompunere se umflau de căldură.

După ce ne-am instalat acceptabil, am așteptat trenul. Mama s-a așezat pe bocceaua noastră, Regina pe jos, lângă ea, eu am rămas în picioare, iar tata pășea nervos cu mâinile încrucișate la spate, patru pași într-o parte, patru în cealaltă parte. Abia acum, în lumina orbitoare a soarelui, când nu mai avea sens să-mi bat capul cu planuri iluzorii de salvare, aveam puțin timp să mă uit mai bine la mama. În ciuda aparentei sale stăpâniri de sine, nu arăta bine. Părul ei, cândva frumos, întotdeauna îngrijit, care până nu demult nici nu încărunțise prea tare, cădea acum în șuvițe cenușii pe fața ei obosită, acoperită de riduri. Ochii strălucitori, negri erau acum parcă stinși din interior; de la tâmpla dreaptă însă, în fiecare clipă, un spasm nervos pleca peste obraz, până la colțul gurii; nu-l mai văzusem la ea până atunci; spasmul acela trăda cât de neliniștită era de ceea ce se petrecea în jurul nostru. Regina plângea, acoperindu-și ochii cu mâna, iar lacrimile i se prelingeau pe sub degete.

În fața porților pieței ajungeau când și când mașini și grupuri de oameni care trebuiau strămutați erau împinși în ele. Nou-sosiții nu-și ascundeau disperarea: bărbații vorbeau pe un ton ridicat, iar femeile cărora li se luaseră copiii plângeau cu suspine și hohoteau isteric. Totuși, în scurt timp, și asupra lor au început să acționeze apatia și toropeala care domneau peste Umschlagplatz. Vorbeau mai încet și doar din loc în loc izbucnea pentru scurt timp panica, atunci când unui SS-ist care trecea pe acolo îi venea ideea să tragă în cineva care nu se dăduse destul de repede la o parte din drumul lui sau a cărui față nu exprima suficientă umilință. Nu departe de noi stătea pe pământ o femeie tânără. Rochia îi era sfâșiată, iar părul îi era ciufulit de parcă tocmai s-ar fi luptat cu cineva. Acum ședea liniștită, cu o față împietrită și ochii pironiți într-un punct. Cu degetele răsfirate își cuprindea gâtul și țipa din când în când, punând o întrebare cu regularitate monotonă:

— De ce am făcut așa ceva?

Bărbatul care stătea în picioare lângă ea, cu siguranță soțul ei, încerca s-o liniștească și s-o convingă spunându-i ceva, dar părea că vorbele lui nu ajungeau până la ea.

Printre cei aduși în piață am văzut tot mai mulți cunoscuți. Se apropiau de noi, ne salutau și, din obișnuință, încercau să lege o conversație, dar nu prea lungă. Plecau mai departe, pentru a-și învinge frământarea în singurătate.

Soarele se ridica tot mai mult pe cer, dogorea tot mai tare și foamea și setea ne chinuiau tot mai aprig. În seara de dinainte mâncaserăm ultima porție de supă cu pâine. Nu mai puteam sta într-un singur loc, așa că m-am hotărât să merg puțin prin piață, gândindu-mă că o să-mi fie ceva mai bine.

Aglomerația creștea pe măsură ce soseau tot mai mulți oameni și trebuia să-i eviți și pe cei stând în picioare, și pe cei întinși. Toată lumea vorbea despre același lucru: unde aveau să ne ducă și oare urma să fim duși cu adevărat la muncă, așa cum încercase poliția evreiască să ne convingă pe toți?

Într-un loc, în piață, erau întinși pe pământ mai mulți bătrâni – femei și bărbați, sigur evacuați dintr-un azil. Erau îngrozitor de slăbiți, epuizați de foame și arșiță – evident la capătul puterilor. Unii zăceau cu ochii închiși și nu-ți puteai da seama dacă erau fără viață sau pe moarte. Dacă ne adunaseră ca să ne trimită la muncă, ce făceau aici bătrânii aceștia?

Femei cu copii în brațe se târau de la un grup la altul. Se rugau pentru o picătură de apă, care era de negăsit în Umschlagplatz – nemții tăiaseră special alimentarea pieței cu apă. Copiii aveau ochii fără viață, cu pleoapele pe jumătate închise, iar buzele lor uscate erau deschise ca gurile peștișorilor aruncați de pescari pe mal.

Când m-am întors la ai mei, nu mai erau singuri. Lângă mama se așezase o bună prietenă de-a noastră, iar soțul ei, cândva proprietarul unui mare magazin, stătea lângă tata. Împreună cu ei mai era și un alt prieten, dentist, care avusese cabinet lângă casa noastră, pe strada Śliska. Comerciantul era în principiu optimist, dentistul însă vedea totul în culori întunecate. Era nervos și plin de amărăciune.

— E o rușine care ne acoperă pe toți! aproape că a strigat el. Ne lăsăm duși la moarte ca o turmă de oi! Dacă ne-am arunca toți, jumătate de milion de oameni, asupra nemților, am face ghetoul bucăți. Sau măcar am pieri în așa fel, încât să nu devenim o pată rușinoasă în istoria lumii.

Tata asculta. Oarecum timid, dar cu un zâmbet blajin, a ridicat ușor din umeri și a zis:

— Dar de unde știți sigur că ne vor trimite pe toți la moarte?

Dentistul și-a pocnit palmele una de cealaltă.

— Sigur că nu știu sigur! De unde aș putea să știu? Doar nu era să ne spună? Dar eu cred nouăzeci la sută că urmează să ne lichideze pe toți.

Tata a zâmbit din nou, de parcă ar fi căpătat mai multă siguranță de sine, după răspunsul dentistului.

— Uitați-vă, a spus el arătând mulțimea din Umschlagplatz cu un gest larg – nu suntem defel eroi. Suntem doar niște oameni obișnuiți și de aceea preferăm să alegem riscul unei șanse de zece la sută de a rămâne în viață.

Comerciantul îl susținea pe tata. Și el era de cu totul altă părere decât dentistul: nemții nu puteau fi atât de proști, încât să irosească o forță de muncă atât de mare ca cea pe care o constituiau evreii. Avea în vedere lagărele de muncă, în care cu siguranță condițiile erau grele, dar nu credea că plănuiau să ne omoare acolo.

Între timp, soția negustorului le povestea Reginei și mamei despre argintăria ei, pe care-o zidise în pivniță. Erau piese frumoase și de valoare și se aștepta să le găsească la întoarcerea din deportare.

Se făcuse deja după-amiază, când următorul grup de deportați a fost mânat în piață. Printre ei i-am recunoscut îngroziți pe Halina și Henryk. Deci și ei urmau să împărtășească soarta noastră. Și cât de mult ne consolaserăm cu gândul că măcar ei doi ar putea supraviețui!

M-am năpustit în direcția lui Henryk – cu siguranță atitudinea lui stupid de sinceră făcuse ca nici el, nici Halina să nu se fi putut salva. L-am asaltat cu întrebări și reproșuri, dar nu meritam nici un răspuns, desigur. A ridicat din umeri, a scos o ediție mică Oxford din Shakespeare, s-a tras într-o parte și a început să citească.

Halina ne-a povestit cum ajunseseră în piață: aflaseră despre evacuarea noastră și, pur și simplu, se oferiseră voluntari pentru Umschlagplatz, ca să fie împreună cu noi.

Fusese o reacție emoțională prostească din partea lor. M-am hotărât să-i scot de acolo cu orice preț, pentru că nu se aflau pe lista deportaților și ar fi putut rămâne la Varșovia.

Fuseseră aduși de un polițist evreu care mă știa de la Sztuka și contam pe faptul că-mi va fi ușor să fac apel la conștiința lui, ținând cont de faptul că, formal vorbind, nu exista nici un motiv oficial ca ei doi să fie deportați. Din nefericire, socotisem greșit. Nici n-a vrut să audă. Ca orice polițist, și el avea obligația de a aduce în fiecare zi la Umschlagplatz câte cinci persoane, sub amenințarea să fie el însuși deportat în caz că nu respecta cota. Halina și Henryk completau lista lui de cinci oameni din ziua respectivă. Obosise și nu avea de gând să le dea drumul, pentru că ar fi trebuit să facă altă razie, să caute alții. Și-n afară de asta, la naiba, unde să meargă? După părerea lui, o asemenea razie nu era deloc o treabă simplă, pentru că oamenii nu voiau să facă sarcina poliției mai ușoară și se ascundeau. În plus, se săturase până peste cap de toate astea.

M-am întors la ai mei cu mâinile goale. Și acea ultimă tentativă de salvare măcar a unei părți din familie eșuase, ca și toate celelalte de dinainte. Cu inima frântă, m-am așezat lângă mama.

Deși era ora cinci după-amiaza, arșița nu slăbea, iar mulțimea devenea tot mai densă de la o oră la alta. Oamenii se pierdeau din ochi în îmbulzeală și se strigau unii pe ceilalți, dar în zadar. De pe străzile învecinate se auzeau împușcături și țipetele obișnuite în timpul raziilor. Tensiunea creștea pe măsură ce se apropia ora la care urma să fie tras trenul.

Atmosfera era cu atât mai mult insuportabilă din pricina femeii care stătea în apropiere repeta la nesfârșit întrebarea: „De ce am făcut așa ceva?“ Acum știam despre ce era vorba. Comerciantul, prietenul nostru, reușise să afle. Când toată lumea trebuise să iasă din clădire, femeia, împreună cu soțul și copilul, se ascunsese într-un loc pregătit dinainte. Atunci când a trecut poliția prin apropiere, copilul a plâns, iar mama, de spaimă, l-a sufocat cu mâinile ei încercând să-l oprească. Plânsul și apoi horcăitul de moarte al copilului au fost auzite, și ascunzătoarea descoperită.

La un moment dat și-a croit drum prin mulțime un băiat care purta pe o sfoară agățată la gât o cutie cu dulciuri. Le vindea la prețuri incredibile, deși Dumnezeu știe ce credea el c-o să facă mai târziu cu banii astfel câștigați... Căutându-ne toți prin buzunare, cu mărunțișul pe care-l mai aveam am cumpărat o caramelă, una singură, pe care tata a împărțit-o cu briceagul în șase părți egale – ultima noastră masă împreună.

Pe la ora șase, în piață se instalase o neliniște plină de tensiune. Veniseră câteva mașini și jandarmii alegeau oamenii tineri și în putere. Acești fericiți urmau să fie destinați evident altor sarcini. Mulțimea de mii de oameni a început să se împingă spre mașini, oamenii strigau, încercau să ajungă în față și să-și laude calitățile fizice. Nemții au răspuns cu focuri de armă. Dentistul, care rămăsese lângă noi, nu-și putea stăpâni indignarea. L-a atacat furios pe tata, de parcă el ar fi fost vinovat de toate acestea.

— Acum probabil o să mă credeți că vor să ne termine pe toți! Cei apți de muncă rămân. Pe noi ne așteaptă moartea!

Glasul lui s-a frânt când a încercat să acopere cu strigătele lui mulțimea și împușcăturile. A întins o mână, indicând direcția în care urmau să ne ducă. Tata, obosit și deznădăjduit, nu i-a mai răspuns. Comerciantul a ridicat din umeri zâmbind ironic: nu-i pierise buna-dispoziție. Selectarea câtorva sute de oameni nu demonstra nimic, după părerea lui.

În cele din urmă, nemții și-au adunat forța de muncă și au plecat, dar zbuciumul mulțimii nu a încetat. La puțin timp după aceea, s-au putut auzi de la distanță șuieratul locomotivei și huruitul vagoanelor, din ce în ce mai aproape. Au mai trecut câteva minute și am zărit trenul. Cam o duzină de vagoane pentru vite se îndreptau încet spre noi, iar adierea vântului de seară, venind din aceeași parte, aducea și un val de duhoare înăbușitoare de clor.

În același timp, cordonul poliției evreiești care înconjurase piața și al SS-iștilor se strânsese, începând să ne împingă în față, spre interior, și iar se puteau auzi împușcăturile de avertizare. Din mulțimea deasă, înghesuită, se înălțau vaietele femeilor și plânsetele copiilor.

Am pornit înainte. Ce să mai așteptăm? Cu cât ajungeam mai repede în vagoane, cu atât mai bine. La câțiva pași lângă tren se postase un șir de polițiști, astfel că s-a creat un coridor larg pentru mulțime, având o singură ieșire – spre ușile deschise ale vagoanelor dezinfectate cu clor.

Până să reușim să ne apropiem de tren, vagoanele mai apropiate erau deja pline; oamenii stăteau în ele înghesuiți, strâns lipiți unul de celălalt. SS-iștii îi mai și împingeau cu paturile carabinelor, cu toate că din interior se auzeau țipetele oamenilor care se sufocau.

Într-adevăr, mirosul de clor îngreuna respirația chiar la mare distanță de vagoane. Ce se putuse întâmpla înăuntru, de trebuise să se toarne atâta clor?

Depășiserăm deja cam jumătate din vagoane, când am auzit că mă strigă cineva:

— Aici! Aici! Szpilman!

O mână m-a apucat de guler și m-am trezit aruncat în spate, în afara cordonului de poliție.

Cine îndrăznea să facă asta? Nu voiam să mă despart de ai mei. Voiam să fiu împreună cu ei!

În față aveam acum doar un rând compact de spinări de polițiști. M-am aruncat în ei, dar nu s-au clintit. Peste capetele lor am văzut cum mama și Regina, ajutate de Halina și Henryk, urcau într-un vagon, iar tata mă căuta din priviri.

— Tată! am strigat.

M-a zărit, a făcut câțiva pași spre mine, dar a ezitat și a rămas pe loc. Era palid, iar buzele îi tremurau nervos. A încercat să surâdă, cumva neajutorat și dureros, a ridicat apoi o mână și mi-a făcut un semn de rămas-bun, ca și cum eu mă întorceam la viață, iar el mă saluta, aflat deja de partea cealaltă. Pe urmă s-a întors și s-a dus la vagoane.

Din nou m-am aruncat din răsputeri în șirul de polițiști.

— Tată! Henryk! Halina!...

Urlam ca un nebun, cuprins de spaima că tocmai acum, în cel mai important moment, nu voi ajunge la ei și că vom rămâne despărțiți pe vecie.

Unul dintre polițiști s-a întors și m-a privit enervat:

— Ce naiba faci? Salvează-te!

Să mă salvez? De la ce? Într-o secundă am înțeles ce îi aștepta pe oamenii înghesuiți în vagoane. Mi-a înghețat sufletul. M-am uitat în spatele meu: piața era pustie, iar dincolo de liniile de cale ferată și de rampe se aflau străzile. Am început să alerg într-acolo, mânat de o frică nestăpânită, animalică. Am reușit să mă amestec în coloana de muncitori ai Consiliului care părăseau atunci piața și am trecut de poartă împreună cu ei.

Când mi-am venit în fire, mă aflam deja pe o alee dintre case. Dintr-una a ieșit un SS-ist însoțit de un polițist evreu. SS-istul avea o față arogantă, neroadă, iar polițistul se înclina în fața lui, se gudura tot și era numai zâmbete și ploconeli. Cu un gest, a arătat spre trenul din Umschlagplatz și spuse cu familiaritate colegială, cu un glas trădând un dispreț sarcastic:

— Totul merge la topit!

M-am uitat într-acolo: ușile vagoanelor erau închise deja, iar trenul porni încet, luând cu greu viteză.

M-am răsucit și, plângând în hohote, am luat-o înainte, pe mijlocul străzii pustii, urmărit de strigătele tot mai slabe ale oamenilor închiși în vagoane. Se auzeau ca ciripitul unor păsări înghesuite într-o colivie, aflate în pericol de moarte.

10
O șansă de a trăi

Am mers pur și simplu înainte. Îmi era indiferent unde. Lăsasem în urmă Umschlagplatz și vagoanele care îi luaseră pe ai mei. Nu mai auzeam trenul – era deja departe de oraș, cu toate acestea simțeam în mine cum se îndepărta. Cu fiecare pas mă împresura singurătatea. Pusese stăpânire pe mine sentimentul ruperii ireversibile de tot ceea ce reprezentase viața mea de până atunci. Nu știam ce mă mai așteaptă, sau, mai degrabă, știam doar atât – că mă așteaptă ce poate fi mai rău. Nu mă puteam în nici un caz întoarce unde locuisem cu ai mei. Gărzile SS m-ar fi ucis pe loc, sau m-ar fi trimis înapoi la Umschlagplatz, ca pe unul care din greșeală nu fusese luat. N-aveam idee unde să înnoptez, pe moment mi-era indiferent, și doar în subconștientul meu pândea din umbră teama de seara care se lăsa.

Strada era pustie, iar porțile încuiate sau deschise larg în acele case de unde fuseseră evacuați toți locatarii. Din sens opus venea un polițist evreu. Nu mi-a păsat și nu i-aș fi acordat nici cea mai mică atenție, dacă nu s-ar fi oprit și nu m-ar fi strigat:

— Władek!

Când m-am oprit, a zis mirat:

— Ce faci aici la ora asta?

Apoi l-am recunoscut. Era un văr nu foarte bine văzut în familie. Încercam să-l ocolim, îl consideram un tip cam dubios. Știa să iasă din orice situație căzând întotdeauna în picioare, și adesea recurgea la mijloace care, în ochii altora, nu erau respectabile. Când intrase în poliție, părerea proastă despre el ni se confirmase.

Când l-am recunoscut în uniformă mi-au trecut prin cap toate gândurile acestea, dar în clipa imediat următoare mi-am dat seama că el era ruda mea, și acum unicul meu prieten. Cineva care, într-un fel, era legat de amintirea familiei mele.

— Știi că...

Am vrut să-i povestesc despre deportarea părinților, fratelui și surorilor, dar n-am reușit să scot nici un cuvânt.

Dar el a înțeles. S-a apropiat de mine și m-a luat de după umeri.

— Poate că-i mai bine așa, a șoptit, dând din mână resemnat. Cu cât mai repede, cu atât mai bine. Oricum, asta ne așteaptă pe toți.

După un moment de tăcere a adăugat:

— În orice caz, acum vii cu mine acasă. Asta o să-ți mai crească puțin moralul.

Am fost de acord și acea primă noapte de singurătate am petrecut-o la acele rude. Dimineața devreme m-am dus la fiul președintelui Consiliului, Mieczysław

Lichtenbaum, pe care îl cunoşteam de pe vremea când cântam încă în cafenelele din ghetou. Mi-a propus să cânt în cazinoul german Vernichtngskommando, unde domnii din Gestapo şi SS-iştii, obosiţi de uciderea de peste zi a evreilor, se distrau seara. Erau serviţi de cei pe care, mai devreme sau mai târziu, tot aveau să-i ucidă. Sigur că nu am vrut să primesc o asemenea propunere, dar Lichtenbaum nu putea să înţeleagă de ce nu-mi convenea şi s-a simţit jignit de refuzul meu. Fără alte discuţii, mi-a propus să mă înscrie în grupul de muncitori care dărâmau zidurile acelei părţi a ghetoului care fusese legată de partea „ariană" a oraşului.

A doua zi am părăsit pentru prima oară în doi ani cartierul evreiesc. Era o zi frumoasă, caldă, cam în jur de 20 august. La fel de frumoasă ca multe altele de dinainte – la fel ca ultima zi pe care o petrecusem cu ai mei în Umschlagplatz. Mergeam în grup, patru câte patru, sub comanda maiştrilor evrei, păziţi de doi SS-işti. Ne-am oprit în piaţa Żelazna Brama. Deci undeva exista şi o asemenea viaţă!

În faţa halei comerciale închise, transformată probabil de nemţi în depozit, stăteau vânzători ambulanţi cu coşuri pline de marfă. Lumina puternică a soarelui înviora culorile fructelor şi legumelor, făcea să scânteieze solzii peştilor şi se reflecta în capacele cutiilor de conserve. În jurul negustorilor se învârteau femei care se tocmeau, mergeau de la un coş la altul, târguiau şi plecau spre centrul oraşului. Cei care făceau comerţ cu aur şi valută strigau monoton:

— Aur, cumpăr aur. Dolari, ruble...

După un timp, dinspre una dintre străduțele care dădeau în piață s-a auzit o mașină și apoi a apărut un camion gri-verde al poliției. Vânzătorii au intrat în panică, și-au strâns marfa în grabă și au rupt-o la fugă. În toată piața erau un vacarm și un haos de nedescris. Adică nici aici nu era totul în ordine.

Ne străduiam să muncim cât mai încet posibil la dărâmarea zidului, ca să dureze cât mai mult cu putință. Maiștrii evrei nu ne zoreau, și nici SS-iștii nu se purtau la fel de rău ca în ghetou. Rămâneau pe margine, ocupați să stea la taclale, dar ochii le fugeau în toate părțile.

Camionul a trecut prin piață și a dispărut, comercianții s-au întors la locurile lor, iar piața arăta de parcă nimic nu s-ar fi întâmplat. Cei alături de care munceam au plecat unul după altul să cumpere de la tarabe câte ceva de-ale gurii și apoi îndesau ce cumpăraseră în gențile aduse, în pantaloni sau în buzunarele hainelor. Nu aveam bani și puteam doar să privesc, deși îmi venea să leșin de foame.

Din direcția Grădinii Saxone s-a apropia de noi o pereche tânără. Amândoi erau foarte bine îmbrăcați. Femeia arăta extraordinar. Nu-mi puteam lua ochii de la ea. Era rujată, zâmbitoare, își legăna ușor șoldurile, iar soarele strălucea în părul ei blond, creând iluzia unei aureole sclipind în jurul capului. Când au trecut pe lângă noi, a încetinit pasul zicând:

— Uite, uite!

Bărbatul n-a înțeles și-a privit-o întrebător. Ea a arătat spre noi cu degetul:

— Evrei!

El s-a mirat.

— Și ce? i-a răspuns ridicând din umeri. N-ai mai văzut până acum?

Femeia a izbucnit în râs stânjenită, s-a lipit de partenerul ei și au trecut mai departe spre piață.

După-amiază am reușit să împrumut cincizeci de zloți de la unul dintre colegi. Am cumpărat cartofi și pâine, din care am mâncat pe loc o bucată. Restul de pâine și cartofii i-am luat cu mine în ghetou. Chiar în seara aceea am făcut prima afacere din viața mea. Pentru o pâine cumpărată cu douăzeci de zloți, am obținut în ghetou cincizeci. Kilogramul de cartofi, cumpărat cu trei zloți, l-am vândut cu optsprezece. Pentru prima oară după multă vreme eram sătul, și, în plus, aveam un mic capital pentru cumpărăturile din ziua următoare.

Munca la demolare era monotonă. Plecam din ghetou dimineața devreme și stăteam până la ora cinci după-amiază lângă un morman de cărămizi, prefăcându-ne că muncim. Colegii mei nu pierdeau vremea; erau preocupați de combinații legate de achiziția diverselor bunuri și se gândeau ce să cumpere, cum să introducă marfa în ghetou și cum să o vândă cât mai bine. Eu cumpăram lucrurile cele mai simple, ca să câștig bani de mâncare. Dacă mă gândeam la ceva, aceia erau doar cei apropiați: unde erau acum, în ce lagăr fuseseră duși și cum se descurcau acolo.

Într-o zi, pe lângă grupul nostru a trecut un vechi prieten. Era Tadeusz Blumental, evreu, care avea trăsături atât de „ariene", încât nu era nevoit să-și recunoască originea și putea locui dincolo de zidurile ghetoului. S-a bucurat când m-a zărit, dar în același timp s-a mâhnit, văzându-mă într-o situație atât de grea. Mi-a dat niște bani și mi-a promis că va încerca să mă ajute; în ziua următoare avea să vină o femeie care să mă conducă, dacă reușeam să trec neobservat, până într-un loc unde să mă ascund. Într-adevăr, femeia a venit, dar mi-a dat vestea proastă că oamenii la care urma să locuiesc nu fuseseră de acord să ascundă un evreu.

Într-o altă zi m-a zărit, când trecea prin piață, concertmaistrul Filarmonicii din Varșovia, Jan Dworakowski. A fost sincer mișcat când m-a văzut. M-a îmbrățișat și a început să mă întrebe de soarta celor din familie. Când i-am spus că fuseseră deportați din Varșovia, m-a privit – așa mi s-a părut – cu ochii plini de compătimire și a vrut să-mi spună ceva, dar în ultimul moment a renunțat.

— Ce credeți c-o să se întâmple cu ei?

— Domnule Władysław! a zis prinzându-mă cu căldură de braț. Poate e mai bine să știți adevărul... și să aveți grijă de dumneavoastră. A ezitat preț de-o clipă, mi-a luat mâna între ale sale mi-a spus încet, aproape în șoaptă: N-o să-i mai vedeți niciodată.

S-a răsucit repede și a plecat. A făcut câțiva pași, s-a întors și s-a apropiat din nou de mine ca să mă îmbrățișeze de rămas-bun, dar nu am avut puterea să-l îmbrățișez la rândul meu.

În subconștient, știusem de la început că poveștile nemților despre lagărele pentru evrei cu „condiții bune de muncă“ care-i așteptau pe deportați erau o minciună. De la nemți te puteai aștepta doar la moarte.

Totuși, ca și alți evrei din ghetou, am nutrit iluzia că ar putea fi altfel, că nemții, de astă dată, aveau să-și respecte promisiunile. Când mă gândeam la cei din familia mea, încercam să mi-i imaginez printre cei vii – chiar dacă într-o situație grea, dar măcar în viață – cu speranța că ne vom revedea într-o zi. Dworakowski distrusese în mine această iluzie atât de greu păstrată. Abia mai târziu aveam să mă conving că avusese mare dreptate; în clipa decisivă, certitudinea morții amenințătoare mi-a dat forța să mă salvez.

Zilele următoare le-am petrecut ca într-un vis; dimineața mă trezeam mecanic, mă mișcam mecanic, seara mă aruncam mecanic în patul din depozitul de mobilă ce aparținuse cândva evreilor, atribuit acum Consiliului, și unde aveam un loc de dormit. Într-un fel am fost nevoit să învăț să trăiesc conștient fiind de pierderea mamei, a tatei, a Halinei, a Reginei și a lui Henryk.

Rușii au bombardat Varșovia și toată lumea s-a ascuns în adăposturi. Nemții erau indignați și furioși, evreii însă s-au bucurat, deși nu le era permis să o arate. Fiecare huruit al bombelor căzând ne însenina fețele; era pentru noi un semn al apropiatului ajutor și al înfrângerii Germaniei, singurul lucru care ne putea salva. N-am coborât în adăpost – mi-era indiferent dacă mor sau trăiesc.

În timpul acela, condițiile de muncă la demolarea zidurilor se înrăutățiseră. Ne păzeau acum lituanienii, care ne supravegheau să nu cumpărăm nimic de la piață, iar la poarta principală, înainte de întoarcerea în ghetou, paznicii ne controlau și mai temeinic. Într-o după-amiază, pe neașteptate, au făcut o triere în grupul nostru. În fața porții principale s-a postat un jandarm tânăr, cu mânecile suflecate, care a început să ne sorteze după sistemul loteriei și după cum credea el că era mai bine; la stânga – moartea, la dreapta – viața. Mie mi-a ordonat să trec în dreapta. Celor din partea stângă le-a ordonat să se întindă cu fața la pământ și a tras în ei cu revolverul.

După aproape o săptămână, pe zidurile ghetoului au fost lipite anunțuri despre o nouă selecție, generală, a celorlalți evrei. Din o sută de mii – trei sute de mii fuseseră evacuați deja – urmau să rămână douăzeci și cinci de mii – specialiști și muncitori de folos nemților.

Funcționarii Consiliului trebuiau să se adune în ziua respectivă în curtea clădirii, iar ceilalți în zona ghetoului dintre străzile Nowolipki și Gęsia. Pentru siguranță, în fața clădirii Consiliului stătea unul dintre polițiștii evrei, ofițerul Blaupapier, cu un bici în mână, și îi plesnea pe toți cei care încercau să intre în clădire.

Celor care urmau să rămână în ghetou li s-au distribuit niște numere, pe bilețele ștampilate corespunzător. Consiliul avea dreptul de a opri cinci mii de persoane dintre angajații săi. În prima zi nu am primit număr, dar am dormit resemnat toată noaptea, în timp ce tovarășii mei aproape că înnebuniseră de grijă. În ziua următoare am primit un număr chiar de dimineață. Am fost aliniați câte patru și, așa încolonați, am așteptat până când comisia germană de control, condusă de Untersturmführer Brandt, a binevoit să vină să ne numere, ca să se asigure că nu cumva scapă de la moarte mai mulți decât fusese prevăzut.

Aliniați câte patru, cu pas egal, am mărșăluit înconjurați de poliție în direcția porții Consiliului, pentru a ajunge pe strada Gęsia, unde urma să fim cazați. În urma noastră rămăsese mulțimea celor condamnați la moarte, aruncându-se unii într-o parte, alții într-alta, strigând, plângând și blestemându-ne pentru că, nu se știe prin ce minune, reușiserăm să ne salvăm, pe când lituanienii care păzeau granița aceea dintre viață și moarte trăgeau în ei ca să-i liniștească, așa cum devenise normal în vremurile acelea.

Și de această dată mi se dăduse o șansă de a trăi. Dar pentru cât timp?

11

Pușcași, înainte!

Mă mutasem așadar din nou. A câta oară era, de la izbucnirea războiului, când locuisem pe strada Śliska? De astă-dată am nimerit o încăpere care avea minimul necesar într-o gospodărie și cu niște paturi de scândură, pe care însă urma să o împart cu familia Prozański, compusă din trei persoane, și cu doamna A., o femeie rezervată, care, deși împărțea aceeași cameră cu noi, își ducea propria viață. Chiar în prima noapte am avut un vis care m-a vindecat complet de orice iluzii. Mi s-a părut că este ultima confirmare a presupunerilor pe care le aveam privitor la soarta familiei mele. În vis mi-a apărut fratele meu, Henryk. S-a apropiat de mine și, aplecându-se peste patul meu, mi-a spus:

— Nu mai suntem în viață.

La șase dimineața ne-au trezit discuțiile cu glas tare și zgomotul de pași grăbiți de pe coridor. Grupa muncitorilor „privilegiați", care trebuia să ajute la refacerea palatului de pe aleea Ujazdowskie pentru comandantul SS din Varșovia, pleca la lucru. Aceștia erau privilegiați, pentru că, înainte de a începe munca, primeau un castron de supă consistentă, cu carne, care te sătura pentru câteva ore. Noi am plecat la puțin timp după ei, cu burțile aproape goale, după ce mâncaserăm o zeamă lungă. Această apă chioară era pe măsura importanței pe care o avea munca noastră: trebuia să curățăm de gunoaie curtea clădirii în care se afla sediul Consiliului.

În altă zi am fost trimis, împreună cu Prózański și cu băiatul lui, un adolescent, în clădirea în care se aflau depozitele Consiliului și locuințele funcționarilor acestuia. Era ora două după-amiaza, când, deodată, s-au auzit fluieratul cunoscut și ordinele sacadate ale nemților, care îi convocau pe toți în curte. Am încremenit de spaimă. Trecuseră doar două zile de când primiserăm numerele care ne dădeau dreptul la viață. Toți cei din clădire le aveau, așadar nu putea fi vorba de o triere. Atunci, ce era?

Ne-am grăbit să coborâm: era o selecție, totuși! Și iarăși a izbucnit îndoiala printre oameni și iarăși SS-iștii strigau, nebuni de furie, despărțeau familii, împărțeau oamenii la dreapta și la stânga, înjurându-i și lovindu-i. Grupul nostru, cu doar câteva excepții, era destinat să trăiască. Printre excepții se afla și fiul său Prózański, un băiat bun, cu care ne împrieteniserăm și pe care îl îndrăgisem, cu toate că locuiam împreună doar de două zile. Nu voi descrie disperarea tatălui său. La fel ca el, în lunile acelea au fost cuprinși de deznădejde mii de tați și mii de mame din ghetou. Selecția aceasta avea însă ceva caracteristic: familiile personalităților mai de seamă din Consiliu își cumpărau pe loc libertatea din mâinile „incoruptibililor“ agenți ai Gestapoului. În locul lor, ca să iasă la număr, erau duși în Umschlagplatz și de-acolo, la moarte, dulgheri, chelneri, frizeri și alți meseriași, care chiar le-ar fi putut fi de folos nemților. Tânărul Prózański a reușit ulterior să fugă din Umschlagplatz și așa a mai rămas un timp în viață.

Într-o zi, nu la mult timp după aceea, am fost chemat de șeful grupului care m-a anunțat că reușise să-mi găsească loc într-o altă echipă, care lucra la construirea barăcilor SS din cartierul Mokotów, aflat la mare distanță. În felul acesta urma să primesc hrană mai bună și, în general, avea să-mi fie mai bine. Adevărul însă era cu totul altul. Noul nostru grup trebuia să se trezească cu două ore mai devreme pentru a fi la timp la muncă, după ce traversa tot orașul și parcurgea cu totul vreo doisprezece kilometri. Când ajungeam, epuizați după marș, ni se cerea să ne apucăm imediat de muncă, una care era mult peste puterile mele. Trebuia să cărăm cărămizi așezate în grămadă pe o scândură, pe care o țineam în spate. În pauze duceam găleți cu var și drugi de fier. Poate aș fi reușit s-o scot cumva la capăt, dacă n-ar fi fost supraveghetorii SS, viitorii locatari ai acelor barăci, cărora li se părea că muncim prea încet. Ne-au ordonat să cărăm grămezile de cărămizi și drugii de fier alergând, iar când pe vreunul dintre noi îl cuprindea slăbiciunea și se oprea, îl băteau cu bice de piele țintuite.

Nu știu cum aș fi rezistat în această primă etapă de muncă fizică grea, dacă nu l-aș fi implorat pe același șef al grupului să mă transfere la echipa care renova micul palat pentru Hauptführer SS de pe aleea Ujazdowskie. Acolo era într-adevăr mai suportabil și se putea cumva rezista. Asta se datora în principal faptului că munceam împreună cu meșteri germani și meseriași polonezi, care fie făceau muncă silnică, fie erau sub contract. Pentru că nu eram un grup compact de evrei, nu ieșiserăm prea mult în evidență și puteam să mai luăm câte o pauză. De altfel, ne ajutau la asta și polonezii, care se solidarizaseră cu noi împotriva supraveghetorilor nemți. De ajutor ne-a fost și faptul că lucrările erau, practic, conduse de un evreu – inginerul Blum, împreună cu un colectiv de ingineri evrei, profesioniști extraordinari, care erau în subordinea lui. În mod oficial, nemții nu respectau aceste funcții, și celui care figura ca șef al șantierului, maistrului Schultke, un sadic neamț tipic, îi era permis să bată inginerii oricât de des avea chef. Dar, fără meseriașii evrei, nimic n-ar fi mers. Asta a făcut să fim tratați ceva mai bine, cu excepția acelor bătăi de care am amintit, care nici nu mai erau ceva neobișnuit pentru vremurile acelea.

Am devenit ajutorul zidarului polonez Bartczak, care, în principiu, era un om de treabă. Sigur că din când în când ne mai și împungeam puțin. Erau însă momente în care nemții stăteau pe capul nostru și trebuia să muncim așa cum voiau ei. Munceam cum mă pricepeam, dar ce putea ieși din asta? Se întâmpla să răstorn scara, să vărs varul sau să dărâm cărămizile de pe schelă, și atunci eram muștruluiți amândoi. Bartczak se înfuria pe mine, mormăia în barbă diverse lucruri, cu fața roșie de nervi. Aștepta să plece nemții, apoi își trăgea șapca pe spate, își punea mâinile în șolduri și, clătinând din cap cu dispreț pentru nepriceperea mea într-ale zidăriei, își începea discursul:

— Cum cântai tu la radio, Szpilman? se mira el. Halal muzician, care nu e în stare să țină o lopată și să curețe varul de pe o scândură! Precis îi adormeai pe toți!

Ridica din umeri, se uita la mine bănuitor, scuipa și striga cât putea de tare, ca să-și verse încă o dată furia:

— Prostule!

Atunci însă când, uitând unde mă aflu, începeam să mă gândesc la problemele mele și făceam o pauză, întotdeauna îmi atrăgea atenția dacă se apropia un supraveghetor neamț.

— Mortar! răcnea el de se auzea în toată piața, iar eu înșfăcam prima găleată care-mi era la îndemână, ori o mistrie, și mă prefăceam că muncesc de zor.

Cel mai mult mă neliniștea apropierea iernii, în pragul căreia eram deja. Nu aveam nimic gros de îmbrăcat și, bineînțeles, nici mănuși. Fusesem întotdeauna destul de sensibil la frig, și, dacă mi-ar fi degerat degetele, puteam să-mi iau adio de la cariera de pianist. Cu îngrijorare crescândă mă uitam la frunzele copacilor de pe aleea Ujazdowskie, care deveneau tot mai galbene, iar vântul era și el tot mai rece în fiecare zi.

Tot cam pe atunci „numerele la viață", acordate provizoriu la început, au devenit permanente. Totodată, am fost transferat într-un nou loc de încartiruire, în barăci din partea nouă a ghetoului – pe strada Kacza. Schimbasem și locul de muncă, în partea „ariană" a orașului. Lucrările la micul palat de pe aleea Ujazdowskie se terminaseră și nu mai era nevoie de atât de mulți muncitori. O parte dintre noi au fost transferați pe strada Narbutt, la numărul 8, unde am pregătit locuința pentru niște ofițeri SS. Era tot mai frig, iar degetele îmi amorțeam tot mai rău. Nu știu cum s-ar fi terminat totul, dacă n-ar fi intervenit un accident, ca un ajutor din partea sorții – un fel de noroc în tot ghinionul. Într-o zi, pe când căram var, m-am împiedicat și mi-am scrântit glezna. Nu mai eram de folos ca muncitor pe șantier. Atunci inginerul Blum m-a repartizat la un depozit. Era sfârșit de noiembrie și ultimul moment când mai puteam spera să-mi salvez mâinile. În încăperile depozitului era cu siguranță mai cald decât sub cerul liber.

Tot mai mulți muncitori de pe aleea Ujazdowskie erau aduși acum la noi. Tot mai mulți SS-iști, care fuseseră supraveghetori acolo, au fost mutați și ei pe strada Narbutt. Într-o dimineață se afla aici și spaima muncitorilor, sadicul al cărui nume nu-l știam, dar pe care-l porecliserăm Trosc-Pleosc. Maltratarea oamenilor într-un anumit fel, specific, îi dădea trăiri aproape erotice. Îi ordona victimei să se aplece, îi prindea capul între coapse, strângea și-l bătea pe nefericit la fund cu un bici din curele de piele, alb la față de furie, șuierând printre dinții strânși „Trosc-pleosc, trosc-pleosc!" Niciodată nu-și lăsa victima din mână până când aceasta nu leșina de durere.

Și iar au început să circule prin ghetou zvonuri despre o nouă „strămutare". Dacă se confirmau, atunci ar fi fost evident că nemții aveau de gând să ne extermine. În cele din urmă mai rămăseserăm doar vreo șaizeci de mii, și ce alt scop ar fi putut avea ca să evacueze din oraș un grup atât de mic? Tot mai des se vorbea despre a le opune rezistență nemților. În special evreii tineri erau dornici să lupte, și chiar unele clădiri din ghetou începuseră să fie întărite în taină, pentru ca, la nevoie, oamenii să le poată apăra din interior. Nemții trebuie să-și fi dat seama ce se întâmplă, căci pe zidurile ghetoului au apărut anunțuri care, în cuvinte calde, ne asigurau că nu va exista o nouă strămutare. Supraveghetorii grupului nostru ne asigurau și ei în fiecare zi de același lucru și, pentru a da greutate cuvintelor lor, ne-au dat permisiunea oficială să cumpărăm zilnic, din acel moment, cinci kilograme de cartofi și o pâine și să le aducem din partea „ariană" a orașului în ghetou. În „mărinimia" lor, nemții ajunseseră până într-acolo încât să permită unui trimis al grupului nostru să se deplaseze liber prin oraș și să facă diverse cumpărături pentru toți. Am ales un tânăr curajos, căruia i se spunea Majorek – „micul maior". Nemții însă nu prevăzuseră un lucru: acela că Majorek, la instrucțiunile noastre, va deveni persoana de legătură între organizația mișcării de rezistență din ghetou și alte asemenea organizații de dincolo de zidurile noastre.

Aprobarea oficială de a introduce în ghetou o anumită cantitate de hrană a condus la o intensă activitate comercială în jurul grupului nostru. Zilnic, când plecam din ghetou, ne așteptau de cealaltă parte a zidului o mulțime de comercianți, care schimbau colegilor mei hrana pe *ciuchy*, adică haine vechi, purtate. Comerțul acesta nu mă interesa atât de mult. Mă interesau însă știrile pe care le aflam de la comercianți cu această ocazie. Aliații debarcaseră în Africa, Stalingradul se apăra de trei luni, iar în Varșovia avusese loc un nou atentat: fuseseră aruncate grenade în localul german Café-Club. Fiecare știre de felul acesta ne dădea curaj, ne dădea tărie să rezistăm și ne întărea credința într-un apropiat sfârșit al Germaniei. La scurt timp după aceea, au început și în ghetou primele acte de revanșă armată, îndreptate de la început în principal împotriva trădătorilor din mijlocul nostru. A fost ucis unul dintre cei mai ticăloși din poliția evreiască, Lejkin, renumit pentru felul în care-i vâna pe oameni și apoi îi trimitea în Umschlagplatz. La puțin timp după el, un bărbat pe nume First, care era persoana de legătură dintre Consiliul Evreiesc și Gestapo, a murit de mâna unor asasini evrei. Spionii din ghetou au început pentru prima oară să se teamă.

Cu timpul, mi-am recăpătat moralul și voința mea de a supraviețui a sporit. De aceea, într-o bună zi l-am rugat pe Majorek să telefoneze din oraș unor prieteni, ca să mă scoată cumva de acolo și să mă ascundă. După-amiaza am așteptat cu inima bubuindu-mi întoarcerea lui. S-a întors, dar fără vești bune: prietenii îi spuseseră că n-are decât să-și asume el riscul de a ascunde un evreu. I-au explicat, revoltați că le-am putut propune așa ceva, că, în fond, un asemenea gest era pedepsit cu moartea! Asta era. Nu aveam ce face.

Aceștia mă refuzaseră, poate alții însă aveau să fie mai generoși. În nici un caz nu trebuia să-mi pierd speranța.

Anul Nou era aproape.

La 31 decembrie 1942 a sosit pe neașteptate un transport mare de cărbune. A trebuit să-l descărcăm pe tot în ziua aceea și să-l ducem în subsolul clădirii de pe strada Narbutt. Era o muncă grea și ne-a luat neașteptat de mult timp. În loc să plecăm spre ghetou la șase seara, am pornit abia când deja se înnoptase.

Mergeam câte trei pe traseul nostru de fiecare zi: pe strada Polna, apoi prin strada Chałubiński și, mai departe, de-a lungul străzii Żelazna, până la poarta ghetoului. Eram deja pe strada Chałubiński, când, din fruntea coloanei, s-au auzit niște strigăte sălbatice. Am încetinit pasul. O clipă mai târziu ne-am dat seama ce se întâmpla: dăduserăm, absolut întâmplător, peste doi SS-iști beți. Unul din ei era Trosc-Pleosc. S-au năpustit asupra noastră și au început să ne lovească cu bicele, de care nu se despărțeau nici măcar când plecau la băut. Loveau sistematic, bătând fiecare grup de trei, începând de la capul coloanei. Când au terminat, s-au postat pe trotuar, la distanță de câțiva pași de noi, au scos pistoalele și Trosc-Pleosc a răcnit:

— Intelectualii, un pas înainte!

Nu încăpea îndoială că voiau să ne omoare pe loc. Nu mă puteam hotărî. Dacă nu ne conformam, se puteau înfuria și mai tare. Pe de altă parte, puteau chiar ei să ne scoată din coloană, ca, înainte de a ne omorî, să ne snopească drept pedeapsă că nu am ieșit de bunăvoie. Doctorul Zajczyk, docent universitar, care stătea lângă mine, tremura din tot corpul, întocmai ca mine și, la fel ca mine, era nehotărât. După al doilea strigăt am ieșit totuși din coloană. Eram șapte. M-am pomenit față-n față cu Trosc-Pleosc, care acum țipa direct la mine:

— O să vă învăț eu ce-nseamnă ordinea! Ce-ați făcut atâta timp?

Își agita pistolul pe sub nasul meu.

— Trebuia să veniți la șase, și acum e deja zece!

Nu am răspuns, sigur că oricum o să fiu împușcat. S-a uitat fix în ochii mei cu o privire tulbure, s-a bălăbănit pe sub felinar și pe neașteptate a spus pe un ton foarte liniștit:

— Voi șapte răspundeți personal pentru conducerea coloanei spre ghetou. Liber!

Ne întorseserăm deja, când a strigat:

— Înapoi!

Acum în fața lui era doctorul Zajczyk. L-a apucat de guler, scuturându-l și rânjind:

— Știți de ce v-am bătut?

Doctorul a tăcut.

— Știți de ce?

Unul dintre cei aflați mai departe, cu siguranță îngrozit, a zis timid:

— De ce?

— Ca să știți că azi e Anul Nou!

Eram deja în coloană, când am auzit următorul ordin:

— Cântați!

Ne-am uitat mirați la Trosc-Pleosc. S-a clătinat iar, a râgâit și a adăugat:

— ... ceva vesel!

A râs tare de propria-i glumă, s-a întors și, clătinându-se, a pornit mai departe. O clipă mai târziu s-a oprit și a răcnit amenințător:

— Mai tare!!!

Nu știu care dintre noi a început primul, și nu știu nici de ce tocmai cântecul acela ostășesc. Ne-am alăturat cu toții. La urma urmelor, ne era indiferent ce cântam.

Abia astăzi, când îmi amintesc momentele acelea, îmi dau seama cât de mult tragic era în situația aceea comică. În Ajun de An Nou, pe mijlocul unei străzi din orașul în care manifestările de patriotism polonez erau pedepsite cu moartea de ani buni, mergeam noi – un grup de evrei bătuți – cântând cât puteam de tare, fără să ni se întâmple nimic *Hej, strzelcy wraz! – Hei, pușcași, înainte!*

12
Majorek

Prima zi a anului 1943 – anul în care nemții aveau să sufere înfrângerea anunțată de Roosevelt. Într-adevăr, norocul începea să-i părăsească pe toate fronturile. Dacă măcar linia vreunuia dintre aceste fronturi ar fi fost mai aproape! A ajuns la noi și vestea despre înfrângerea lor de la Stalingrad, prea dureroasă ca să poată fi ascunsă sau ignorată cu un comunicat de presă obișnuit, de felul „evenimentul acesta nu are nici o importanță pentru desfășurarea victorioasă a războiului“. De data aceasta, nemții au fost nevoiți să recunoască. Germania a decretat trei zile de doliu, care, pentru noi, au fost primele zile de bucurie după multe luni. Optimiștii își frecau mâinile, convinși că războiul urma să se termine în curând. Pesimiștii erau însă de altă părere: războiul avea să mai dureze încă multă vreme, dar măcar acum nu exista nici o îndoială legată de sfârșitul lui.

Odată cu veștile politice tot mai îmbucurătoare, activitatea organizațiilor clandestine din ghetou s-a intensificat. Și grupul meu era implicat. Majorek se ocupa de aprovizionarea de fiecare zi cu saci cu cartofi, sub care dosea muniție. Mai târziu o împărțeam între noi și o duceam în ghetou, ascunzând-o în cracii pantalonilor. Pericolele erau multe și puțin a lipsit să nu se sfârșească tragic pentru noi toți.

Majorek adusese cartofii în saci, ca de obicei, la depozitul unde fusesem repartizat eu. Trebuia să îi deșert, să ascund muniția și să o distribui seara colegilor. Cu toate acestea, abia ce îi pusese jos și plecase din depozit, că s-a deschis ușa pe neașteptate și în cadrul ei a apărut Untersturmführer Young. A privit în jur, a zărit sacii și s-a apropiat de ei cu pas rapid. Mi s-au tăiat picioarele. Dacă îi verifica, eram pierduți. În primul rând eu mă alegeam cu un glonț în cap. Young s-a oprit lângă saci și a încercat să desfacă unul. Sfoara se încurcase și se dezlega cu greutate. SS-istul a înjurat nerăbdător uitându-se după mine.

— Dezleagă-l! a mormăit el.

M-am apropiat, făcând eforturi să-mi stăpânesc nervozitatea. Dinadins încet, aparent calm, m-am apucat să-l dezleg. Neamțul stătea aplecat deasupra mea, cu mâinile la spate.

— Ce e înăuntru?

— Cartofi. Ni s-a dat voie să aducem zilnic cartofi în ghetou.

Sacul era dezlegat deja. Următorul ordin:

— Arată!

Am băgat mâna în sac. Nu erau cartofi. Chiar în ziua aceea, în loc de o parte din cartofi, Majorek cumpărase puțină hrișcă și fasole. Erau chiar deasupra, iar sub ele, cartofii. I-am arătat un pumn de boabe lungi, gălbui.

— Cartofi?

Young a râs sarcastic, după care a ordonat:

— Mai caută!

De data asta am scos un pumn de hrișcă. Mă așteptam să fiu bătut pentru încercarea de a-l păcăli pe neamț. Voiam să mă bată. Speram că asta avea să-i distragă atenția de la restul sacilor. Dar el nici nu m-a atins. S-a răsucit pe călcâie și a ieșit.

Numai că în câteva secunde a dat buzna înăuntru, ca și cum ar fi vrut să mă prindă asupra faptului. Stăteam în mijlocul depozitului, respirând greu din cauza nervozității. Trebuia mai întâi să mă adun puțin. Abia când pașii lui Young s-au îndepărtat pe coridor și apoi nu s-au mai auzit deloc, am golit în grabă sacii și am ascuns muniția sub o grămadă de var din colțul depozitului. În seara aceea, când ne-am apropiat de zidul ghetoului, am aruncat peste el următoarea încărcătură de gloanțe și grenade, ca de fiecare dată.

La 14 ianuarie, într-o zi de vineri, nemții, înfuriați de înfrângerile de pe front și de bucuria societății poloneze, manifestată prea ostentativ, au trecut la noi razii – de această dată, concomitent, pe teritoriul întregii Varșovii. Acestea urmau să dureze trei zile, fără încetare. În fiecare zi, în drumul spre muncă sau la întoarcere, am văzut pe străzi oameni vânați sau capturați. În direcția închisorii mergeau șiruri de camioane ale poliției, pline de oameni care fuseseră prinși. De la închisoare se întorceau goale, pregătite să primească noi înlocuitori ai celor care aveau să devină prizonieri ai lagărelor de concentrare. Un anumit grup de „arieni“ a încercat să găsească adăpost în ghetou. În timpurile acelea grele se ajunsese la încă un paradox al acelei ocupații: banderola cu Steaua lui David, semnul cel mai periculos, devenise brusc, de la o zi la alta, un simbol de apărare și asigurare, pentru că evreii nu erau hăituiți în acea perioadă.

După două zile, a venit însă și rândul nostru. Luni, când am mers la muncă, în loc să găsesc tot grupul nostru, am dat doar peste câțiva muncitori care fuseseră considerați de neînlocuit. Și eu, ca magazioner, am fost inclus printre ei. Sub paza a doi jandarmi am pornit spre poarta ghetoului. De obicei, era păzită numai de poliția evreiască, dar astăzi se găsea acolo un întreg detașament de jandarmi care verificau atent documentele celor care trecuseră de porțile ghetoului în drum spre muncă. Pe trotuar se furișa un băiețel de vreo zece ani. Era palid și atât de înspăimântat, încât a uitat să-și scoată șapca în fața unuia dintre jandarmi, care venea din sens opus. Neamțul l-a oprit pe băiat, a scos pistolul și, fără un cuvânt, i l-a pus la tâmplă și a tras. Copilul a alunecat la pământ, a dat din brațe în convulsii, a înțepenit și a murit. Jandarmul a pus revolverul înapoi în toc și a mers mai departe. L-am privit mai cu atenție: nici măcar nu avea o expresie brutală pe chip, nici nu părea furios. Era un om normal, liniștit, care tocmai își îndeplinise una dintre numeroasele sale obligații cotidiene mai puțin importante, pentru ca, o clipă mai târziu, să uite de ea, ocupat fiind cu alte probleme, mai serioase, care-l așteptau.

Ne aflam deja pe partea „ariană“, când am auzit împușcături. Grupurile înconjurate de evrei rămași în ghetou au răspuns terorii nemțești, pentru prima oară, cu gloanțe.

Demoralizați, ne-am îndreptat spre muncă, întrebându-ne ce avea să se întâmple în ghetou. Nu încăpea nici o îndoială că începuse o nouă etapă a lichidării acestuia. Alături de mine mergea micul Prózański, îngrijorat pentru părinții săi, care rămăseseră în ghetou, întrebându-se dacă aveau să se poată ascunde undeva ca să nu fie prinși și deportați. Eu însă aveam un alt motiv de îngrijorare: lăsasem în cameră, pe masă, stiloul și ceasul – toată averea mea. Planul meu fusese să fac bani cu obiectele acela și, dacă aș fi reușit să fug, să pot supraviețui câteva zile cu ce-aș fi obținut în acest fel, până în momentul în care aș fi putut să mă aranjez, cu ajutorul prietenilor.

În seara aceea nu ne-am întors în ghetou. Am rămas provizoriu în barăcile de pe strada Narbutt. Abia mai târziu aveam să aflăm ce se întâmplase în ghetou în acest timp: oamenii s-au apărat cum au putut ca să nu fie duși la moarte. S-au ascuns în locurile pregătite dinainte, femeile au turnat apă pe scări, ca să înghețe și nemților să le fie mai greu să ajungă la locuințele aflate la etaj. Unele case au fost pur și simplu baricadate, iar locatarii au tras în SS-iștii, hotărâți mai bine să moară luptând cu arma în mână, decât să se lase uciși în camerele de gazare. Bolnavii din spitalul evreiesc au fost ridicați în pijamale, au fost încărcați în vagoane înghețate și duși la Treblinka. Cu toate acestea, mulțumită acestui prim act de rezistență armată opusă de evrei, nemții nu au reușit să transporte în decursul a cinci zile mai mult de cinci mii de oameni, în loc de zece mii, cât fusese plănuit.

În seara celei de-a cincea zile, Trosc-Pleosc ne-a anunțat că acțiunea de „curățare a ghetoului de elemente parazite“ fusese încheiată și că puteam, în sfârșit, să ne întoarcem acasă. Inimile ne băteau să ne spargă pieptul. Priveliștea străzilor din ghetou era zguduitoare. Trotuare acoperite de cioburi, rigole pline de pene din pernele sfâșiate. Peste tot erau pene. Fiecare suflare de vânt ridica nori de pene și le împrăștia de jur împrejur, de parcă ar fi nins, numai că în sens invers – de la pământ la cer. La fiecare pas erau trupuri ale celor uciși. Peste tot domnea o liniște atât de adâncă, încât ecoul pașilor noștri se întorcea la noi lovindu-se de zidurile caselor, de parcă am fi tăiat un defileu în munți. Camera nu fusese prădată, dar n-am mai găsit pe nimeni în ea. Toate erau așa cum le lăsaseră părinții deportați ai lui Prózański. Paturile, după ultima lor noapte dormită acolo, nu fuseseră strânse, iar pe plita stinsă rămăsese o cană cu cafea, din care nu le mai era dat să bea. Pe masă se aflau stiloul și ceasul, așa cum le lăsasem.

Acum trebuia să trecem la acțiune cât mai repede și cât mai energic. La următoarea deportare, care cu siguranță era programată în curând, se putea să fiu și eu printre cei deportați. Prin intermediul lui Majorek, mă înțelesesem cu niște prieteni – o pereche de tineri artiști. El, Andrzej Bogucki, era actor, ea – cântăreață, evolua sub numele de domnișoară, Janina Godlewska. Într-o zi Majorek m-a anunțat că aveau să vină la ora șase seara. Am prins momentul când muncitorii „arieni“ plecau acasă și am ajuns fără să fiu văzut în fața porții. Au venit amândoi. Am schimbat numai câteva cuvinte. Le-am dat compozițiile, stiloul și ceasul – tot ceea ce voiam să iau cu mine, ceea ce adusesem mai înainte din ghetou și ascunsesem în depozit. Ne-am înțeles ca Bogucki să vină să mă ia sâmbătă, la ora cinci. În clădire urma să aibă atunci loc inspecția unui general SS. Contam pe faptul că în agitația produsă de inspecție o să pot fugi mai ușor.

În timpul acesta, în ghetou atmosfera devenise tot mai tensionată, plină de neliniște și încordare. Comandantul poliției evreiești, colonelul Szerzyński, se sinucisese. În mod sigur primise vești foarte proaste, de vreme ce chiar el, un om foarte legat de nemți, care le era foarte necesar – și care, în consecință, ar fi fost deportat în orice caz ultimul – nu a văzut pentru sine o altă ieșire decât moartea. Zilnic se amestecau printre noi, muncitorii, și alți evrei pentru ca, aflându-se dincolo de zid, să încerce să scape. Nu toți reușeau. Pe partea „ariană“, pe fugari îi așteptau spionii – agenți plătiți sau voluntari cărora le făcea plăcere această îndeletnicire, și care, mai târziu, pe una dintre străzile lăturalnice, îi atacau pe evrei și îi obligau să le dea banii și bijuteriile pe care le aveau asupra lor. De cele mai multe ori îi dădeau apoi pe mâna nemților.

În sâmbăta aceea eram cumplit de nervos, încă de dimineață. Dacă n-avea să meargă totul bine? Orice pas greșit putea să însemne moartea pe loc. După-amiază a apărut într-adevăr generalul așteptat. Absorbiți de inspecție, SS-iștii nu ne-au mai acordat atenție o vreme. În jurul orei cinci au terminat lucrul muncitorii „arieni“. Mi-am pus paltonul, și, pentru prima dată după trei ani, mi-am scos banderola cu steaua albastru-deschis și mi-am croit drum printre ei spre poartă.

La colțul străzii Wiśniowa mă aștepta Bogucki. Deci totul mersese bine până atunci. Când m-a zărit, a pornit repede înainte. Am mers la câțiva pași în urma lui, cu gulerul mult ridicat, încercând să nu-l pierd din ochi în întunericul care se lăsase. Străzile erau pustii, luminate numai din loc în loc de felinare, conform regulamentului intrat în vigoare la începutul războiului. Trebuia să am grijă să nu nimeresc peste vreun neamț în lumina felinarelor, care ar fi putut să-mi vadă fața. Mergeam cu pas repede, aleseserăm drumul cel mai scurt, cu toate acestea aveam impresia că este interminabil. În cele din urmă ne-am atins țelul – o casă de pe strada Noakowski numărul 10, unde urma să mă ascund la etajul cinci, într-un atelier de pictură, aflat pe atunci la dispoziția compozitorului Piotr Perkowski, unul dintre conducătorii muzicienilor care se împotriveau nemților. Sărind câte trei trepte odată, am alergat până sus. În atelier ne aștepta Godlewska, nervoasă și îngrijorată. A răsuflat ușurată când ne-a văzut.

— Ați ajuns, în sfârșit!

A bătut din palme de bucurie și mi-a mai spus:

— Abia când Andrzej era deja în drum spre tine mi-am dat seama că astăzi este 13 februarie, iar cifra 13 aduce ghinion…

Władysław Szpilman adolescent,
1929

Edwarda, mama lui
Władysław Szpilman

Władysław Szpilman cu părinții săi,
1935

Bunica și Regina

Halina, sora lui Władysław Szpilman

Władysław Szpilman, fotografie făcută pentru actul de identitate, 1942

Władysław Szpilman, 1946

Władysław Szpilman și soția sa, Halina, 1955

Władysław Szpilman
şi profesorul Roman
Jasiński, 1946

Władysław Szpilman
şi Bronislav Gimpel

În studio la Radio Polonia

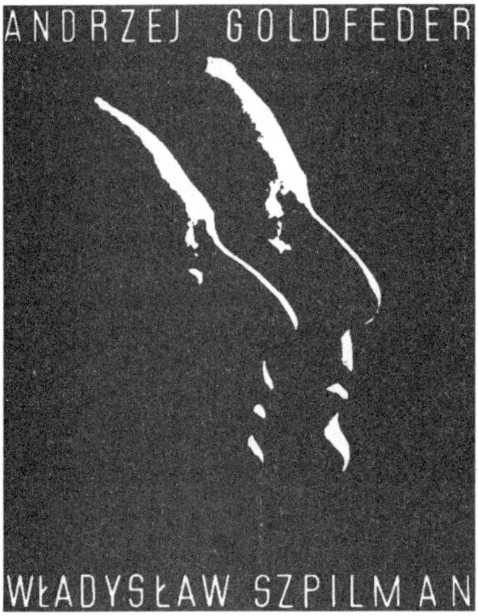

Afiş pentru concertele
de la cafeneaua Sztuka

Władysław Szpilman, 1948

Cvintetul Varşovian de Pian

Władysław Szpilman la Ierusalim, 1993

Władysław Szpilman și fiul său Andrzej, 2000

Władysław Szpilman la Hamburg, 2000

13
Certuri în vecini

Atelierul în care mă aflam acum, unde urma să rămân o vreme, era o încăpere destul de mare – un fel de sală cu plafonul de sticlă. De ambele laturi avea dormitoare mici, fără ferestre. Familia Bogucki pregătise pentru mine un pat pliant. După paturile de scânduri pe care dormisem până atunci, mi s-a părut nemaipomenit de confortabil. Eram fericit, măcar pentru faptul că nu întâlnisem nemți, nu le auzisem strigătele și nu trebuia să mă tem că în orice clipă voi fi bătut sau chiar ucis de vreun SS-ist. În zilele acelea am încercat să nu mă gândesc la ce mă mai aștepta până se va termina războiul ori dacă voi trăi până la sfârșitul acestuia. Putere mi-a dat și vestea, pe care mi-a adus-o într-o zi doamna Bogucka, că trupele sovietice cuceriseră din nou Harkovul. Dar ce avea să se întâmple cu mine? Trebuia acum să am în vedere faptul că șederea mea în atelier nu putea să dureze prea mult. Perkowski trebuia să găsească în zilele următoare un chiriaș, fie și numai din cauză că nemții anunțaseră efectuarea unui recensământ, în timpul căruia poliția trebuia să percheziționeze locuințele și să verifice dacă locatarii respectivi erau înregistrați corespunzător și dacă aveau dreptul să stea acolo. Aproape în fiecare zi apăreau noi candidați la statutul de chiriași, pentru a vedea camera. Atunci trebuia să dispar într-unul din dormitoare și să încui ușa pe dinăuntru.

După două săptămâni, Bogucki s-a înțeles cu Rudnicki, fostul director muzical al Radioului Polonez, șeful meu de dinainte de război, care a apărut într-o seară împreună cu inginerul Gębczyński. Urma să mă mut în locuința familiei Gębczyński, aflată în aceeași clădire. În aceeași seară aveam să ating clapele pianului pentru prima oară după șapte luni. Șapte luni în care îi pierdusem pe toți cei care-mi erau mai dragi, trăisem lichidarea ghetoului și îi demolasem zidurile, pentru ca mai târziu să car var și cărămizi. Întâi am refuzat să urmez îndemnurile doamnei Gębczyński de a cânta, dar până la urmă am acceptat. Degetele înțepenite mi se mișcau greu pe clape, iar sunetul era enervant, străin, greu de suportat.

În aceeași seară s-a mai întâmplat ceva. La Gębczyński a sunat unul dintre prietenii săi, bine informat, cu vestea că în ziua următoare vor avea loc razii în tot orașul. Eram cu toții foarte neliniștiți. Dar, așa cum se întâmpla deseori în vremurile acelea, a fost o alarmă falsă. A doua zi a venit vechiul nostru coleg din Radio, care ulterior mi-a devenit prieten apropiat, dirijorul Czesław Lewicki. A fost de acord să locuiesc în garsoniera lui, pe care nu o folosea, aflată pe strada Puławska la numărul 83.

Era ora șapte seara, sâmbătă, 27 februarie, când am plecat din locuința familiei Gębczyński. Din fericire, era întuneric peste tot. În Plac Unii am găsit o trăsură și am ajuns fără probleme în strada Puławska, am urcat fără să întâlnim pe nimeni pe scări, până la etajul patru.

Locuința s-a dovedit a fi o garsonieră confortabilă, amenajată elegant, nu prea mare, cu o nișă în care se afla intrarea la toaletă. Pe partea opusă nișei era un dulap mare în perete, iar alături de el – un aragaz. În cameră se aflau o canapea mare, un dulap de haine, o etajeră cu cărți, o măsuță și câteva scaune confortabile. Micuța bibliotecă era bogată în note și partituri; am găsit în ea și câteva cărți științifice. Mă simțeam ca în rai. În prima noapte am dormit puțin, vrând să mă bucur de plăcerea de a sta întins pe o canapea adevărată, cu arcuri bune.

În ziua următoare a venit Lewicki cu o prietenă, doamna Malczewska, soția unui medic, și mi-a adus lucrurile. Cu acest prilej am discutat despre cum aveam să mă hrănesc și ce trebuia să fac în timpul recensământului care urma să aibă loc a doua zi. Trebuia să-mi petrec toată ziua în toaletă, zăvorât pe dinăuntru, așa cum se întâmplase înainte, în atelierul de pictură. Am socotit că, și dacă polițiștii vor da buzna în locuință în timpul recensământului, cu siguranță nu vor observa ușița dincolo de care am să fiu ascuns. În cel mai rău caz, vor crede că este ușa încuiată a unui dulap.

Am respectat întocmai planul nostru strategic. Mi-am luat o mulțime de cărți și am mers încă de dimineață în toaletă, unde n-ar fi fost prea comod în cazul în care ar fi trebuit să rămân închis mai mult timp, și am stat acolo răbdător până seara. Dar de pe la amiază nu visam decât să pot să-mi întind picioarele. Întreaga acțiune s-a dovedit inutilă: n-a venit nimeni, cu excepția lui Lewicki, care a trecut pe la mine seara, curios și neliniștit în legătură cu ce mi s-ar fi putut întâmpla. Mi-a adus votcă, salam, pâine și unt. Am mâncat regește. Recensământul fusese gândit pentru ca nemții să-i poată descoperi dintr-un foc pe toți evreii care se adăposteau în Varșovia. Pe mine nu m-au găsit și am căpătat din nou speranță. Lewicki, care locuia departe, s-a înțeles cu mine să vină de două ori pe săptămână, ca să-mi aducă de mâncare.

Trebuia să-mi ocup cu ceva vremea între vizitele lui, atât de mult așteptate. Am citit mult și am învățat să pregătesc mâncărurile cele mai gustoase, urmând sfaturile culinare ale doamnei Malczewska. Trebuia să fac totul fără zgomot, pășind încet, în vârful degetelor, ca nu cumva să lovesc ceva cu mâna sau cu piciorul, Doamne ferește! Pereții erau subțiri și fiecare mișcare neatentă putea să trădeze prezența mea vecinilor. În plus, auzeam limpede ce se întâmplă, mai ales în locuința din stânga. Judecând după voci, acolo locuia o pereche de tineri care își începeau conversația de seară cu nume de alint, „cățelușule" și „pisicuțo". După un sfert de oră, armonia începea să se tulbure, tonul vocilor era mai ridicat, iar epitetele acopereau o întreagă serie de animale, începând de la cele de casă și sfârșind cu cele de la fermă. Urma, probabil, împăcarea. Vocile amuțeau pentru mai mult timp, iar în cele din urmă li se alătura o a treia, cea a pianinei, în clapele căreia tânăra doamnă lovea fals, dar cu sentiment. De obicei însă zdrăngănitul ei nu dura prea mult. Sunetul înceta și se auzea vocea enervată a femeii, care reîncepea cearta:

— N-am să mai cânt! Întotdeauna te întorci cu spatele când încep să cânt...

Și iar se pornea seria de animale.

Atunci când îi ascultam, mă gândeam, adesea cu înduioșare, ce n-aș fi dat și cât de fericit aș fi fost dacă aș fi avut o pianină, chiar și așa dezacordată ca aceea care ducea la asemenea certuri dincolo de perete.

Zilele treceau. De două ori pe săptămână, regulat, mă vizita doamna Malczewska, la schimb cu Lewicki, aducându-mi de mâncare, dar și vești despre cele mai recente evenimente politice. Nu erau îmbucurătoare: din păcate, armatele sovietice se retrăseseră din Harkov. Aliații se retrăseseră din Africa. Condamnat la inactivitate, petrecându-mi majoritatea zilelor reflectând, întorcându-mă în amintire la evenimentele cumplite trăite, la uciderea părinților, a fratelui și surorilor, am căzut într-o neîncredere și o depresie tot mai adânci. Când mă uitam pe fereastră la mișcarea mereu aceeași de pe stradă și la nemții care continuau să treacă nederanjați, liniștiți, am început să cred că totul poate rămâne așa pentru totdeauna. Și atunci, ce se va întâmpla cu mine? După ani de suferințe fără sens, într-o zi aveam să fiu descoperit și omorât. Poate, în cel mai bun caz, să mă sinucid, ca să nu cad în mâinile nemților.

Starea mea de spirit a început să se amelioreze atunci când a început marea ofensivă a Aliaților în Africa, când succesele se anunțau unul după altul. Era o zi fierbinte de mai. Tocmai îmi pregăteam o supă pentru prânz, când a apărut pe neașteptate Lewicki. Nu mai putea respira după ce urcase în goană până la etajul patru, și și-a tras sufletul puțin, înainte de a-mi da vestea cu care venise: rezistența germană și italiană din Africa cedase cu totul.

Dacă toate acestea ar fi început mai devreme! Dacă detașamentele Aliaților ar fi învins acum în Europa, și nu în Africa, poate m-aș fi bucurat. Poate că atunci revolta organizată de puținii evrei rămași în ghetoul din Varșovia ar fi avut măcar o mică șansă de succes. Odată cu veștile mai bune aduse de Lewicki, începuseră să vină și detalii tot mai cumplite privind desfășurarea luptei tragice a confraților mei, acea mână de oameni care hotărâseră, măcar în ultima etapă a vieții, să se opună activ nemților, pentru a protesta față de barbaria acestora. Din ziarele clandestine pe care le primeam am aflat despre revolta evreilor, despre luptele duse pentru fiecare casă și fiecare bucățică de stradă, precum și despre pierderile mari ale nemților, care săptămâni la rând nu fuseseră în stare să învingă niște rebeli mult mai slabi, deși au făcut uz în ghetou de artilerie, tancuri și aviație. Nici un evreu nu voia să fie prins viu. Când nemții ocupau o clădire, femeile rămase în ea duceau copiii la ultimul etaj și se aruncau împreună cu ei de la balcon. Seara, înainte de culcare, când priveam pe fereastră, puteam vedea în nordul Varșoviei strălucirea focului și norii grei de fum, care acopereau cerul senin, plin de stele.

Era pe la început de iunie, când, într-o zi, deodată, la o oră neobișnuită pentru el, chiar la amiază, a apărut Lewicki. Nu-mi aducea însă vești bune, de astă dată. Era nebărbierit, avea ochii încercănați, ca după o noapte nedormită, și o expresie încurcată pe chip.

— Îmbracă-te! mi-a spus în șoaptă.

— Ce s-a întâmplat?

— Ieri-seară Gestapoul mi-a sigilat camera de la doctorul Malcewski. Pot apărea aici în orice clipă. Trebuie să plecăm imediat!

Să plecăm? Ziua în amiaza mare? Pentru mine, era totuna cu sinuciderea.

Lewicki a devenit nerăbdător.

— Hai, grăbește-te! m-a îndemnat el, văzând că rămăsesem pur și simplu nemișcat, în loc să-mi strâng lucrurile într-o geantă, așa cum se aștepta.

S-a hotărât să mă încurajeze, ca să-mi ridice moralul.

— Nu ai de ce să te temi, a început să-mi explice nervos, totul e pregătit; nu departe de aici te așteaptă cineva care te va duce într-un loc sigur.

Nu aveam totuși intenția să mă mișc de-acolo. Întâmple-se ce s-o întâmpla! Lewicki putea să fugă și Gestapoul n-avea să-l găsească. Preferam, de va fi fost cazul, să-mi pun capăt zilelor acolo, decât să risc să mă aventurez iar prin oraș. Pur și simplu nu mai aveam forță. Am reușit să-l conving printr-o minune. Ne-am îmbrățișat de rămas-bun, fiind aproape siguri că nu aveam să ne mai revedem niciodată, după care Lewicki a plecat.

Am început să mă învârt prin cameră, care până atunci mi se păruse unul dintre cele mai sigure locuri de pe lume, iar acum îmi dădea impresia unei cuști. Eram închis în ea ca un animal și era doar o chestiune de timp până când aveau să ajungă măcelarii care să mă descopere și să mă omoare – mulțumiți de pradă. Eu, care nu fumasem în viața mea, în ziua aceea, așteptând de la o oră la alta moartea care întârzia să apară, am fumat cele o sută de țigări lăsate de Lewicki. Știam că Gestapoul vine de obicei seara sau dimineața foarte devreme. Nu m-am dezbrăcat, nu am aprins lumina, mi-am fixat privirea pe gratiile balconului, vizibile prin geam, și am ascultat chiar și cele mai slabe zgomote venind din stradă și de pe scări. Îmi răsunau în urechi fără încetare cuvintele lui Lewicki. Mâna lui era deja pe clanță, când s-a întors din drum, s-a apropiat de mine, m-a îmbrățișat din nou și mi-a spus:

— Dacă vin și dau buzna în cameră, sari de la balcon. Nu te lăsa prins viu!

Apoi a adăugat, ca să-mi facă mai ușoară luarea acestei decizii:

— Eu am otravă. Nici pe mine nu vor pune mâna!

Se făcea târziu. Forfota de pe străzi încetase complet, iar în casa de vizavi se stingeau luminile, una câte una. Nemții tot nu apăruseră. Eram cu nervii la pământ. Îmi doream să vină cât mai repede, dacă tot trebuiau să vină. Nu voiam să aștept moartea atât de mult. Mai târziu mi-am schimbat hotărârea privind modalitatea de a mă sinucide. Mi-a venit în minte că, în loc să mă arunc de la balcon, aș fi putut să mă spânzur. O asemenea moarte, mi-e greu să spun de ce, mi se părea mai ușoară și mai rapidă. Tot nu aprinsesem lumina, dar am început să bâjbâi după o frânghie. În cele din urmă am găsit o bucată destul de solidă pe etajera de cărți. Am scos un tablou de pe peretele de deasupra unui raft, am verificat cât de bine era fixat cârligul, am pregătit nodul și am așteptat. Gestapoul nu a venit.

Nu a venit nici dimineața, și nici în următoarele câteva zile. Abia vineri, înainte de prânz, când, după o noapte aproape nedormită, stăteam întins pe canapea, îmbrăcat, am auzit împușcături pe stradă. M-am repezit la fereastră. Pe toată lățimea străzii și a trotuarelor înainta o trupă de jandarmi, trăgând haotic în oamenii care fugeau. Apoi au sosit camioane cu SS-iști, care au înconjurat o parte mare a străzii, unde se afla și clădirea mea. Agenții Gestapoului intrau în grupuri în toate clădirile și scoteau în stradă bărbații. Au intrat și în clădirea în care locuiam eu.

Nu mai era nici o îndoială că aveau să mă găsească. Am împins un scaun spre etajeră, ca să ajung la cârlig mai ușor, am pregătit sfoara și m-am dus să trag cu urechea la ușă. De pe scări se auzeau strigăte în germană la etajele inferioare. După o jumătate de oră, totul a amuțit. M-am uitat pe fereastră: baricada fusese ridicată, iar camioanele SS plecaseră.

Deci iar fusesem ocolit.

După această perioadă trăită în spaimă avea să urmeze alta: cea a foametei, așa cum nu o trăisem nici chiar în vremurile celei mai negre lipse de hrană din ghetou.

14
Pungășia lui Szałas

Trecuse o săptămână de la fuga lui Lewicki. Gestapoul nu venise, și-am început să mă mai liniștesc. Apăruse în schimb altă amenințare: mi se terminau rezervele de hrană. Îmi mai rămăseseră doar puțină fasole și hrișcă. Am redus mesele la două pe zi. Îmi făceam o supă, în care de fiecare dată măsuram o lingură de hrișcă și număram zece boabe de fasole, dar, deși porțiile erau atât de sărace, mâncarea abia dacă putea să-mi ajungă pentru câteva zile. Într-o dimineață, a oprit din nou pe stradă o mașină militară germană. Din ea au ieșit doi SS-iști cu o hârtie în mână, care au intrat în clădirea mea. Am fost convins că veniseră după mine și m-am pregătit din nou pentru moarte. Nici de data asta însă nu a fost vorba despre mine.

Hrana mi s-a terminat. Nu am mai mâncat nimic două zile. Rămâneau două posibilități: să mor de foame sau să risc ieșind să cumpăr o pâine de la cea mai apropiată brutărie. Am ales-o pe a doua. M-am bărbierit cu grijă, m-am îmbrăcat și la opt dimineața am ieșit din casă, străduindu-mă să-mi păstrez calmul. În pofida trăsăturilor mele evident „neariene“, nimeni nu mi-a dat atenție. Am cumpărat pâinea și m-am întors acasă. Se întâmpla pe 18 iulie 1943. Cu pâinea aceea, pentru că nu avusesem bani de mai multă, am trăit până pe 28 iulie, adică zece zile.

Pe 29 iulie dimineața am auzit o bătaie ușoară în ușă. Nu am reacționat. După o clipă, cineva a băgat cu grijă o cheie în broască și a răsucit-o. Ușa s-a deschis și a intrat un bărbat tânăr, pe care nu-l cunoșteam. A închis repede ușa după el și m-a întrebat în șoaptă:

— S-a întâmplat ceva suspect?

— Nu.

Abia apoi mi-a acordat o clipă de atenție. M-a măsurat din cap până-n picioare, iar în ochi i se putea citi uimirea:

— Trăiți?

Am ridicat din umeri. Mort nu eram, deci nu avea sens să-i răspund. Pe chipul lui a apărut un zâmbet și s-a hotărât în sfârșit să se prezinte: era fratele lui Lewicki. Venise să-mi spună că a doua zi aveam să primesc mâncare, iar câteva zile mai târziu urma să fiu dus într-o altă ascunzătoare, pentru că Gestapoul continua să-l caute pe Lewicki și ar fi posibil, totuși, să-și facă apariția la adresa aceea.

O zi mai târziu a venit într-adevăr inginerul Gębczyński, însoțit de un bărbat pe care mi l-a prezentat drept tehnician radio, pe nume Szałas – un colaborator demn de încredere al mișcării clandestine. Gębczyński mi s-a aruncat în brațe: fusese convins că murisem de slăbiciune. Mi-a povestit că toți prietenii noștri comuni erau îngrijorați pentru mine și că multă vreme nu fusese posibil să te apropii de clădire, aflată sub supravegherea permanentă a poliției secrete. Când supravegherea încetase, avuseseră de gând să se ocupe de trupul meu și să mă înmormânteze așa cum se cuvenea. Din clipa aceea Szałas urma să se ocupe de mine din partea organizației clandestine.

Szałas s-a dovedit a fi însă un protector foarte ciudat: venea la zece zile, aducând câte ceva de mâncare și explicându-mi că nu avea bani să-mi cumpere mai mult. Atunci i-am dat să vândă ce mai rămăsese din lucrurile mele, deși aproape de fiecare dată se întâmpla să i se fure ceva și din nou venea cu o cantitate infimă de mâncare, care putea ajunge cel mult pentru două zile, și uneori trebuia să-mi ajungă două săptămâni. Atunci când, complet epuizat de foame, zăceam în pat, convins fiind că de data asta mă aștepta moartea, Szałas apărea din nou și-mi mai aducea ceva, dar era doar atât cât să nu mor și să mai am putere să mă chinui. Întotdeauna radios și cu gândurile în altă parte, mă întreba mereu același lucru:

— Ce faci? Mai trăiești?

Trăiam, deși de foame și de zbucium făcusem icter. Szałas nu-și făcea prea multe griji din cauza asta. Mi-a povestit o întâmplare amuzantă, după părerea sa, despre bunicul lui, pe care, la vestea că se îmbolnăvise de icter, îl părăsise logodnica. Icterul, credea Szałas, e un fleac, ceva pentru care nu e cazul să te neliniștești. Drept consolare mi-a comunicat că Aliații debarcaseră în Sicilia, după care mi-a zis la revedere și a plecat. A fost ultima noastră întâlnire, căci nu a mai venit, deși aveau să treacă zece zile, douăsprezece zile, două săptămâni...

Nu aveam nimic de mâncare. Nu eram în stare nici să mă ridic și să mă târăsc până la robinet să beau apă. Dacă ar fi venit Gestapoul, n-aș fi avut nici cum să mă spânzur. În cea mai mare parte a zilei zăceam în letargie, iar când mă trezeam, era doar ca să supraviețuiesc agoniei. Începuseră să mi se umfle fața, mâinile și picioarele, când, pe neașteptate, a venit doamna Malczewska, despre care știam că urma să plece din Varșovia, împreună cu soțul ei și cu Lewicki, ca să se ascundă. Era convinsă că o duc bine și voise doar stăm un pic de vorbă și să bem împreună un ceai. Mi-a povestit că Szałas strânsese bani pentru mine în toată Varșovia, și, cum nimeni nu regreta că-i dă pentru salvarea unui om, primise mulți bani. Îi asigura pe toți prietenii mei că mă vizitează zilnic și că nu-mi lipsește nimic.

Soția doctorului a plecat din Varșovia după câteva zilei, dar înainte de plecare m-a aprovizionat cu mâncare din belșug și m-a asigurat că aveam să capăt un sprijin mai solid. Din păcate, nu pentru multă vreme.

Pe 12 august, la amiază, când mă pregăteam, ca de obicei, să-mi fac o supă, a încercat cineva pe neașteptate să intre în locuință. Nu era un ciocănit la ușă, ca întotdeauna când mă vizitau prietenii, ci o bătaie puternică. Deci nemții. Vocile care se auzeau erau însă de femei. Una dintre ele strigă:

— Deschide, altfel chemăm poliția!

Bătăile în ușă deveneau tot mai puternice. Nu încăpea îndoială că ascunzătoarea mea fusese descoperită și colocatarii, de teama pedepsei pentru ascunderea unui evreu în clădire, hotărâseră să mă dea pe mâna nemților.

M-am îmbrăcat repede și mi-am strâns compozițiile și câteva mărunțișuri într-o geantă. Zgomotul a încetat pentru o clipă. Cu siguranță, iritate de tăcerea mea, femeile hotărâseră să se țină de cuvânt și erau deja în drum spre cea mai apropiată secție de poliție. Am deschis fără zgomot ușa și m-am strecurat pe trepte, unde am dat peste una dintre ele, pusă probabil de strajă, ca să nu fug. Mi-a tăiat calea.

— Locuiți în apartamentul acela? a arătat ea cu mâna spre ușă. Nu sunteți înregistrat!

I-am răspuns că acolo stătea un coleg pe care nu reușisem să-l găsesc acasă. Era o explicație fără sens, care de bună seamă nu o putea mulțumi pe femeia furioasă.

— Vă rog să vă legitimați! Arătați actele! a strigat ea tot mai tare.

Tot mai mulți locatari ai clădirii, intrigați de gălăgie, au început să deschidă ușile și să iasă din apartamente. Am împins-o pe femeie într-o parte și am luat-o la fugă pe scări, iar în urma mea răsunau țipetele ei:

— Închideți ușile! Nu-l lăsați să iasă!

La parter am gonit pe lângă portăreasă, care, din fericire, nu înțelesese nimic din strigătele care răzbăteau de la etaj. Am ajuns la ușă și am ieșit în stradă.

Reușisem să evit moartea, dar mă pândea alt pericol: mă aflam pe stradă chiar în miezul zilei, nebărbierit, netuns de mai multe luni, îmbrăcat în haine murdare și mototolite. Doar atât și era de ajuns să atragă atenția, ca să nu mai spun de trăsăturile feței mele. Am cotit pe cea mai apropiată străduță laterală și am rupt-o la fugă. Încotro să o iau? Singurii cunoscuți din apropiere erau familia Bołdok, care locuiau pe strada Narbutt. M-am hotărât să merg la ei. Eram însă atât de agitat, că m-am rătăcit pe străduțele din cartier, deși le cunoșteam bine. Am bântuit pe străzi cam o oră, până să ajung unde voiam. Am ezitat mult înainte să sun la ușa dincolo de care speram să găsesc adăpost. Știam la ce îi expun pe oamenii aceia prin prezența mea. Dacă aș fi fost găsit la ei, i-ar fi împușcat odată cu mine. Nu aveam însă de ales. Când mi-au deschis, le-am spus imediat că venisem pentru scurt timp, ca să folosesc telefonul și să aflu unde aș putea găsi un nou adăpost. Am telefonat, dar asta nu a rezolvat nimic. Unii dintre prietenii mei nu mă puteau primi, alții nu puteau ieși din casă, pentru că tocmai în ziua aceea organizația noastră clandestină atacase cu succes una dintre cele mai mari bănci din Varșovia și tot centrul orașului era împânzit de poliție. În aceste condiții, cei din familia Bołdok au hotărât să dorm în apartamentul situat sub al lor, de la care aveau chei.

A doua zi a venit să mă ia colegul meu de la Radio Zbigniew Jaworski, la care urma să stau câteva zile. Eram din nou salvat. Mă aflam la niște oameni de treabă, binevoitori. Am făcut imediat o baie, după care am mâncat o cină gustoasă, stropită cu câteva pahare de votcă, ce, din păcate, nu mi-au făcut prea bine la ficat. Cu toate acestea, deși atmosfera era plăcută și, mai ales, deși am reușit să vorbesc după pofta inimii după luni de tăcere impusă, n-am vrut să abuzez de ospitalitatea gazdelor mele, ca să nu îi pun în pericol de moarte prin prezența mea. Doamna Zofia Jaworska și curajoasa ei mamă, doamna Bobrownicka, în vârstă de șaptezeci de ani, m-au invitat sincer să rămân la ei atâta timp cât va fi nevoie.

Toate eforturile mele de a-mi găsi o nouă ascunzătoare au fost inutile și din toate părțile veneau răspunsuri negative; nimeni nu voia să ascundă un evreu, fiindcă pedeapsa pentru așa ceva era moartea. Eram deja extrem de deprimat când soarta mi-a trimis deodată, în ultima clipă, salvarea în persoana doamnei Helena Lewicka, cumnata doamnei Zofia Jaworska. Nu mă întâlnise niciodată până atunci, dar acum, văzându-mă pentru prima oară și auzind prin ce trecusem, a fost imediat de acord să mă primească la dumneaei. A plâns de mila mea, deși nici viața sa nu fusese ușoară și cu siguranță nu-i lipseau motivele să plângă pentru soarta propriilor rude și prieteni.

La 21 august, după ultima noapte la familia Jaworski, în timpul căreia a răscolit cartierul, m-am mutat într-un bloc mare de pe aleea Niepodległości. Urma să fie ultima mea ascunzătoare înainte de Insurecția din Varșovia și distrugerea orașului, care i-a urmat. Camera spațioasă de la etajul patru avea intrarea direct de pe casa scărilor. Avea gaz și curent, dar nu avea apă. Trebuia mers după ea pe coridor, unde exista un robinet, alături de toaleta comună. Lângă mine locuiau niște intelectuali, oameni de alt nivel decât cei de pe strada Puławska, care se certau în fiecare zi, zdrăngăneau la un pian dezacordat și pe urmă au vrut să mă dea pe mâna nemților. Aici, vecinii mei erau o pereche de activiști din mișcarea clandestină, care erau căutați și din acest motiv nu dormeau acasă. Locul nu era chiar sigur pentru mine, dar am preferat asta vecinătății unor primitivi loiali, care de frică m-ar fi predat oricând. În casele învecinate locuiau mai ales nemți, iar în unele clădiri se aflau sediile unor autorități militare. Vizavi de ferestrele mele se înălța, neterminată, clădirea unui spital, folosită acum drept depozit. Zilnic vedeam acolo prizonierii de război bolșevici, care aduceau sau luau de acolo niște lăzi mari, grele. De data aceasta mă aflam în inima unuia dintre cele mai nemțești cartiere din Varșovia, chiar în gura leului. Poate că așa era mai bine și mai sigur.

M-aș fi simțit foarte bine în noua mea ascunzătoare dacă nu aș fi început să am probleme de sănătate. Ficatul mă supăra tot mai mult. La începutul lui decembrie am avut asemenea dureri, încât abia am reușit să nu țip. M-au ținut toată noaptea. Doctorul pe care l-a adus doamna Lewicka a constatat o inflamație acută a vezicii biliare și a recomandat o dietă strictă. Din fericire, nu mai eram la mila lui Szałas, de mine se îngrijea cea mai devotată dintre femei, doamna Helena Lewicka. Mulțumită ei m-am însănătoșit treptat.

A venit anul 1944. Făceam toate eforturile să duc o viață ordonată. De la ora nouă la ora unsprezece învățam engleza, apoi citeam până la ora unu, după care îmi pregăteam prânzul, iar între ora trei și ora șapte mă ocupam din nou de limba engleză și citeam.

În timpul acesta, nemții sufereau înfrângere după înfrângere. Nu mai era vorba despre niște contraofensive. De pe toate fronturile se retrăgeau „conform planului“, explicând în presă că, cedând teritoriile mai puțin importante, scurtează benefic linia frontului. Totuși, o dată cu înfrângerile lor de pe front a crescut teroarea în țările ocupate de ei. Execuțiile publice, pe care începuseră să le organizeze în Varșovia în toamna anului precedent, aveau loc acum aproape zilnic. Nemții, cu spirit sistematic în toate, ca întotdeauna, găseau încă timp ca, după ce „curățaseră“ total ghetoul de oameni, să curețe acum și zidurile. Au distrus casă cu casă, stradă după stradă și au scos din oraș molozul cu trenul. Jigniți de rezistența evreilor, acești „stăpâni ai lumii“ deciseseră să nu lase piatră peste piatră.

Monotonia existenței mele a fost întreruptă la începutul anului de o întâmplare la care m-am așteptat cel mai puțin. Într-o zi, cineva a încercat să-mi descuie ușa – încet, fără zgomot, cu răbdare și cu pauze. La început nu mi-am dat seama ce putea fi. Abia după ce m-am gândit mai bine am ajuns la concluzia că nu putea fi decât un hoț. De aici a rezultat o altă problemă: în lumina legii, amândoi eram infractori; eu, prin faptul biologic de a fi evreu, iar el, fiindcă era hoț. Ar fi trebuit să-l ameninț cu poliția, când intra? Sau avea să mă amenințe el – poate era chiar mai probabil.

Sau, poate, trebuia să ne predăm reciproc poliției? Ori să încheiem un pact de neagresiune ca între criminali? Până la urmă însă nu a reușit să intre, fiindcă a fost alungat de unul dintre locatari.

La 6 iunie 1944, după-amiaza, am primit vizita doamnei Helena, radiind toată, care venise să-mi aducă vestea că americanii și britanicii debarcaseră în Normandia. Zdrobiseră rezistența nemților și continuau să înainteze. Cele mai minunate vești veneau una după alta: recucerirea Franței, capitularea Italiei, Armata Roșie aflată la granițele Poloniei și eliberarea orașului Lublin.

Aviația sovietică făcea tot mai des raiduri deasupra Varșoviei, puteam să văd focurile de la fereastra mea. Dinspre vest se auzeau bubuituri. La început mai slabe, pentru ca apoi să crească tot mai mult: era artileria sovietică. Nemții evacuau Varșovia, chiar și clădirea neterminată a spitalului de vizavi. Mă uitam la toate cu speranță și având în suflet convingerea că, totuși, aveam să trăiesc! Aveam să fiu liber!

Pe 29 iulie, doamna Lewicka mi-a adus vestea că revolta din Varșovia urma să izbucnească dintr-o clipă într-alta! Organizațiile noastre clandestine cumpărau în grabă arme de la nemții demoralizați, care se retrăgeau.

Achiziționarea unui anumit număr de puști-mitralieră îi fusese încredințată gazdei mele de neuitat din strada Falata, Zbigniew Jaworski. Din nefericire, a dat peste niște ucraineni, care erau mai răi decât nemții. Sub pretextul că îi dau armele, l-au dus în curtea Academiei Agronomice și l-au împușcat.

Pe 1 august, doamna Helena a venit în jurul orei patru după-amiaza, ca să mă ducă în pivniță. Revolta urma să izbucnească într-o oră! Condus de un instinct infailibil, care mă salvase deja de mai multe ori, m-am hotărât să rămân pe loc. Protectoarea mea și-a luat rămas-bun de la mine ca de la un fiu, cu lacrimi în ochi și, cu glasul sugrumat, mi-a pus o ultimă întrebare:

— Crezi că o să ne mai vedem vreodată, Władek?

15
Într-o clădire în flăcări

În pofida asigurărilor doamnei Helena că revolta va izbucni la ora cinci, adică peste doar câteva minute, mie tot nu-mi venea să cred. În timpul ocupației, circulaseră tot timpul zvonuri despre evenimente politice care erau date ca sigure, și care, totuși, până la urmă nu avuseseră loc. Evacuarea Varșoviei de către nemți, pe care o putusem de asemenea observa de la fereastra mea, și fuga panicată spre vest a camioanelor încărcate peste măsură și a automobilelor particulare aproape că încetaseră în ultimele zile. Tot așa, bubuitul artileriei sovietice, care se putea auzi atât de clar noaptea cu câteva zile în urmă, se îndepărtase acum de oraș și se auzea tot mai slab.

M-am apropiat de fereastră: pe stradă domnea liniștea, circulația era normală, poate mai puțin animată decât de obicei, dar în zona aceea de pe aleea Niepodległości nu era niciodată prea intensă. Din direcția Politehnicii venea un tramvai, care a oprit în stație. Era aproape gol. Au coborât din el câteva persoane, niște femei și un bărbat în vârstă, cu baston. S-au răspândit în diverse direcții. La urmă au coborât trei tineri, purtând în mâini niște obiecte lungi, învelite în ziare, și s-au oprit înainte de primul vagon. Unul dintre ei s-a uitat la ceas, apoi a privit de jur împrejur, a îngenunchiat brusc pe carosabil, a ridicat pe umăr obiectul pe care-l ducea și imediat s-a declanșat o serie rapidă de păcănituri. Hârtia de la capătul pachetului a început să mocnească, lăsând să se vadă țeava unei mitraliere. În același timp, ceilalți doi și-au despachetat, nervoși, și ei armele.

Primele rafale ale tânărului au fost ca un semnal care a chemat întregul cartier: puțin mai târziu se trăgea peste tot, iar când exploziile din vecinătate au încetat pentru o clipă, s-au auzit împușcăturile din centrul orașului, una după alta, dese, vărsându-se într-un sunet amintind de bolboroseala apei care clocotește într-un cazan uriaș, acoperit cu un capac. Strada se golise. Doar bătrânul cu baston se mai vedea, alergând anevoie și abia răsuflând, dar și el a ajuns în dreptul unei intrări, unde a reușit să se ascundă.

M-am dus la ușă și mi-am lipit urechea de ea. Pe coridor și pe casa scărilor era larmă și agitație. Ușile apartamentelor se deschideau și apoi erau trântite cu zgomot. Se auzea un tropăit haotic. O femeie a țipat: „Isuse! Sfântă Fecioară!“, alta a strigat în direcția scărilor: „Jerzy, ai grijă de tine!“ Răspunsul s-a auzit de jos: „Bine, bine!“ Acum femeile plângeau, iar una dintre ele, care evident nu se putea stăpâni, suspina nervos. O voce joasă, de bărbat o liniștea în surdină: „N-o să țină mult. Toți au așteptat asta...“

Informațiile doamnei Helena fuseseră corecte. Izbucnise revolta.

M-am așezat pe canapea, gândindu-mă ce aveam de făcut în această situație.

Când plecase, Helena Lewicka mă încuiase pe dinafară, ca de obicei, cu cheia și lacătul. M-am dus spre fereastră. În poartă stăteau grupuri de nemți. Alte grupuri veneau dinspre Pole Mokotowskie. Toți aveau în mână puști-mitralieră, pe cap – căști, iar de curea aveau prinse grenade de mână. Pe partea noastră de stradă nu se duceau lupte. Nemții trăgeau din când în când salve izolate spre ferestre, spre oamenii care se iveau la ele. De la ferestre nu se trăgea. Canonada adevărată a început abia când au trecut de strada 6 August și au deschis focul în direcția Politehnicii și în cea opusă, spre Filtry – instalațiile hidraulice ale orașului. M-am gândit că aș fi reușit poate să-mi fac drum spre centru mergând prin curțile clădirilor în direcția Filtry, dar nu aveam nici o armă și, în plus, eram încuiat. Mă întrebam dacă, ocupați cu problemele lor, vecinii aveau să audă zgomotul pe care aș fi putut să-l fac izbind în ușă. Ar fi trebuit să-i rog apoi să o anunțe pe prietena doamnei Helena, singura din toată clădirea care știa că mă ascund acolo, și care avea cheile de la ușă, ca să mă elibereze în caz de nevoie. M-am hotărât să aștept până a doua zi și atunci să decid ce era de făcut mai departe.

Între timp, împușcăturile se întețiseră. La focurile mitralierelor s-au adăugat exploziile mai puternice ale grenadelor de mână, și poate chiar ale obuzelor artileriei, care probabil se alăturase acțiunii. Seara, după apusul soarelui, se vedeau flăcările puternice ale primelor incendii. Strălucirea lor, încă slabă, a crescut în diferite puncte ale cerului, când sclipind, când stingându-se. Pe casa scărilor, forfota se potolise complet: cel mai probabil, locatarii se baricadaseră în apartamentele lor, pentru a asimila impresiile acelei prime zile de revoltă. Seara târziu am căzut brusc într-un somn adânc, obosit de tensiunea nervoasă, fără să apuc măcar să mă dezbrac.

Tot brusc m-am și trezit. Era foarte devreme, abia se crăpa de ziuă. Primul lucru pe care l-am auzit a fost huruitul unei trăsuri. M-am uitat pe fereastră. Mergea cu coviltirul ridicat, încet, ca și cum nimic nu s-ar fi întâmplat. Strada era pustie. Numai pe trotuar mergea o pereche, un bărbat și o femeie, cu mâinile ridicate. De la fereastră nu i-am putut vedea pe nemții care îi escortau. La un moment dat, amândoi au rupt-o la fugă. Femeia striga: „La stânga, la stânga!" Bărbatul a cotit și a dispărut din raza mea vizuală. În aceeași clipă am auzit o rafală de împușcături, femeia s-a oprit, s-a apucat de pântec și a alunecat ușor, lăsându-se pe genunchii îndoiți, spre pământ. Nu a căzut, ci a rămas îngenuncheată, sprijinindu-se cu obrazul drept de caldarâm și așa a și rămas, în poziția aceea nefirească, dificilă.

Împușcăturile se întețeau pe măsură ce ziua creștea. Când soarele a răsărit pe cerul foarte limpede, întreaga Varșovie răsuna deja de rafalele mitralierelor, amestecate cu exploziile din ce în ce mai dese ale grenadelor, artileriei grele și mortierelor.

Pe la amiază a urcat la mine prietena doamnei Helena. Mi-a adus câte ceva de mâncare și vești. Dacă era vorba despre cartierul nostru, nu erau prea bune: de la început se aflase sub controlul total al nemților, iar tinerii din organizațiile de luptă abia reușiseră să-și croiască drum spre centru, că se și pornise insurecția. Acum nici nu putea fi vorba să ieși din casă. Trebuia să așteptăm până când veneau să ne elibereze detașamentele din centru.

— Poate aș reuși să mă strecor cumva? am întrebat-o.

M-a privit cu milă.

— De un an și jumătate n-ați ieșit din ascunzătoare! Picioarele n-o să vă asculte nici până la jumătatea drumului.

A clătinat din cap și m-a luat de mână, încercând să mă liniștească:

— Mai bine rămâneți aici. O să așteptăm.

Era încrezătoare că totul avea să se fie bine. M-a condus până la casa scărilor, la fereastra de la care se întindea priveliștea clădirilor din spate. Tot cvartalul de case cu etaj de pe domeniul Staszic, până la Filtry, era în flăcări. Se auzea pârâitul bârnelor arzând, trosnetul tavanelor care se prăbușeau, țipetele oamenilor și împușcături. Un nor de fum roșcat-maroniu acoperea cerul. Când vântul l-a subțiat pentru o clipă, în depărtare, la orizont, s-a zărit clar un steag alb-roșu fluturând.

Au trecut câteva zile. Ajutorul din centru nu a ajuns. Obișnuit de ani buni să trăiesc ascunzându-mă de toți, cu excepția prietenilor care mă ajutau, nu mă puteam hotărî să părăsesc camera, dezvăluindu-le celorlalți locatari unde mă aflu și că îmi duc viața alături de ei în clădirea noastră, ruptă de lume. Dacă ar fi știut că mă ascund, s-ar fi temut și mai tare. În cazul în care nemții aflau că în clădire era un „nearian“, și ei ar fi avut de suferit. În afară de asta, nici nu aveam cum să le ușurez situația. M-am decis să ascult în continuare prin ușă discuțiile care se purtau pe casa scărilor. Veștile nu erau încurajatoare: în centru luptele continuau, proviziile nu ajungeau din afara orașului, iar în cartierul nostru teroarea nemților creștea. Într-o casă de pe strada Langiewicz ucrainenii îi arseseră de vii pe locatari, în alta îi împușcaseră pe toți, iar în apropiere fusese ucis cunoscutul actor Mariusz Maszyński. Vecina de la parter, prietena doamnei Helena, nu m-a mai vizitat; avea cu siguranță problemele și grijile ei. Mi se terminase hrana, iar din rezerva de la ea mai aveam acum doar resturi de pesmeți.

La 11 august, nervozitatea și neliniștea din clădire crescuseră considerabil. Ascultând prin ușă, nu mi-am putut da seama despre ce era vorba. Toți locatarii se strânseseră la etajele inferioare și vorbeau cu glas tare, pentru ca apoi, brusc, să amuțească. Pe fereastră am văzut grupuri de câte doi-trei oameni care se furișau din casele învecinate în clădirea noastră, pentru ca apoi să fugă mai departe. Seara, locatarii etajelor inferioare au alergat pe scări în sus și o parte dintre ei au ajuns la etajul meu. Din șoaptele lor am înțeles că ucrainenii pătrunseseră în clădire. De această dată însă nu veniseră să omoare. Au cotrobăit prin pivniță, au luat rezervele de hrană și au plecat. Seara am auzit un râcâit la ușa mea: cineva a descuiat ușa, a scos și lacătul, dar n-a intrat, a fugit pe scări. Ce putea să însemne asta? În ziua aceea străzile fuseseră acoperite de manifeste aruncate din avioane, dar ale cui erau?

La 12 august s-a declanșat panica în clădire. Oamenii îngroziți alergau pe scări în sus și în jos. Din frânturile de discuții pe care le-am auzit, am tras concluzia că fuseserăm înconjurați de nemți și că trebuia să părăsim imediat clădirea, pentru că urma să fie distrusă de artilerie. Primul meu reflex a fost să mă îmbrac, dar imediat mi-am dat seama că nu pot ieși în stradă, căci urma să cad precis în mâinile SS-iștilor care aveau să mă împuște. Am hotărât să rămân. Din stradă se auzeau împușcături și o voce care striga pe un ton ascuțit:

— Toată lumea afară! Părăsiți imediat clădirea! Toată lumea afară!

M-am uitat pe casa scărilor: era pustiu și liniște. Am coborât câteva trepte și, printr-o fereastră care dădea spre strada Sędziowska, am văzut un tanc staționat acolo, cu țeava îndreptată spre clădirea noastră, la înălțimea etajului meu. Imediat am zărit o lumină, tancul a fost zdruncinat de recul și am auzit un zgomot puternic, în timp ce un perete din imediata mea apropiere se prăbușea. Pe lângă tanc alergau soldați cu mânecile suflecate, ducând obuze. De la parter până sus au început să se ridice nori de fum negru, din exterior, de-a lungul pereților și în interiorul casei scărilor. Câțiva SS-iști dăduseră buzna în clădire și alergau în sus pe scări. M-am închis în cameră, mi-am răsturnat în palmă un flacon de somnifere puternice, pe care le foloseam când aveam crize de ficat, și am pus alături o sticluță cu opium. Voiam să înghit somniferele și să beau opiumul când nemții vor începe să forțeze ușa. Imediat, condus de un instinct greu de explicat, mi-am schimbat totuși intenția. M-am strecurat afară din încăpere, am fugit la scara care ducea spre acoperiș, am împins scara într-o parte și am trântit după mine chepengul. În timpul acesta, nemții spărgeau deja cu patul mitralierelor ușile apartamentelor de la etajul trei. Unul dintre ei urcase un etaj și intrase în camera mea. Ceilalți au considerat probabil că era periculos să mai rămână în clădire, așa că l-au strigat:

— *Schneller*, Fischke!

Când nu li s-au mai auzit pașii, am ieșit din pod, unde aproape mă sufocasem din cauza fumului care urca de la etajele inferioare prin gurile de ventilație ale apartamentelor, și m-am întors în camera mea. Aveam speranța că focul fusese pus doar ca să sperie oamenii și nu avea să se întindă, iar locatarii, după controlul actelor, urmau să se întoarcă la apartamentele lor. Am luat la întâmplare o carte în mână și am încercat să citesc, dar nu eram în stare să înțeleg nici un cuvânt din ea. Am pus-o deoparte, am închis ochii și m-am hotărât să aștept până să se audă iar glasuri de oameni.

N-am avut curaj să ies din nou pe coridor decât după lăsarea întunericului. Camera mea era din ce în ce mai plină de fum, iar limbi roșiatice de foc intrau înăuntru prin fereastră. În casa scărilor fumul era atât de dens, încât nu vedeam balustradele. De la etajele inferioare se auzea trosnetul focului din ce în ce mai puternic, pârâitul lemnului care crăpa și bubuitul plafoanelor care cădeau. Nici nu mai putea fi vorba să ajung la parter pe scările acelea.

M-am apropiat de fereastră. Casa era înconjurată la oarecare distanță de SS-iști. Nu se vedea nici un civil. Toată clădirea era în flăcări, iar nemții așteptau doar ca focul să cuprindă etajele superioare.

Prin urmare, așa avea să arate moartea mea – moartea pe care o așteptam de cinci ani, de care fugisem zi de zi, doar ca să mă poată înhăța acum. Încercasem să mi-o închipui de multe ori. Mă așteptam ca nemții să mă prindă și să mă tortureze, apoi să mă împuște sau să mă trimită în camera de gazare. Însă niciodată nu mă gândisem că puteam să mor ars de viu.

Am râs de perfidia sorții. Eram foarte liniștit, convins că nimic nu putea schimba cursul evenimentelor. Am privit de jur împrejur prin cameră: contururile ei în fumul tot mai dens și în întuneric erau neclare, iar impresia astfel creată era cumplită, apăsătoare. Respiram din ce în ce mai greu, iar capul îmi țiuia, fiind pe punctul de a leșina. Erau primele semne ale intoxicării cu monoxid de carbon.

M-am întins din nou pe canapea. Nu avea sens să mă las ars de viu, câtă vreme puteam să înghit niște somnifere. Moartea mea avea să fie mult mai ușoară decât cea a părinților, surorilor și fratelui meu, uciși la Treblinka. În acele clipe m-am gândit numai la ei.

Am luat flaconul cu somnifere, le-am deșertat pe toate în gură și le-am înghițit. Voiam să iau și opiumul, pentru mai multă siguranță, dar n-am mai reușit. Pastilele înghițite pe stomacul gol și-au făcut imediat efectul.

Am adormit.

16
Moartea unui oraș

N-am murit. În mod sigur pastilele fuseseră prea vechi și nu suficient de tari. M-am trezit dimineața. Mă simțeam rău. Îmi vuia capul, tâmplele îmi zvâcneau dureros, ochii îmi ieșeau din orbite, iar mâinile și picioarele îmi erau ca paralizate. Ceea ce m-a trezit a fost, de fapt, un gâdilat pe gât. Pe mine mergea o muscă, precis și ea pe jumătate moartă și amețită de întâmplările din noaptea ce trecuse. A trebuit să-mi adun toate forțele ca s-o alung.

Primul meu sentiment nu a fost unul de dezamăgire că nu murisem, ci de bucurie că trăiam. Simțeam o poftă de viață nestăpânită, animalică, cu orice preț. Dacă aș fi putut să mă salvez cumva, de vreme ce reușisem să supraviețuiesc unei nopți într-o casă în flăcări!

Am mai stat întins o vreme, până când mi-am venit în fire suficient cât să pot să alunec de pe canapea și să mă târăsc până la ușă. Încăperea era în continuare plină de fum, iar clanța ușii era atât de fierbinte când am atins-o, că i-am dat imediat drumul. Am mai încercat o dată și, învingându-mi durerea, am deschis ușa. Pe scări era mai puțin fum decât în cameră. Ieșea prin breșele carbonizate ale ferestrelor înalte de pe palier. Treptele erau întregi și mi s-a părut că se putea coborî pe ele. Mi-am adunat toate puterile ca să mă ridic, m-am agățat de balustradă și am început să cobor. Etajul de dedesubt era ars complet – acolo se stinsese focul. Tocurile ușilor ardeau încă mocnit, iar în interior se simțea vibrația aerului încins de foc. Pe podele ardeau încă resturi de mobilă și alte obiecte, prefăcute aproape complet în cenușă albă.

La nivelul primului etaj zăcea pe scări trupul unui bărbat, în haine făcute scrum, pământiu și cumplit de umflat. Îmi bloca drumul. Trebuia să trec cumva de el, ca să pot să cobor. Am crezut că o să mă țină picioarele ca să pășesc peste el. Însă m-am împiedicat și am lovit pântecul bărbatului, m-am dezechilibrat, am căzut peste cadavru și m-am rostogolit împreună cu el jumătate de etaj. Din fericire, trupul rămăsese acum mai sus de mine și am putut să merg spre parter fără piedici. Am ajuns în curtea înconjurată de un mic zid acoperit de viță. M-am târât spre zidul acela și m-am ascuns într-o nișă dintr-un colț, aflată la câțiva metri de clădirea arsă. M-am acoperit cu frunze de viță și tulpinile unor cuiburi de roșii crescute între zid și clădire și am așteptat.

Împușcăturile nu încetaseră. Gloanțele zburau pe deasupra mea și am auzit glasurile unor nemți trecând pe trotuar, de cealaltă parte a zidului. Pe înserat, am observat fisuri apărute pe zidurile clădirii în flăcări. Dacă s-ar fi prăbușit, aș fi fost prins dedesubt. Am decis să rămân totuși în nișa aceea până la lăsarea serii și până când aveam să-mi mai revin după intoxicația cu somnifere din noaptea anterioară. Când s-a întunecat, m-am întors la scări, dar n-am avut curajul să urc. Interioarele apartamentelor ardeau în continuare și în orice moment focul putea să ajungă la etajul meu. M-am hotărât însă să fac altceva. Tot pe aleea Niepodległości, dar pe partea opusă, se înălța o clădire uriașă, un spital neterminat, unde se aflau depozitele militare ale nemților. M-am hotărât să încerc să ajung la clădirea aceea.

Am ieșit pe aleea Niepodległości pe a doua ușă a clădirii. Deși era seară, nu era întuneric. Drumul larg era acoperit de cadavre, printre care se afla și cel al femeii împușcate în a doua zi a revoltei. Totul era luminat de strălucirea roșiatică a focurilor. M-am pus pe burtă și am început să mă târăsc în direcția spitalului. Când și când, pe lângă mine treceau nemți, câte unul sau în grupuri. Atunci înghețam, prefăcându-mă că sunt mort. De la trupuri se degaja o duhoare de descompunere, amestecată cu mirosul de ars care umplea aerul. Încercam să mă mișc cât mai repede, totuși drumul părea a fi infinit, iar traversarea mea nu se mai sfârșea. În cele din urmă am reușit, totuși, să ajung la clădirea întunecată a spitalului, am intrat pe prima ușă pe care am găsit-o, m-am prăbușit și am căzut pe loc într-un somn adânc.

Când m-am trezit a doua zi am decis să cercetez clădirea. Am constatat cu groază că era plină de canapele, saltele, vase metalice și de porțelan, ca și de alte obiecte de primă necesitate, după care cu siguranță nemții veneau destul de des. Nu am găsit însă nimic de mâncare. Într-un colț am descoperit o debara, în care se aflau fiare vechi, țevi și sobe. M-am așezat acolo și am rămas pentru următoarele două zile.

La 15 august, așa cum calculasem cu ajutorul agendei de buzunar pe care o aveam tot timpul la mine și în care bifam conștiincios zi după zi, am simțit o foame atât de chinuitoare, încât m-am hotărât să caut ceva de mâncare, cu orice preț. A fost zadarnic. M-am cățărat pe pervazul uneia dintre ferestrele acoperite cu scânduri și printre crăpături am încercat să observ strada. Peste cadavrele care zăceau pe caldarâm roiau muștele. În apropiere, la colțul străzii Filtrowa, se afla o vilă ai cărei locatari duceau o viață ciudat de normală. Stăteau pe terasă și-și beau ceaiul. Dinspre strada 6 August venea un detașament de soldați ucraineni. Strângeau cadavrele, le făceau grămezi și, după ce turnau benzină pe ele, le dădeau foc. La un moment dat am auzit de pe coridor sunetul unor pași. Am sărit de pe pervaz și m-am ascuns după o ladă. Un SS-ist a intrat în încăperea în care mă aflam, a cercetat-o cu privirea și a ieșit. Am alergat spre coridor, am urcat scările și m-am adăpostit în debaraua mea. În scurtă vreme, în clădirea spitalului a intrat un detașament mare de soldați, care au început să verifice toate încăperile. La ascunzătoarea mea n-au ajuns, deși i-am auzit cum râdeau, cântau încet, fluierau și puneau întrebarea vitală: „Ați verificat totul?“

Două zile mai târziu, și la cinci zile de când mâncasem ultima dată, am pornit iarăși în căutare de apă și hrană. În clădire nu exista apă curentă, dar erau butoaie folosite în caz de incendii, pline ochi cu apă, dar acoperită cu o peliculă plină de muște, țânțari și păianjeni morți. Cu toate astea, am băut cu poftă. Am fost nevoit însă să mă opresc pentru că apa duhnea și era greu să nu înghit o dată cu ea și insecte moarte. În atelierul de tâmplărie am reușit să găsesc niște coji de pâine. Erau mucegăite, acoperite de praf și de excremente de șoareci, dar pentru mine reprezentau o comoară. Un tâmplar știrb nici nu putuse bănui că, lăsându-le, avea să-mi salveze viața.

Pe 19 august, nemții, cu acompaniament de țipete și împușcături, i-au dat afară pe locatarii vilei de pe strada Filtrowa. Rămăsesem singur în tot cartierul. În clădirea în care mă ascundeam SS-iștii veneau tot mai des. Cât timp mai puteam trăi așa? O săptămână, poate două? După aceea nu-mi rămânea decât să mă sinucid. De această dată aș fi putut probabil doar să-mi tai venele cu o lamă veche. Nu-mi mai rămăsese nici un alt mijloc de a-mi lua zilele. Într-una din încăperi am găsit niște orz. L-am fiert noaptea, la focul aprins în mașina de gătit aflată în atelierul de tâmplărie; așa am avut ce să mănânc în următoarele câteva zile.

La 30 august m-am hotărât să mă mut din nou în ruinele casei mele, acum arsă complet, după câte se părea. Am luat de la spital un ulcior cu apă și, pe la unu noaptea, am trecut strada. La început m-am gândit să mă ascund în pivniță, dar acolo mocnea cărbunele, căruia îi dăduseră nemții foc în mod deliberat. M-am aciuat, așadar, în dărâmăturile unui apartament de la etajul trei. În cadă era suficientă apă și, chiar dacă era foarte murdară, pentru mine tot era o comoară. În cămara care nu arsese am găsit o pungă cu pesmeți.

După o săptămână, atins de o presimțire sumbră, am schimbat încă o dată ascunzătoarea, și m-am mutat în pod, sub acoperișul ars. În aceeași zi, casa a fost călcată de trei ori de ucraineni, aflați în căutarea de obiecte de preț din apartamentele care nu arseseră. După plecarea lor, m-am dus în apartamentul în care locuisem în ultima săptămână. Ultimele lucruri ce nu fuseseră distruse până atunci erau sobele, acoperite cu plăci de ceramică. Ucrainenii însă le spărseseră, placă după placă, căutând aur, cu siguranță.

În ziua următoare, dimineața, pe aleea Niepodległości, pe ambele laturi, și-au făcut apariția soldații. Prin mijlocul lor erau mânați oameni cu boccele în spate, cu copii în brațe. Din când în când, SS-iștii și ucrainenii trăgeau din coloană bărbați și, fără motiv, îi ucideau sub ochii celorlalți, așa cum făcuseră și înainte, în ghetou, când acesta mai exista. Oare revolta se încheiase cu înfrângerea noastră?...

Nu! În continuare, în fiecare zi, bombardamente grele tăiau aerul, auzindu-se ca o muscă-de-cal în zbor, apoi se deslușeau în apropiere sunete ca cele produse atunci când întorci niște ceasuri vechi și ruginite și, imediat după aceea, bubuiau șiruri de explozii puternice, venind dinspre centrul orașului.

Pe 18 septembrie au trecut pe deasupra orașului avioane care parașutau întăriri pentru rebeli. Am văzut parașutele, dar nu știam dacă în ele erau oameni sau doar arme.

În următoarele zile, avioanele au bombardat cartierele Varșoviei aflate sub controlul nemților, noaptea însă aruncau parașute deasupra centrului orașului. Tirul artileriei dinspre răsărit s-a întețit.

Pe 5 octombrie, printre șirurile de soldați nemți au început să fie scoase din oraș grupuri de rebeli în uniforme sau purtând doar banderole alb-roșii prinse pe brațe. Contrastau ciudat cu detașamentele de nemți care îi escortau, îmbrăcați în uniforme impecabile, bine hrăniți și siguri pe ei. Își băteau joc de rebeli, îi filmau și îi fotografiau. Rebelii erau slabi, murdari și zdrențăroși, abia ținându-se pe picioare. Nu acordau atenție nemților, de parcă nici n-ar fi existat, ca și cum singuri ar fi decis să mărșăluiască pe aleea Niepodległości. Erau preocupați doar de ei înșiși, având grijă să meargă în ordine, să-i sprijine pe cei care nu puteau umbla singuri, și, chiar dacă, în comparație cu învingătorii lor, arătau jalnic, se simțea că nu ei pierduseră bătălia.

Evacuarea a ceea ce mai rămăsese din populația civilă din oraș a durat încă opt zile. Ultimii locuitori au părăsit orașul pe 14 octombrie. Se întunecase deja când un grup mic întârziat, escortat de SS-iști, a trecut pe lângă clădirea în care mă ascundeam. M-am aplecat peste pervazul ars al ferestrei și am privit, până când siluetele oamenilor în mers, încovoiați de boccelele grele, s-au pierdut în întuneric.

Acum eram singur, cu doar câțiva pesmeți pe fundul unei pungi și apa murdară din cadă drept singurele provizii. Cât mai puteam rezista în asemenea condiții, ținând cont de zilele de toamnă, tot mai scurte, și de apropierea iernii?

17
Viață contra votcă

Eram singur. Nu numai în clădire sau în cartier, ci singur în tot orașul care până nu demult număra un milion și jumătate de locuitori și era unul dintre cele mai bogate și frumoase orașe din Europa. Acum însă era în ruine, plin de clădiri arse și prăbușite, sub care erau îngropate monumentele de cultură ale întregii națiuni, adunate în veacuri, și trupurile miilor de oameni uciși, descompunându-se în căldura ultimelor zile din această toamnă.

În timpul zilei, printre dărâmături bântuiau fel de fel de oameni din afara orașului – hoți, vagabonzi. Se furișau cu lopeți pe umeri și scotoceau prin pivnițele caselor. Unul a ajuns și la ruinele clădirii în care mă aflam. Nu trebuia să mă găsească. Nimeni nu trebuia să știe că sunt acolo. Când a urcat scările și era deja aproape de etajul meu, am răcnit cu o voce aspră, amenințătoare:

— *Was ist los? Rrraus!!!*

A fugit ca un șobolan speriat: ultimul dintre nemernici, înspăimântat de vocea mea, ultimul prăpădit rămas în viață.

La sfârșitul lui octombrie, din podul meu, am văzut cum unul dintre grupurile acelea de hiene a fost surprins de nemți. Hoții au încercat să explice. Repetau tot timpul: „Din Pruszków, din Pruszków...“, arătând spre vest. SS-iștii au pus patru dintre ei la zidul cel mai apropiat și i-au împușcat pe loc, cu toate rugămințile lor să-i lase în viață. Celorlalți le-au ordonat să sape o groapă în grădina uneia dintre vile, să îngroape acolo cadavrele și s-o șteargă. De atunci nici măcar hoții nu au mai trecut prin cartier, al cărui singur locuitor rămăsesem.

Se apropia 1 noiembrie, se făcuse frig, mai ales noaptea. Ca să nu înnebunesc de singurătate, am hotărât să-mi organizez viața cât mai disciplinat. Aveam și acum ceasul, un Omega de dinainte de război, pe care, împreună cu stiloul, îl păzisem ca pe ochii din cap, fiind singura mea avere. După ceasul acesta întors conștiincios mi-am întocmit un plan de activitate. Toată ziua stăteam întins, fără să mă mișc, ca să cruț puținele forțe care-mi rămăseseră. O singură dată, pe la amiază, întindeam mâna după pesmeții aflați alături și o cană cu apă, drămuite cu grijă, ca să îmi conserv puterile hrănindu-mă regulat. De dimineața până la masa aceea rememoram, măsură după măsură, compozițiile pe care le interpretasem cândva. Aceste exerciții, după cum avea să se dovedească mai târziu, nu au fost lipsite de sens; după întoarcerea la Radio Polonia, așezându-mă la pian, am avut tot repertoriul în memorie, ca și cum n-aș fi încetat nici o clipă să exersez în toți anii de război. După „masa“ de prânz, rememoram conținutul tuturor cărților posibile citite cândva și repetam vocabularul englezesc. Îmi dădeam mie însumi lecții de engleză: îmi puneam întrebări, la care mă străduiam să răspund corect și cuprinzător.

La apusul soarelui ațipeam și dormeam cam până la ora unu, după care, luminându-mi drumul cu chibrituri, din care găsisem o rezervă într-unul dintre apartamentele care nu arseseră complet, porneam în căutarea hranei. Cotrobăiam în pivnițe și printre dărâmăturile caselor unde găseam resturi nemâncate de cașă, felii de pâine mucegăită, făină stricată, precum și apă în căzi, găleți sau oale. În expedițiile mele am trecut în fiecare noapte, de mai multe ori, pe lângă trupul carbonizat al unui bărbat, întins pe scări, singurul meu tovarăș din toată această perioadă, de a cărui prezență nu trebuia să mă tem. O dată, într-una dintre pivnițe am găsit o adevărată comoară: o jumătate de litru de votcă. Am decis să-l păstrez și să-l beau numai la sfârșitul războiului. Ziua, când zăceam sub acoperiș, se întâmpla adesea ca nemți sau ucraineni să năvălească în clădire, în căutare de pradă. Fiecare din aceste vizite îmi provoca o nouă tensiune nervoasă și spaima cumplită de a fi găsit și ucis. În pod însă nu au căutat niciodată, deși am numărat peste treizeci de asemenea vizite.

A venit și ziua de 15 noiembrie, când a căzut prima zăpadă. Frigul era tot mai supărător, deși eram acoperit cu un morman de zdrențe pe care le găsisem în căutările mele. Acum, când mă trezeam dimineața, erau acoperite de un strat de zăpadă albă, pufoasă. Culcușul mi-l făcusem într-un colț al podului, sub o bucată întreagă de acoperiș, dar cea mai mare parte a lui era spartă și viscolul bătea din toate părțile.

Într-o zi, am întins o bucată de pânză sub un ciob de geam găsit și m-am privit în oglinda aceasta improvizată. În primul moment nu mi-a venit pur și simplu să cred că masca aceea monstruoasă, care se arăta ochilor mei, eram eu. De luni întregi nu mă tunsesem, nu mă bărbierisem și nu mă spălasem. Pe cap aveam o coamă de păr încâlcit, iar pe față îmi crescuse o ditamai barba. Pielea feței era neagră în zonele neacoperite de păr, pleoapele înroșite, iar fruntea acoperită de coji de pecingine.

Cel mai mult însă mă chinuia lipsa de vești despre ceea ce se întâmpla pe câmpurile de luptă: pe front și în rândurile rebelilor. Revolta de la Varșovia se încheiase cu o înfrângere. Era greu să-ți mai faci iluzii. Dar poate se mai duceau lupte undeva la periferia orașului? Poate pe celălalt mal al Vistulei, în cartierul Praga, de unde se auzeau focurile de artilerie? Cum se desfășura lupta în afara Varșoviei? Unde se aflau trupele sovietice? Ce progrese mai făcuseră Aliații în Vest? Răspunsurile la aceste întrebări decideau asupra vieții sau morții mele, care avea să survină în scurtă vreme, dacă nu de foame, atunci de frig – chiar dacă nemții nu m-ar fi găsit în ascunzătoarea mea până atunci.

În ziua următoare m-am decis să sacrific o parte din modesta rezervă de apă pe care o aveam și să mă spăl. Hotărâsem și să aprind un foc la o plită într-o bucătărie care nu fusese distrusă complet și să gătesc restul de hrișcă pe care-l mai aveam. De mai bine de patru luni nu gustasem mâncare caldă, iar venirea unor friguri mai mari făcuse să resimt și mai tare lipsa de hrană gătită. Pentru a duce la îndeplinire ambele mele decizii, de a mă spăla și de a găti, trebuia să ies din ascunzătoare în timpul zilei. Când eram deja pe scări am observat că vizavi, în fața spitalului militar, se opriseră niște nemți și strângeau gardul de lemn. Îmi doream însă atât de mult să mănânc un terci fierbinte, încât nu mi-am schimbat planul. Simțeam că am să mă îmbolnăvesc dacă n-o să-mi încălzesc imediat stomacul cu fiertura aceea caldă.

Mă învârteam pe lângă plită când am auzit deodată tropăitul unor soldați care urcau repede scările. Am fugit din apartament cât am putut de repede și m-am ascuns în pod. Reușisem. Și de data asta, nemții au adulmecat încoace și încolo și au plecat. M-am întors iute în bucătărie. Ca să aprind focul, trebuia să tai niște surcele de lemn din ușă, cu ajutorul unui cuțit ruginit pe care-l găsisem. Capătul ascuțit al unei bucățele de lemn, o așchie cu lungimea de un centimetru, mi-a intrat sub unghia degetului mare de la mâna dreaptă. Intrase foarte adânc și, din nefericire, nici nu putea fi vorba să o scot. Acest fleac putea să aibă pentru mine urmări catastrofale: nu aveam nici un fel de dezinfectant, trăiam în murdărie și puteam să mă infectez ușor. Dacă, în cel mai bun caz, s-ar fi infectat doar degetul mare, putea rămâne deformat. Asta ar fi periclitat cariera mea de pianist – presupunând că aș fi reușit să supraviețuiesc războiului. M-am hotărât să aștept până a doua zi și, în caz de nevoie, să-mi tai unghia cu lama de ras.

Stăteam, uitându-mă îngrijorat la deget, când dinspre scări s-a auzit din nou zgomot de pași. M-am năpustit în direcția ieșirii spre pod, dar de această dată era prea târziu. Stăteam față-n față cu un soldat german, cu o expresie nu tocmai inteligentă pe față, care purta cască și era înarmat cu o pușcă.

Era la fel de speriat ca și mine de întâlnirea neașteptată printre dărâmături, dar se străduia să pară amenințător. Într-o polonă stricată m-a întrebat ce fac acolo. I-am răspuns că mă întorsesem de lângă Varșovia, unde locuiam în prezent, ca să-mi iau câteva lucruri. Această explicație, ținând cont de felul în care arătam, era absurdă. Neamțul a îndreptat țeava puștii spre mine și mi-a ordonat să-l urmez. I-am răspuns că așa aveam să fac, numai că el urma să aibă moartea mea pe conștiință; dacă însă mă lăsa să rămân, eu puteam să îi dau o jumătate de litru de votcă. S-a învoit bucuros la această formă de răscumpărare, dar m-a prevenit că, data viitoare, eu trebuia să-i dau mai multă votcă. Imediat ce am rămas singur, m-am cățărat cât am putut de repede în pod, am tras scara și am închis trapa. Într-adevăr, s-a întors după vreun sfert de oră, de data asta însoțit de alți câțiva soldați și de un subofițer. Când le-am auzit pașii, m-am cățărat afară din pod, pe o parte a acoperișului, foarte înclinată. M-am întins pe spate, sprijinindu-mă cu călcâiele de streașină. Dacă s-ar fi îndoit sau ar fi cedat, n-aș mai fi avut nici un punct de sprijin și aș fi căzut de la etajul cinci drept în stradă. Totuși, a rezistat, iar eu, mulțumită acestei noi ascunzători, descoperită într-o situație disperată, am scăpat încă o dată. Nemții au căutat în toată clădirea. După ce au făcut o piramidă de mese și scaune, au ajuns și în pod, dar nu le-a dat prin cap să se uite și pe acoperiș. Nu li s-a părut posibil ca cineva să stea întins acolo. Au plecat cu mâinile goale, înjurând și făcându-mă în toate felurile. Speriat de întâlnirea cu nemții, care putea anunța și altele, m-am hotărât ca din acea clipă să stau întins toată ziua pe acoperiș și să cobor în pod numai la lăsarea întunericului. Tabla era ca de gheață, de frig îmi înțepeneau mâinile și picioarele, iar corpul îmi amorțea din cauza poziției încordate, incomode. Îndurasem însă deja atât de multe, că merita să mai sufăr măcar o săptămână, până când detașamentul german care știa că mă ascund acolo își termina treaba la spital și se muta în alt cartier.

Era ora zece dimineața. În ziua aceea, SS-iștii au adus la spital un grup de bărbați îmbrăcați civil. Stăteam întins pe acoperiș, când, deodată, am auzit o serie de focuri trase în apropiere cu o pușcă-mitralieră; sunetul semăna cu un fluierat sau mai degrabă un ciripit scos de niște vrăbii zburând pe deasupra capului. Au început să cadă gloanțe și în jurul meu. M-am uitat împrejur: pe acoperișul spitalului, de partea cealaltă a străzii, stăteau doi nemți și trăgeau în mine. M-am strecurat în pod și am alergat aplecat spre chepeng. În urma mea am auzit strigătele lor: „*Halt! Halt!*" A urmat o nouă serie de împușcături și gloanțele vâjâiau pe lângă capul meu. Am reușit să sar pe scară. N-aveam nici o clipă de gândire: ultima mea ascunzătoare din clădirea aceea fusese descoperită.

Trebuia să fug de-acolo imediat. Am alergat pe scări, am ieșit din clădire în strada Sędziowska, am alergat de-a lungul ei și m-am ascuns printre dărâmăturile vilelor care formaseră cândva domeniul Staszic. Situația mea era din nou disperată, nici nu mai știam a câta oară. Rătăceam printre clădiri complet distruse de foc, în care nu exista nici cea mai mică șansă de a găsi apă sau mâncare, ca să nu mai vorbim de ascunzătoare. Abia după ce a trecut ceva timp am observat o casă înaltă, situată între aleea Niepodległości și strada Sędziowska. Era probabil singurul loc în care mi-aș fi putut găsi adăpost. Am pornit într-acolo. După ce m-am uitat mai îndeaproape la clădire, s-a dovedit că partea centrală a casei era complet arsă, însă aripile rămăseseră neatinse. În apartamente erau mobile, în căzi erau rezerve de apă strânse încă din timpul revoltei, iar în cămări mai erau resturi de provizii pe care hoții nu le furaseră. După obicei, m-am instalat în pod. Acoperișul era aproape neatins și doar pe alocuri avea niște găuri lăsate de schijele vreunui obuz. Era mult mai cald decât în precedenta mea ascunzătoare, dar nu aveam nici o cale de a fugi de-acolo. Nici măcar nu m-aș fi putut arunca de pe acoperiș, în cazul în care aș fi vrut să nu fiu prins viu. La ultimul etaj al casei se afla o mică fereastră cu geamuri colorate, prin care puteam observa împrejurimile. În ciuda faptului că era mai confortabil, nu mă simțeam prea bine în noul mediu. Poate fiindcă mă obișnuisem cu vechea clădire... Acum însă nu aveam de ales. Trebuia să rămân. Am coborât o jumătate de etaj și am început să mă uit în jur: am văzut în fața mea ca-n palmă sute de case, vile arse, care formaseră un întreg cartier, acum mort. În grădinile multora dintre ele se aflau mormintele locuitorilor uciși. Pe strada Sędziowska înaintau câte patru în rând niște muncitori în civil cu hârlețe și târnăcoape. Nu-i păzea nimeni în uniformă. Am fost mânat brusc de dorința de a auzi o voce omenească și totodată propria voce; surescitat de fuga mea recentă, m-am hotărât să vorbesc cu orice preț cu oamenii aceia. Am alergat pe scări și am ieșit în stradă. Muncitorii se îndepărtaseră între timp cu câteva zeci de metri. I-am ajuns din urmă.

— Sunteți polonezi?

S-au oprit. M-au privit uimiți. Cel care conducea grupul mi-a răspuns:

— Da.

— Ce faceți aici?

Vorbeam cu greutate și cu emoție după patru luni de tăcere totală, dacă nu pun la socoteală cele câteva vorbe schimbate cu soldatul neamț căruia îi dădusem o jumătate de litru de votcă drept răscumpărare.

— Săpăm niște fortificații. Dar dumneavoastră ce faceți?

— Mă ascund.

Mi s-a părut că șeful se uită la mine cu o umbră de compătimire.

— Veniți cu noi, a spus el, o să munciți, veți primi supă...

Supă! Numai la gândul că aș putea mânca o porție de supă adevărată, fierbinte, am simțit niște crampe la stomac atât de puternice, că pentru o clipă am fost gata să merg cu ei, deși știam că aveam să fiu împușcat mai târziu. Măcar să mănânc supa aceea și să pot în sfârșit să mă satur. Judecata însă a învins.

— Nu! am zis eu. Nu merg la nemți.

Șeful a zâmbit, pe jumătate cinic, pe jumătate ironic.

— Eh! mi-a răspuns. Nemții nu sunt chiar atât de răi...

Abia atunci am observat un lucru căruia nu-i dădusem atenție. Numai șeful vorbea cu mine, ceilalți tăceau. Pe umăr avea o banderolă colorată, imprimată cu un semn, iar expresia feței lui trăda un caracter servil, mizer și rău. Când vorbea cu mine nu mă privea în ochi, ci se uita undeva dincolo de mine, peste umărul meu drept.

— Nu, nu, am repetat. Mulțumesc, dar nu merg.

— Cum vreți! a mai mormăit el.

M-am întors. Când grupul a pornit, le-am strigat:

— La revedere!

Atins de o presimțire sau mai degrabă călăuzit de un instinct de conservare care mi se ascuțise în anii în care mă ascunsesem, nu m-am dus în casa în podul căreia era noua mea ascunzătoare. M-am dus spre vila cea mai apropiată, ca și cum aș fi avut adăpost în pivnița ei. Când am ajuns în pragul ușii carbonizate, am mai aruncat o privire în jur – grupul continua să mărșăluiască, dar șeful lui se uita în urmă din când în când, să vadă încotro merg. Abia când nu i-am mai văzut m-am întors la acoperișul meu, mai bine zis la ultimul etaj al casei și am început să cercetez din ochi împrejurimile. Nici zece minute n-au trecut și bărbatul cu banderolă s-a întors, însoțit de doi jandarmi. Le-a arătat vila în care intrasem. Au căutat în ea, și apoi în alte câteva. La clădirea în care eram nici nu s-au uitat. Poate se temeau să nu dea peste un grup mai mare de partizani care se ascundeau încă în Varșovia. Datorită lașității nemților, care erau curajoși doar atunci când simțeau o relativă superioritate asupra adversarului, mulți oameni s-au salvat în timpul războiului. După două zile, am ieșit din nou să caut hrană. De data aceasta, voiam să-mi fac niște rezerve mai mari, ca să nu plec din ascunzătoare prea des.Trebuia să caut în timpul zilei, pentru că nu cunoșteam încă atât de bine clădirea, ca să pot scotoci prin ea noaptea. Am ajuns la o bucătărie, iar din ea, în cămară. Erau câteva conserve, niște sacoșe și cutii al căror conținut trebuia să-l verific neapărat. Am desfăcut sforile, am ridicat capacele. Eram atât de absorbit de ceea ce făceam, încât n-am simțit nimic până când n-a răsunat un glas care venea chiar din spatele meu:

— *Was suchen Sie hier?*

Era un ofițer german elegant, svelt, cu mâinile încrucișate la piept, care se apleca peste bufetul din bucătărie.

— Ce căutați aici? a repetat el. Nu știți că dintr-o clipă într-alta se mută chiar aici personalul unității de comando din fortăreața Varșoviei?

18
Nocturnă în do diez minor

M-am prăbușit pe un scaun aflat lângă ușa spre cămară. Am simțit deodată, cu o siguranță de neînvins, că nu mai am forță să scap din această nouă cursă. Puterile mă părăsiseră brusc, ca și cum aș fi leșinat. Stăteam uitându-mă la ofițer cu o privire neroadă, abia respirând. Abia după un timp m-am adunat ca să-i răspund:

— Faceți ce vreți cu mine. Eu de-aici nu mă mișc.

— N-am intenția să vă fac nimic rău! a ridicat ofițerul din umeri. Cine sunteți?

— Sunt pianist.

A început să mă privească cercetător, cu evidentă neîncredere. După o clipă a aruncat o privire în direcția ușii care ducea din bucătărie în celelalte camere, ca și cum și-ar fi dat seama de ceva.

— Veniți cu mine!

Am trecut prin prima cameră, care probabil fusese cândva sufrageria, și am intrat în următoarea, unde la perete se afla un pian. Ofițerul a arătat spre el cu mâna:

— Cântați ceva!

Oare nu se gândea că sunetul pianului va alerta imediat SS-iștii aflați în zonă? M-am uitat întrebător la el, fără să mă mișc din loc. Mi-a înțeles temerile, căci a adăugat repede:

— Cântați. Dacă vine cineva, vă ascundeți în cămară, și am să spun că eu am cântat, că am vrut să încerc pianul.

Când mi-am pus degetele pe claviatură, tremurau. De data asta, trebuia să-mi răscumpăr viața cântând la pian. Nu mai exersasem de doi ani și jumătate, degetele îmi erau înțepenite, acoperite cu un strat gros de murdărie, iar unghiile erau netăiate din ziua în care arsese clădirea în care mă adăposteam. Camera în care se afla pianul era, ca majoritatea încăperilor din oraș, fără geamuri la ferestre, iar ciocănelele instrumentului se umflaseră din cauza umezelii și opuneau rezistență la apăsarea degetelor pe clape.

Am început să cânt *Nocturna în do diez minor* de Chopin. Sunetul sticlos, metalic, produs de instrumentul dezacordat, umplea apartamentul gol și casa scărilor, plutea deasupra ruinelor caselor de pe cealaltă parte a străzii, întorcându-se ca un ecou mut, trist. Când am terminat, tăcerea care domnea în oraș devenise parcă mai surdă și mai înspăimântătoare. De la distanță s-a auzit mieunatul unei pisici, dar de jos, din fața casei, răzbătea un zgomot tipic german, gutural. Ofițerul a rămas nemișcat mai multă vreme, privindu-mă în tăcere, după care a oftat, zicându-mi apoi:

— N-ar trebui să rămâneți aici. O să vă duc în afara orașului, într-un sat. Acolo veți fi în siguranță.

Am clătinat din cap.

— Nu pot pleca de-aici! am răspuns apăsat.

Abia atunci a părut să priceapă motivul real pentru care mă ascundeam printre ruine. A tresărit nervos și m-a întrebat:

— Sunteți evreu?

— Da.

Și-a desfăcut mâinile ținute până atunci încrucișate la piept și s-a așezat în fotoliul de lângă pian, ca și cum toată situația îl obliga să mediteze îndelung.

— Da, așa este, în cazul acesta chiar nu puteți pleca de-aici.

Am mai reflectat puțin, după care mi-a pus o altă întrebare:

— Unde este ascunzătoarea dumneavoastră?

— În pod.

— Arătați-mi-o.

A urcat scările în urma mea. A inspectat meticulos podul, cu ochi de expert. A descoperit ceva ce eu nu remarcasem. Acolo mai exista încă un nivel, un fel de semietaj construit din scânduri, deasupra intrării în pod, sub panta acoperișului. La prima vedere, era greu de observat, în întunericul care domnea în mansardă. M-a sfătuit să mă ascund imediat acolo, după care m-a ajutat să găsesc o scară într-unul dintre apartamente. După ce intram în ascunzătoare trebuia să trag scara după mine, până sus. Pe urmă m-a întrebat dacă am suficientă mâncare.

— Nu, i-am răspuns. Tocmai căutam ceva când m-ați găsit.

— Nu-i nimic, nu-i nimic, a spus repezit, de parcă i-ar fi fost jenă de toată situația. O să vă aduc eu de mâncare.

Atunci am îndrăznit să-i pun o întrebare. Nu mai puteam să mă abțin:

— Sunteți german?

S-a înroșit și aproape că a pufnit, agitat, ca și cum l-aș fi jignit:

— Da. Din păcate, sunt german. Știu bine ce se întâmplă aici, în Polonia, și îmi este foarte rușine pentru poporul meu.

Mi-a strâns mâna și a plecat.

Au trecut trei zile până când a reapărut. Era seară, întuneric beznă, când am auzit din pod o șoaptă venită de jos:

— Hei, sunteți acolo?

— Da, sunt, i-am răspuns.

După o clipă, ceva greu a aterizat lângă mine. Prin hârtie am simțit câteva pâini și ceva moale, care s-a dovedit a fi marmeladă învelită în pergament. Am pus repede pachetul deoparte și am strigat:

— Așteptați un moment!

Vocea din întuneric suna nerăbdătoare:

— Ce e? Grăbiți-vă! Când am intrat, m-a văzut o santinelă. Nu pot rămâne prea mult.

— Unde sunt trupele sovietice?

— În cartierul Praga. Rezistați. Nu mai durează mai mult de câteva săptămâni. Tot războiul se termină cel târziu la primăvară!

S-a lăsat tăcerea. Nu știam dacă ofițerul mai era sau plecase deja. Însă se auzi din nou:

— Trebuie să rezistați! Mă auziți? a spus tare, aproape poruncitor, ca și cum ar fi vrut să îmi transmită credința lui într-o încheiere a războiului fericită pentru noi. Abia când a spus asta, am auzit scârțâitul ușii închise.

Și iar au trecut săptămâni de monotonie deznădăjduită. Artileria dinspre Vistula se auzea tot mai rar. Erau zile în care liniștea care domnea peste tot nu era tulburată nici măcar de o singură explozie. Nu știu dacă nu cumva aș fi clacat atunci și m-aș fi sinucis, așa cum plănuisem de atâtea ori, dacă n-ar fi fost ziarele în care era înfășurată pâinea de la ofițerul german. Erau recente, le-am citit de mai multe ori, îmbărbătându-mă cu știrile date în ele despre înfrângerile armatei germane care se retrăgea pe toate fronturile, tot mai rapid, în profunzimea Reichului.

Personalul din aripile clădirii a continuat să-și facă treburile în același mod. Pe scări alergau soldați, adesea se uitau în pod, ducând sau luând pachete, dar ascunzătoarea mea fusese foarte bine aleasă; nici unuia dintre ei nu i-a trecut vreodată prin minte să controleze cu atenție. În fața clădirii, dinspre aleea Niepodległośći, patrulau tot timpul santinelele. Și ziua, și noaptea le auzeam cum tropăiau de frig. Din ascunzișul meu ieșeam doar noaptea, ca să iau apă din apartamentele distruse în care erau căzi pline.

Pe 12 decembrie l-am văzut pe ofițer pentru ultima oară. Mi-a adus o provizie de pâine mai mare decât până atunci și o pilotă. Mi-a spus că avea să părăsească Varșovia, împreună cu detașamentul lui, dar să nu-mi pierd speranța, deoarece chiar în următoarele zile urma să aibă loc ofensiva sovietică.

— Asupra Varșoviei?

— Da.

— Oare cum am să supraviețuiesc eu luptelor de stradă? l-am întrebat neliniștit.

— De vreme ce și dumneavoastră, și eu am trecut prin cinci ani de iad, mi-a răspuns el, e clar că ne este scris să rămânem în viață. Trebuie să credeți în asta.

Era timpul să plece și ne-am luat rămas-bun. Mi-a trecut atunci prin minte, în ultima clipă, un gând, după ce mă frământasem în ce fel aș fi putut să-mi arăt recunoștința, de vreme ce nu voise cu nici un chip să primească singura comoară pe care o aveam, ceasul.

— Ascultați-mă! L-am luat de mână și am început să-i vorbesc precipitat, încercând să-l conving. Nu ați știut numele meu până acum. Nu m-ați întrebat care e, dar eu aș dori să-l țineți minte. Nu se știe care va fi mersul războiului. Aveți un drum lung până acasă. În schimb, eu, dacă scap cu viață, voi începe sigur să lucrez aici, tot la Radio Polonia, unde am lucrat și înainte de război. Dacă vi s-ar întâmpla ceva rău, iar eu aș putea să vă ajut în vreun fel, țineți minte numele meu: Władysław Szpilman – Radio Polonia.

A schițat un zâmbet, ca de obicei aspru, timid, încurcat, dar am simțit că dorința mea de a-l ajuta în caz de nevoie, deși naivă în această situație, i-a făcut plăcere.

La jumătatea lunii decembrie a venit primul val de geruri grele. În noaptea de 13 spre 14 decembrie, când am plecat în căutare de apă, am constatat că totul înghețase. Dintr-un apartament care nu fusese distrus, de la o altă scară, am luat un ceainic și un vas cu apă înghețată și m-am întors la mansarda mea. Am extras din vas o bucată de gheață și am dus-o la gură. Apa obținută în acest mod nu ținea însă de sete. Atunci mi-a venit o altă idee: m-am băgat sub pilotă și am pus vasul cu gheață pe pieptul dezgolit. După un timp, gheața a început să se topească. În același mod am obținut apă de băut pentru următoarele zile, până când înghețul s-a domolit, iar gheața se topea deja la temperatura din pod.

Au venit Crăciunul, apoi Anul Nou 1945: șase sărbători petrecute în vreme de război, și cele mai grele dintre cele pe care le trăisem până atunci. Stăteam întins în întuneric, ascultând vântul aprig care umfla tabla acoperișurilor și răsturna resturile de mobilă din apartamentele arse și bombardate. În pauzele dintre rafalele de vânt se putea auzi chițăitul și zgrepțănatul șoarecilor sau ale șobolanilor care alergau prin pod. Uneori ajungeau până la pilota mea, iar când dormeam îmi treceau peste față, zgâriindu-mă cu ghearele în alergătura lor. Mi-am amintit de sărbătorile de mai demult, de dinaintea, dar și din timpul războiului: aveam o casă, părinți și două surori și un frate. Apoi nu am mai avut casă, dar eram încă împreună. Mai târziu am rămas singur, însă înconjurat de oameni. Astăzi eram atât de singur, cum probabil nu mai era nimeni pe lumea asta. Când Defoe a plăsmuit imaginea ideală a omului singuratic, Robinson Crusoe, i-a lăsat speranța legăturii cu oamenii, iar Robinson putea să se bucure la simplul gând al unei asemenea întâlniri, care se putea petrece în orice zi; și asta îi ridica moralul. Eu însă trebuia să fug de oamenii din jur, să mă ascund de ei, din frica de moarte. Dacă voiam să supraviețuiesc, trebuia să fiu singur, absolut singur.

În dimineața zilei de 14 ianuarie m-a trezit o mișcare neobișnuită în clădire și pe stradă. Veneau și plecau mașini, pe scări alergau soldați, se auzeau glasuri nervoase, ridicate, din clădire tot timpul se ducea câte ceva, probabil se încărcau niște camioane. În noaptea următoare s-a auzit din nou artileria dinspre frontul de pe Vistula, până atunci liniștit. Obuzele nu ajungeau până în cartierul în care mă ascundeam. Din cauza bubuiturilor neîntrerupte și surde temelia și zidurile casei se zgâlțâiau, tabla acoperișului vibra, iar de pe pereți cădea tencuiala. Cu siguranță erau renumitele rachete sovietice Katiușa, despre care se vorbea atât de mult încă dinainte de rebeliune. De bucurie și surescitare mi-am permis o nebunie, de neiertat în situația mea: am băut o oală întreagă de apă.

Focul susținut al artileriei a încetat după trei ore, dar eu continuam să fiu într-o stare de euforie maximă. Toată noaptea n-am închis un ochi. Dacă nemții n-aveau de gând să cedeze ruinele Varșoviei, atunci imediat ar fi trebuit să înceapă luptele de stradă, în timpul cărora puteam să-mi pierd viața. Asta ar fi însemnat, de altfel, ultimul episod al chinurilor mele.

Noaptea a trecut însă în liniște. Pe la unu dimineața am auzit cum ultimii nemți se adună și pleacă.

S-a așternut o liniște atât de adâncă, ca niciodată până atunci în Varșovia care agoniza de trei luni. Nu se mai auzeau pașii gărzilor din fața clădirii. Nu mai răzbătea nici un zgomot de luptă. Nu înțelegeam ce se întâmplă. Unde se mai lupta acum?

Abia în noaptea următoare, spre dimineață, liniștea a fost întreruptă de cel mai puțin așteptat sunet. Difuzoarele montate undeva în apropiere transmiteau comunicate în polonă despre înfrângerea Germaniei și eliberarea Varșoviei de către trupele lui Żymierski și Armata Roșie.

Prin urmare, nemții se retrăseseră fără nici o luptă.

Când s-a luminat de ziuă, am început să mă pregătesc febril să ies pe stradă. M-am îmbrăcat cu mantaua militară germană, pe care mi-o dăduse ofițerul neamț, ca să am în ce să merg după apă, când, deodată, am auzit din nou pașii cadențați ai gărzilor trecând prin fața clădirii. Trupele poloneze și sovietice se retrăseseră oare?... Cu moralul la pământ, m-am prăbușit pe saltea. Zăceam așa, când am auzit ceva nou: glasuri de femei și copii, pe care nu le mai auzisem de luni întregi, care vorbeau liniștit, de parcă nimic nu s-ar fi întâmplat, ca și cum, pur și simplu, niște mame ar fi mers cu copiii la plimbare pe stradă. M-am decis să văd ce se întâmplă, cu orice preț. Nesiguranța devenise de nesuportat.

Am alergat pe scări, am scos capul pe ușa de la intrare a casei abandonate și m-am uitat de-a lungul străzii. Era o dimineață cenușie, cețoasă. Nu departe, pe partea stângă stătea un soldat într-o uniformă greu de recunoscut de la distanța la care eram. Din partea dreaptă venea o femeie cu o boccea în spate. Când s-a apropiat, mi-am adunat curajul și m-am hotărât să-i vorbesc:

— Mă scuzați, vă rog... am încercat eu să o chem cu jumătate de glas.

Mi-a aruncat o privire, apoi a țipat din toate puterile: „Un neamț!“ și a luat-o la fugă. În același timp, m-a observat soldatul și, fără să stea prea mult pe gânduri, a tras spre mine cu pușca-mitralieră. Gloanțele au lovit zidul lângă care mă aflam. Am simțit pe obraz bucăți de tencuială. Fără ezitare am luat-o la fugă pe scări, până în pod, și m-am ascuns.

După puțin timp, când m-am uitat de sus pe ferestruică, am constatat că toată clădirea era încercuită. Am auzit soldații strigându-se unul pe celălalt în timp ce coborau în pivniță, apoi împușcături și exploziile grenadelor de mână.

Situația mea era de-a dreptul absurdă, de această dată. După toate prin câte trecusem, în pragul libertății, în Varșovia eliberată, eram pe punctul de a fi împușcat din greșeală de soldații polonezi. Am început să mă gândesc cum aș putea să le dau de înțeles că sunt polonez, înainte să mă omoare, crezând că sunt un neamț care se ascunde. Între timp, în fața clădirii se adunase un alt detașament purtând uniforme albastre. Aveam să aflu mai târziu că era o unitate a poliției feroviare, care trecea din întâmplare pe acolo și fusese chemată în ajutor. În consecință acum viața mi-era amenințată de două unități armate.

Am început să cobor încet pe scări, strigând cât puteam de tare:

— Nu trageți! Sunt polonez!

Imediat am auzit pașii cuiva care alerga în sus pe scări.

De după balustradă se ivi figura unui tânăr ofițer în uniformă poloneză, cu vulturul pe șapcă. A îndreptat pistolul spre mine, strigând:

— *Hände hoch!*

Eu am repetat:

— Nu trageți! Sunt polonez!

Locotenentul s-a înroșit de furie.

— Atunci de ce naiba nu cobori? a zbierat el. Și ce-i cu mantaua asta nemțească?

Abia când s-au uitat mai bine la mine și au cântărit situația în care mă aflam m-au crezut că nu eram neamț. Au decis să mă ducă la statul lor major, ca să mă pot spăla și să mănânc ceva, până când aveam să hotărăsc ce era de făcut mai departe.

Dar eu nu puteam pleca așa, pur și simplu. Trebuia să-mi îndeplinesc promisiunea pe care mi-o făcusem mie însumi: că-l voi îmbrățișa pe primul polonez pe care-l voi întâlni după încheierea ocupației germane. S-a dovedit a nu fi lucru ușor. Locotenentul s-a împotrivit categoric propunerii mele, aducând toate argumentele posibile, cu excepția unuia, pe care nu-l invocase din delicatețe. Abia când, în sfârșit, l-am sărutat, a scos o oglinjoară de buzunar, mi-a pus-o în față și a zis cu un zâmbet:

— Uite, uite cum arăți! Vezi ce mare patriot sunt!

Peste două săptămâni, bine hrănit de armată, spălat și odihnit, am mers pentru prima oară după șase ani fără frică, ca un om liber, pe mijlocul străzilor Varșoviei. Am mers spre est, în direcția Vistulei, ca să ajung în cartierul Praga, cândva o suburbie săracă și îndepărtată, care astăzi era toată Varșovia, de vreme ce restul orașului fusese complet distrus de nemți.

Mergeam pe mijlocul unui bulevard larg, cândva plin de oameni, iar acum pustiu. Cât vedeam cu ochii, nici o clădire nu era neatinsă. La fiecare pas ocoleam mormanele de dărâmături, uneori trebuia să mă cațăr pe munții de moloz, de parcă ar fi fost versanții unui grohotiș. Picioarele mi se încurcau în grămezile în care zăceau de-a valma fire de telefon și de la liniile de tramvai, și bucăți de material care decoraseră cândva apartamente sau fuseseră obiecte de îmbrăcăminte ale unor oameni morți de mult.

Lângă zidul unei case din apropierea unei baricade ridicate de rebeli zăcea un schelet de om. Nu era mare, oasele erau subțiri, pesemne că era al unei fete, căci pe craniu se mai zăreau niște fire lungi de păr blond. Dintre toate părțile corpului, părul se descompune cel mai greu. Lângă schelet era o pușcă ruginită, iar pe oasele brațului drept se vedea, lângă niște resturi de haine zdrențuite, o banderolă alb-roșie de pe care literele AK[1] se șterseseră.

---

1. *Armia Krajowa* (Armata Țării) – denumirea trupelor din Rezistența poloneză care au organizat insurecția din Varșovia. (N. tr.)

Din surorile mele, frumoasa Regina și tânăra, serioasa Halina, nu mai rămăseseră nici măcar asemenea resturi, și niciodată nu voi găsi mormântul la care să mă pot ruga pentru sufletele lor.

M-am oprit o clipă, ca să mă odihnesc. M-am uitat spre partea de nord a orașului: acolo unde fusese cândva ghetoul, unde fuseseră omorâți jumătate de milion de evrei, nu mai rămăsese nimic. Nemții făcuseră una cu pământul până și zidurile clădirilor arse.

Trebuia să încep o nouă viață. Cum să începi o viață, când n-ai în urmă decât moarte? Cum să extragi forța de a trăi din moarte?

Am continuat să merg. Un vânt năprasnic făcea să zăngăne fierăria ruginită dintre ruine, șuierând și urlând printre crăpăturile carbonizate ale ferestrelor. Se însera. Din cerul tot mai întunecat, plumburiu, au început să cadă fulgi de zăpadă.

Post-scriptum

Două săptămâni mai târziu, unul dintre colegii mei de la Radio Polonia, violonistul Zygmunt Lednicki, se întorcea la Varşovia din pribegia de după insurecţie. Ca mulţi alţii, mersese pe jos, vrând să ajungă cât mai repede cu putinţă în oraşul lui. Într-o zi a trecut pe lângă un lagăr provizoriu pentru prizonierii de război germani, zăcând ca nişte trofee dincolo de sârma ghimpată, aşa cum, cu câteva luni înainte, zăcea dincolo de sârma ghimpată toată populaţia Varşoviei care supravieţuise: bărbaţi, femei şi copii.

Când mi-a povestit întâmplarea, mi-a spus că socotea că greşise atunci, dar nu-şi putuse reprima reflexul. Se apropiase de gardul de sârmă ghimpată şi le spusese nemţilor: „Aţi pretins că sunteţi un popor civilizat, iar mie, un artist, mi-aţi luat toată averea mea – vioara!“ Un ofiţer s-a ridicat cu greutate din locul în care zăcea şi s-a apropiat cu pas şovăitor de sârmă. Era foarte slab, hirsut şi jerpelit. Şi-a aţintit privirea disperată asupra lui Lednicki şi l-a întrebat:

— Îl cunoaşteţi cumva pe domnul Szpilman?

— Da, sigur că-l cunosc!

— Sunt ofițer german, a început el să șoptească febril, și l-am ajutat pe Szpilman când se ascundea în podul clădirii unde se afla unitatea de comando din fortăreața Varșoviei. Spuneți-i că sunt aici. Rugați-l să mă scape. Vă implor...

În clipa aceea, unul dintre paznici s-a apropiat de ei:

— Nu e permis să vorbești cu prizonierii. Te rog să pleci!

Lednicki s-a îndepărtat. Imediat însă și-a dat seama că nu știe numele neamțului. S-a apropiat din nou de gard, dar ofițerul fusese deja îndepărtat de paznic.

— Cum vă numiți? a strigat el.

Ofițerul a privit înapoi și i-a strigat la rândul lui ceva, dar Lednicki n-a reușit să înțeleagă ce-i spusese.

Nici eu nu-i știam numele. N-am vrut să-l aflu din prudență, pur și simplu. Dacă aș fi fost prins și m-ar fi interogat, și ar fi trebuit să declar cine-mi adusese pâine, aș fi putut divulga numele acelui ofițer sub tortură, la care de regulă recurgea poliția germană.

Deși am făcut tot ce-am putut să-l regăsesc pe prizonierul german, nu i-am putut da de urmă. Lagărul prizonierilor de război fusese mutat. Unde anume – n-am putut afla, era secret militar. Poate însă că ofițerul acela – singurul *om* în uniformă germană pe care-l întâlnisem – se întorsese cu bine acasă.

Dau uneori recitaluri în clădirea de pe strada Narbutt numărul 8, din Varșovia, unde în 1942 am cărat cărămizi și ciment, acolo unde muncea o brigadă de evrei din ghetou care au fost împușcați imediat ce au terminat de pregătit apartamentele pentru ofițerii germani. Ofițerii n-au apucat însă să se bucure prea mult de noile lor locuințe. Clădirea aceea există și astăzi, iar în ea se află o școală. Cânt acolo pentru copiii care nu știu nimic despre câtă suferință și spaimă ucigătoare au bântuit prin clasele lor însorite.

Fragmente din jurnalul căpitanului Wilm Hosenfeld

18 ianuarie 1942

Revoluția național-socialistă pare șovăitoare în toate privințele. Istoria vorbește despre fapte cumplite și despre o cutremurătoare lipsă de umanitate a Revoluției Franceze. La fel, în timpul revoluției bolșevice, instinctele animalice, pline de ură ale suboamenilor le-au îngăduit să comită crime îngrozitoare împotriva păturii conducătoare. Chiar dacă, din punct de vedere uman, condamnăm și deplângem asemenea acțiuni, nu putem nega caracterul necondiționat, decis și irevocabil al acestora. Nu au existat negocieri, iluzionări sau compromisuri. Acești revoluționari, indiferent ce au făcut, au mers până la capăt, urmărindu-și țelurile fără a ține cont de etică și glasul conștiinței sau de originea lor. Atât iacobinii, cât și bolșevicii au masacrat reprezentanții clasei conducătoare și au executat sentințe la moarte în familiile regale. Au rupt-o cu creștinismul și au purtat lupte nimicitoare împotriva religiei catolice. Au reușit să antreneze populația țărilor lor în războaie pe care le-au purtat cu elan și energie – cândva erau războaie revoluționare, astăzi este războiul împotriva Germaniei. Teoriile și ideile lor înnoitoare au avut un răsunet uriaș, care a trecut chiar dincolo de granițele țărilor lor.

Metodele naziștilor sunt diferite, dar, în esență, sunt conforme cu aceeași idee călăuzitoare: exterminarea și nimicirea celor care gândesc altfel. Uneori sunt împușcați și unii dintre ai lor, dar acest lucru este mușamalizat și ascuns opiniei publice. Oamenii sunt închiși în lagăre de concentrare, unde sunt nimiciți și omorâți încet. Opinia publică nu află nimic. De vreme ce intenționezi să-i arestezi pe dușmanii statului, trebuie să ai curajul să-i acuzi în mod deschis și să îi încredințezi judecății publice.

Pe de o parte, național-socialiștii se aliază cu clasele dominante în planul financiar și industrial și susțin principiul capitalist, pe de alta însă proclamă socialismul. Se propagă dreptul individului la libera dezvoltare a personalității și la libertate de exprimare, distrugând în același timp bisericile creștine și purtând împotriva lor o luptă clandestină. Se vorbește despre drepturile oamenilor capabili să-și dezvolte liber talentul, condiționând în același timp totul de apartenența politică. Chiar cei mai capabili vor fi dați deoparte, când vor rămâne fără partid. Hitler oferă pace lumii, în același timp se înarmează cu putere. Spune lumii că nu intenționează să cucerească alte națiuni și să le priveze de dreptul lor la autodeterminare, dar ce face el cu Cehia, Polonia și Serbia? În Polonia cu siguranță nu a fost necesar ca națiunii să-i fie furată suveranitatea între granițele proprii.

Să ne uităm prin urmare mai atent la național-socialiști, în ce măsură trăiesc ei înșiși în conformitate cu principiile pe care le proclamă. De exemplu: „Binele comun – înainte de binele individual." Cer acest lucru omului de rând, dar ei înșiși nici nu se gândesc să trăiască astfel. Cine luptă cu dușmanul? Poporul, nu partidul. În armată sunt recrutați acum până și invalizii, iar în birourile de partid și în poliție pot fi văzuți tinerii cei mai sănătoși și mai puternici, care lucrează departe de front. Din ce cauză sunt ei scutiți? Polonezilor și evreilor le confiscă proprietățile pentru a și le însuși și a se bucura ei înșiși de ele. Acum polonezii și evreii nu au ce mânca, suferă de sărăcie și îngheață de frig. Asta nu stânjenește pe nimeni în însușirea bunurilor lor.

Varșovia, 17 aprilie 1942

Trăiesc aici liniștit, zi după zi, la Institutul de Educație Fizică. Nu am de-a face cu mersul războiului, dar nici nu sunt fericit. Din când în când, aflu una-alta. Aici, cele mai importante sunt evenimentele din spatele frontului, execuții, accidente și așa mai departe. La Łódź au fost împușcate o sută de persoane nevinovate, pentru că niște bandiți au tras în trei polițiști; la Varșovia – la fel. Dar aceste fapte nu spaima și teroarea le stârnesc, ci înverșunarea, răutatea și fanatismul în creștere. Pe podul Praga, doi indivizi din organizația Hitlerjugend au atacat un polonez. Când acesta a încercat să se apere, au chemat un polițist german în ajutor. Polonezul i-a împușcat pe toți trei. În piața poștei, un camion militar a lovit o trăsură cu trei oameni în ea – vizitiul a murit pe loc. Șoferul vehiculului militar și-a continuat drumul, târând după el trăsura, care mai avea un pasager în ea. S-a strâns mulțimea, dar mașina a mers mai departe. Un neamț a încercat s-o oprească, trăsura s-a încurcat în roțile vehiculului, încât acesta a trebuit să se oprească. Șoferul a coborât, a dat trăsura la o parte și apoi a plecat.

La Zakopane, niște polonezi nu au vrut să-și predea schiurile. Casele le-au fost percheziționate, iar două sute patruzeci de bărbați au fost trimiși la Auschwitz, cel mai temut lagăr de concentrare din Est. Gestapoul chinuiește acolo oamenii până mor. Pentru a scurta procedura, nefericiții sunt mânați spre camerele de gazare, unde sunt uciși. În timpul interogatoriilor, deținuții sunt bătuți într-un mod inuman. Există și camere de tortură speciale, în care, de exemplu, victima este legată de un stâlp de mâini și brațe, stâlpul este tras în sus, iar omul atârnă așa până când își pierde cunoștința. Sau victima este înghesuită într-o ladă, unde nu poate sta decât ghemuită, și este ținută acolo până ce își pierde cunoștința. Ce alte barbarii au mai inventat, câți oameni nevinovați sunt închiși în temnițe? În fiecare zi e tot mai puțină hrană. Treptat, în Varșovia se instalează foametea.

Tomaszów, 26 iunie 1942

Din biserica catolică aud sunetul orgii și cântece. Intru, în fața altarului stau copiii pentru Prima Sfântă Împărtășanie, îmbrăcați în haine albe. În biserică e lume multă, se cântă *Tantum ergo*, preotul dă tuturor binecuvântarea, inclusiv mie. Copiii sunt mici, nevinovați, aici, într-un oraș polonez, dar și acolo, într-un oraș german sau în altă țară, și se roagă toți lui Dumnezeu, iar peste câțiva ani se vor arunca în luptă orbiți de ură și se vor omorî unii pe alții. La fel și odinioară, când popoarele erau mai credincioase, iar cei aflați în fruntea lor erau numiți unși ai lui Dumnezeu, se întâmpla ca și astăzi, când oamenii se îndepărtează de creștinism. După câte se pare, omul este condamnat să facă mai mult rău decât bine. Iubirea de aproape se numără printre cele mai înalte idealuri de pe pământ.

Varșovia, 23 iulie 1942

Dacă citești ziarele și asculți știrile la radio, ți se pare că totul este în ordine, pacea este garantată, războiul – câștigat, iar viitorul poporului german – plin de speranță. Dar eu nu cred asta, nu pot crede, pur și simplu, din cauză că nedreptatea nu poate stăpâni pentru totdeauna, iar metodele germane de conducere a țărilor cucerite, mai devreme sau mai târziu, trebuie să provoace rezistență. Cunosc numai situația din Polonia și asta, într-o măsură limitată, căci ni se spune foarte puțin. Dar, din multe observații, discuții, informații care ajung la noi zilnic, se conturează o imagine clară a situației. Metodele de administrare și conducere și șantajarea populației locale, precum și operațiunile desfășurate de Gestapo sunt aici extrem de drastice și, cu siguranță, situația nu arată altfel în celelalte țări ocupate.

Peste tot domnesc teroarea, teama, forța. Arestările, deportările și chiar execuțiile sunt la ordinea zilei. Viața oamenilor și libertatea lor individuală și-au pierdut importanța. Dar instinctul libertății este înnăscut în fiecare om și în fiecare națiune și nu poate fi reprimat pe termen lung. Istoria ne învață că tiraniile nu durează niciodată mult. Nota noastră de plată o încarcă și fărădelegile revoltătoare, cum este uciderea populației evreiești. Continuă acțiunea de lichidare a evreilor, care a fost scopul administrației civile germane, al poliției și Gestapoului încă de la începutul ocupației teritoriilor de la Răsărit, iar acum în mod evident urmează să fie încheiată cu mare amploare și în mod radical.

Există relatări demne de crezare ale oamenilor, potrivit cărora ghetoul din Lublin ar fi fost evacuat, evreii izgoniți, cei mai mulți uciși în pădurile din apropierea orașului, și numai puțini au fost închiși în lagăr. Despre Łódź și Kutno se povestește că evreii – bărbați, femei și copii – sunt otrăviți în camere de gazare mobile, cadavrele lor sunt strânse și apoi aruncate în gropi comune, iar hainele lor sunt trimise la fabrici de textile, pentru a fi valorificate. Au loc scene îngrozitoare. În prezent, într-un mod asemănător este evacuat ghetoul din Varșovia, numărând patru sute de mii de oameni. În locul poliției germane, se recurge în acest scop la batalioane ale polițiilor ucrainene și lituaniene. E greu să crezi toate astea. Încerc să nu le dau crezare, nu din grija pentru viitorul națiunii noastre, care oricum va trebui cândva să ispășească pentru aceste barbarii, ci pentru că nu pot să cred că Hitler vrea într-adevăr așa ceva și că există nemți care dau asemenea ordine. Există o singură explicație: aceștia sunt niște oameni bolnavi, care și-au pierdut mințile.

25 iulie 1942

Dacă este adevărat ceea ce povestesc oameni de încredere din oraș, atunci nu este nici o onoare să fii ofițer german, și nimeni nu va tolera ceea ce se întâmplă. Dar nu pot să cred așa ceva.

Săptămâna asta au evacuat din ghetou treizeci de mii de evrei, pe care i-au trimis spre răsărit. Ce vor face cu ei, se știe deja, cu toate încercările de a se păstra secretul. Undeva, în apropiere de Lublin, au fost construite clădiri dotate cu cuptoare electrice, după modelul crematoriilor. Nefericiții oameni sunt împinși în aceste cuptoare și sunt arși de vii. În felul acesta pot fi uciși cu miile, în fiecare zi. Așa se face economie de muniție și nu trebuie săpate gropi comune. O asemenea iscusință în uciderea în masă nu au atins nici ghilotina Revoluției Franceze, nici metodele folosite în pivnițele poliției secrete rusești. Dar este o nebunie. Nu poate fi adevărat. Te întrebi: de ce evreii nu se apără? Dar mulți dintre ei, majoritatea, practic, sunt atât de slăbiți de foamete și de sărăcie, încât nu sunt capabili să mai opună vreo rezistență.

Varșovia, 13 august 1942

Un comerciant polonez din Poznań, expulzat de acolo la începutul războiului, a deschis un magazin în Varșovia. Cumpăr des de la el fructe și legume. În timpul Primului Război a luptat timp de patru ani pe frontul de vest, în uniformă de soldat german. Mi-a arătat carnetul de soldat. Îi simpatizează mult pe nemți, dar este polonez și așa va rămâne. Este disperat din cauza bestialităților cumplite ale nemților în ghetou. Trebuie să ne punem întrebarea: de unde atâtea scursuri în poporul nostru? Oare li s-a dat drumul delicvenților și bolnavilor mintal din închisori și casele de nebuni? Nu. Vina pentru aceasta o poartă oamenii care dețin o funcție importantă în stat, care au reușit să-i educe astfel pe cei care, într-o situație normală, ar fi fost nevinovați. În adâncurile ființei umane există mult rău și multe instincte animalice. Ele ies la suprafață atunci când se pot dezvolta fără piedici. Da, este nevoie de instinctele cele mai josnice pentru a putea comite asasinatele acestea în rândul evreilor și al polonezilor.

Comerciantul acesta are relații de afaceri cu evrei din ghetou și merge deseori acolo. Spune că nu poate suporta ceea ce vede. Este cuprins de spaimă când trebuie să se ducă iar. Merge în ghetou cu trăsura și i s-a întâmplat să vadă cum un ofițer al Gestapoului a adunat evreii la una dintre porți și apoi a tras în ei, la întâmplare. Zece persoane au murit pe loc. Una dintre victime a încercat să fugă, dar i-a pus și ei pistolul la tâmplă, doar că încărcătorul era deja gol. Răniților muribunzi nu le dădea nimeni ajutor, medicii fuseseră deja evacuați sau uciși, în afară de asta, oamenii aceia trebuiau să moară și ei. O femeie i-a povestit că mai mulți ofițeri din Gestapo intraseră într-o maternitate evreiască, luaseră de-acolo nou-născuții, pe care i-au băgat într-un sac, iar apoi i-au aruncat într-un dric. Plânsul copilașilor și țipetele disperate ale mamelor, care-ți rupeau sufletul, nu i-au impresionat pe acei mizerabili. Este greu de crezut așa ceva, dar este adevărat. Două bestii din astea mergeau ieri cu mine în același tramvai, aveau cravașe în mâini – tocmai ieșiseră din ghetou. Îmi venea să arunc jigodiile alea sub tramvai. Cât de lași putem să fim, ca să îngăduim asemenea lucruri, deși nu vrem! De aceea vom fi și noi pedepsiți, și copilașii noștri nevinovați, împreună cu ei. Căci devenim complici, permițând asemenea crime.

După 21 august 1942

Cel mai mare rău este minciuna. Din ea rezultă toate celelalte lucruri diabolice. Ne-au mințit pe noi și întreaga opinie publică. Nu există ziar care să nu fi mințit. Indiferent dacă este vorba despre chestiuni politice, economice, istorice, sociale sau culturale – peste tot adevărul este sub presiune, este distorsionat, denaturat și falsificat. Oare asta poate continua? Nu. De dragul naturii umane și a spiritului liber, așa ceva nu poate continua. Mincinoșii și falsificatorii adevărului trebuie să dispară și să își piardă poziția care le permite să conducă prin forță. Abia după aceea se va găsi din nou loc pentru un alt tip de umanitate, mai nobilă.

1 septembrie 1942

De ce a fost nevoie să se ajungă la acest război? Pentru că trebuia să li se arate oamenilor unde i-a dus lipsa lor de credință. Întâi, bolșevicii au ucis milioane de oameni, sub pretextul că vor aduce o nouă ordine mondială. Faptul a fost posibil numai din pricină că ei s-au îndepărtat de Dumnezeu și de învățătura creștină. Național-socialiștii din Germania procedează acum la fel. Interzic practicile religioase, educă tineretul într-un spirit lipsit de credință, poartă război împotriva Bisericii, își însușesc averile acesteia, combat oamenii care gândesc altfel. Libertatea nemților este îngrădită, iar aceștia sunt aduși la nivelul unor sclavi înspăimântați și privați de libertate. Li se ascunde adevărul. Nu pot influența în nici un mod soarta națiunii lor. S-a pierdut semnificația poruncilor: să nu furi, să nu ucizi, să nu minți. Ca urmare a negării tuturor acestor porunci ale Domnului, apar toate manifestările imorale, cum ar fi dorința de profit, îmbogățirea pe căi necinstite, ura, înșelăciunea, dezmățul sexual, conducând la infertilitate, la declinul națiunii. Dumnezeu îngăduie toate acestea, nu împiedică aceste forțe să domine și permite uciderea atâtor oameni nevinovați, probabil numai pentru ca omenirea să conştientizeze: fără mine sunteţi doar nişte creaturi animalice, aflate în conflict unele cu altele, care cred că trebuie să se extermine reciproc. Nu vreţi să vă amintiţi de porunca Domnului „Iubeş-te-ţi aproapele“? Bine. Încercaţi atunci îndemnul contrar, al diavolului: „Urâţi-vă unii pe alţii.“

Din Sfânta Scriptură ştim povestea Potopului. Care a fost cauza acestei tragedii de la începuturile umanităţii? Oamenii s-au lepădat de Dumnezeu şi au trebuit să moară. Vinovaţi şi nevinovaţi. Ei înşişi au fost vinovaţi de pedeapsa primită. Au meritat-o. Aşa este şi astăzi.

6 septembrie 1942

Unul dintre conducătorii grupului care a participat la turneul de scrimă a povestit despre faptele cumplite comise de unitatea specială de comando din oraşul Sielce, un centru administrativ. Era atât de revoltat şi de mânios, încât a uitat că ne aflam acolo mai mulţi, printre care se număra şi unul din funcţionarii superiori ai Gestapoului. „Într-o zi, evreii din ghetou au fost scoşi şi duşi pe străzi – copii, femei şi bărbaţi. O parte au fost împuşcaţi la vedere, pe străzi, sub ochii populaţiei germane şi poloneze din zonă. Femeile rănite au fost lăsate să se zvârcolească în bălţi de sânge, în plină arşiţă. Copiii care au încercat să se ascundă au fost aruncaţi pe fereastră. Mii de oameni au fost mânaţi în piaţa de lângă gară, unde se pare că erau deja trase trenurile cu care urmau să fie transportaţi mai departe. Au fost lăsaţi acolo timp de trei zile, să stea în vipie, fără mâncare și fără apă; toți cei care încercau să se ridice erau imediat împușcați. Toate acestea – sub ochii populației orașului. Apoi au fost duși nu se știe unde, în vagoane pentru vite, câte două sute de persoane înghesuite în fiecare vagon, în care, în mod normal, încap cel mult patruzeci și doi de oameni. Ce au făcut cu ei? Nimeni nu știe! Dar faptul nu poate fi ascuns. Unii reușesc să fugă și astfel aceste crime ies la iveală. Orășelul se numește Treblinka, și este situat în estul teritoriilor poloneze aflate sub comandament german. Acolo sunt descărcate vagoanele, mulți oameni deja sunt morți, toată piața este împrejmuită cu un zid, vagoanele intră în centrul ei și acolo sunt descărcate. Morții sunt așezați în teancuri, lângă șine, bărbații sănătoși, dintre cei care au ajuns acolo, trebuie să înlăture munții de cadavre, să sape gropi, iar apoi să le umple și să le astupe. După aceea sunt și ei împușcați. Sosește un nou transport, iar trupurile celor de dinainte sunt înlăturate. Mii de femei și copii trebuie să se dezbrace, după care sunt goniți într-o baracă mobilă și acolo sunt gazați. Baraca se deschide spre un puț și, cu ajutorul unui mecanism care deschide un perete lateral și înclină podeaua, cadavrele sunt aruncate în el. Așa se procedează deja de multă vreme. Din toate părțile Poloniei sunt adunați acești nefericiți; o parte sunt uciși pe loc, căci nu există mijloace suficiente de transport. Duhoarea îngrozitoare se împrăștie în toată zona învecinată." Unul dintre fugari, care a reușit să fugă de-acolo împreună cu alți șapte evrei, i-a povestit toate acestea. Acum trăiește la Varșovia. Se pare că sunt mulți asemenea oameni, care au scăpat. Cel care s-a salvat i-a arătat o bancnotă de douăzeci de zloți pe care o scosese din buzunarul unui mort. A împăturit cu grijă bancnota, ca să păstreze mirosul de cadavru și să-i aducă aminte că trebuie să-și răzbune frații.

Duminică, 14 februarie 1943

Duminica, atunci când nu am de lucru și pot să mă concentrez asupra problemelor mele, îmi trec prin cap gânduri care, în mod normal, rămân în subconștient. Iese la suprafață teama de viitor, și, totodată, amintirea trecutului, a evenimentelor din timpul războiului – mi se pare de neînțeles cum am putut comite asemenea crime îngrozitoare asupra populației civile lipsite de apărare, asupra evreilor. Mă urmărește întrebarea: cum a fost posibil așa ceva? Există o singură explicație: oamenii care au putut face aceste lucruri, care au dat asemenea ordine și au admis ca ele să fie îndeplinite, și-au pierdut complet sentimentul responsabilității morale. Sunt absolut fără Dumnezeu, niște egocentrici, niște materialiști de cea mai joasă speță. Vara trecută, când au fost comise acele atrocități asupra evreilor, măcelărirea femeilor și a copiilor, am știut cu toată certitudinea că vom pierde acest război. Războiul, declanșat ca o luptă pentru spațiu vital, s-a golit de acest sens, transformându-se într-un uriaș masacru, necontrolat, inuman, îndreptat împotriva oamenilor, îndreptat împotriva culturii, care nu poate fi justificat în fața națiunii germane și care va fi aspru judecat și condamnat de lumea întreagă. Nu pot fi justificate nici suferințele polonezilor arestați, nici tratamentul bestial aplicat acestora și nici executarea prin împușcare a prizonierilor de război.

16 iunie 1943

Astăzi m-a vizitat un tânăr. I-am cunoscut tatăl la Obersig. Lucrează aici, la spitalul militar. A fost martor ocular la împușcarea unui civil de către trei polițiști nemți. Îi ceruseră celui reținut documentele și constataseră că era evreu. Atunci l-au dus spre o poartă și l-au împușcat. I-au luat haina, dar cadavrul l-au lăsat acolo.

Iată mărturia unui alt martor ocular, evreu: „Am fost într-una dintre casele din ghetou, eram deja de șapte zile în pivniță. Casa era în flăcări, femeile au fugit, apoi am ieșit noi, bărbații. O parte dintre noi au fost împușcați, fratele meu a luat otravă. Cei rămași în viață au fost duși în Umschlagplatz, încărcați în vagoane pentru vite și transportați la Treblinka. Acolo, femeile au fost arse imediat. Eu am nimerit într-un lagăr de muncă. Eram tratați îngrozitor, nu căpătam nimic de mâncare și trebuia să muncim din greu. Le-am scris prietenilor: trimiteți-mi otravă, nu mai rezist aici. Atât de mulți oameni mor."

Doamna Jait a lucrat ca servitoare timp de un an în sediul serviciilor secrete și a fost de multe ori martora comportamentului monstruos față de evreii care munceau acolo. Erau bătuți îngrozitor. Pe când era un ger năprasnic, unul dintre ei a fost obligat să stea o zi întreagă dezbrăcat pe o grămadă de cărbuni. Un ofițer Gestapo a trecut pe lângă el și l-a împușcat, pur și simplu. Foarte mulți evrei au fost omorâți așa – fără motiv și fără sens.

Acum au fost uciși ultimii locuitori ai ghetoului. Un SS-ist se lăuda că a tras în evreii care săreau din clădirile în flăcări. Tot ghetoul e numai ruine și cenușă.

Așa vrem să câștigăm acest război, bestiilor?! De fapt, prin acest masacru în masă al evreilor am pierdut definitiv războiul. Ne-am acoperit de o rușine de neșters și vom fi blestemați pe vecie. Nu merităm îndurare. Cu toții suntem vinovați.

Îmi este rușine să ies în oraș. Orice polonez ar avea tot dreptul să mă scuipe în față. În fiecare zi cineva trage în soldații germani. Va fi și mai rău, și nu avem dreptul să ne plângem, căci nu merităm nimic altceva. În fiecare zi mă simt aici tot mai rău.

6 iulie 1943

De ce Dumnezeu a îngăduit acest război înspăimântător, cu victimele sale teribile?

Mă gândesc la raidurile aeriene repetate, la spaima populației civile nevinovate, la tratamentul inuman aplicat deținuților din lagărele de concentrare, la uciderea sutelor de mii de evrei de către nemți.

Dar este oare Dumnezeu vinovat? De ce nu intervine, de ce îngăduie toate acestea? Sunt întrebări care pot fi puse, dar la care nu există răspuns. Suntem foarte dispuși să căutăm vina la alții, și nu la noi înșine.

Dumnezeu îngăduie răul pentru că oamenii înșiși îl aleg, iar acum simt povara nefericirilor care se abat asupra lor tot din cauza răului și imperfecțiunilor lor. Nu am făcut nimic pentru a împiedica preluarea puterii de către naziști, ne-am trădat propriile idealuri. Idealul libertății individuale, al democrației și al libertății de credință.

Muncitorii i-au sprijinit pe naziști, Biserica s-a uitat de pe margine, clasa mijlocie a fost prea lașă, la fel s-a întâmplat și cu pătura superioară a clerului. Am permis desființarea sindicatelor, suprimarea confesiunilor religioase și lichidarea libertății de exprimare în presă și la radio. Apoi ne-am lăsat târâți în război. Am fost mulțumiți că Germania nu avea parlament sau am acceptat un parlament care nu avea nimic de spus. Idealurile nu pot fi trădate fără pedeapsă, iar acum trebuie să suportăm consecințele cu toții.

5 decembrie 1943

De un an trăim o înfrângere după alta. Acum luptăm încă pe Nipru. Am pierdut toată Ucraina. Chiar dacă am reuși să păstrăm restul, nici nu se va mai putea vorbi despre exploatare economică în acea zonă. Rușii sunt atât de puternici, încât ne alungă tot mai mult din țara lor. În Italia a început contraofensiva britanicilor. Pierdem și acolo poziție după poziție. Orașele germane sunt distruse unul după altul. Acum a venit rândul Berlinului, iar de la 2 decembrie bombele cad asupra Leipzigului. Submarinele au dezamăgit complet. Pe ce ne mai bazăm când vorbim tot timpul despre victorie? Aliații noștri, bulgarii, românii și ungurii, ne pot ajuta doar local. Sunt mulțumiți dacă fac față greutăților interne și se pregătesc pentru eventualitatea în care inamicul îi va ataca la hotare. Ne sprijină doar economic, de pildă România, prin livrările ei de petrol. Ajutorul lor militar nu are valoare mai mare. De la răsturnarea guvernului fascist, Italia are pentru noi importanță doar ca teatru de război în afara teritoriului Reichului, unde deocamdată luptele continuă.

Superioritatea inamicului ne dezarmează. Cine mai rezistă va cădea. Așa este astăzi. Cum putem să mai sperăm că vom reuși să înclinăm balanța spre noi?

În Germania nu mai există nimeni care să creadă că vom câștiga războiul, dar nimeni nu cunoaște o cale de ieșire. Pe pământurile noastre nu va avea loc nici o revoluție, căci nimeni nu are curajul de a se împotrivi Gestapoului, fiecare dârdâie de frică pentru propriul cap. Încercările singulare ale unor indivizi nu au nici un efect. Poate că masele li s-ar alătura, dar ele au mâinile legate. De mai bine de zece ani, libertatea individuală nu există, iar populația, în ansamblul ei, nu își poate exprima liber voința. Gestapoul ar intra imediat în acțiune. Nici de la armată nu se poate aștepta o revoluție. Să lasă prea ușor condusă la moarte. Iar aici, orice gând la rezistența care s-ar putea transforma într-o mișcare de masă este repede înăbușit. Așadar, trebuie să mergem până la capăt. Pentru tot răul și toate nenorocirile, pentru toate crimele pe care le-am comis, trebuie acum să plătească întreaga națiune. Toți acești nevinovați trebuie sacrificați pentru a ispăși vinile însângerate. Este o lege care nu poate fi schimbată.

1 ianuarie 1944

Ziarele germane sunt revoltate că americanii confiscă opere de artă valoroase din sudul Italiei. Această reacție la o infracțiune comisă de alții este de-a dreptul absurdă, dacă se ia în considerare câte comori culturale am cărat noi din Polonia și ce valori am distrus în Rusia.

Dacă cineva adoptă principiul „Patria, bună sau rea, întotdeauna este a mea", și astăzi nici măcar nu încearcă să reflecteze la asta, atunci este fățarnic și prin asta ne umple de ridicol.

11 august 1944

Se pare că Führerul a ordonat ca Varșovia să fie rasă de pe suprafața pământului. Deja se acționează. Șiruri întregi de străzi pe care am reușit să le eliberăm sunt distruse de foc. Locuitorii trebuie să părăsească orașul și sute de mii de oameni se îndreaptă spre vest. Dacă există cu adevărat un astfel de ordin al lui Hitler, atunci pentru mine devine clar că cedăm Varșovia, Polonia și tot războiul. Renunțăm la tot ceea ce am ocupat vreme de cinci ani și la ceea ce am declarat în fața lumii că este pradă de război. Am recurs la metode monstruoase, ne-am purtat de parcă am fi fost stăpâni și n-ar fi trebuit nicicând să plecăm de aici. Acum, când trebuie să recunoaștem că totul este pierdut, distrugem toată munca noastră și distrugem lucrurile de care administrația civilă, văzând aici pentru ea sarcini mari pe tărâmul culturii, a fost atât de mândră și prin care a încercat să justifice în fața lumii necesitatea existenței sale. Este falimentul politicii noastre în Răsărit. Distrugând Varșovia, punem noi înșine o piatră de mormânt acestei politici.

Epilog
de Wolf Biermann

O punte între Władysław Szpilman și Wilm Hosenfeld, text alcătuit din treizeci și trei de părți

Această carte nu are nevoie nici de prefață, nici de postfață. În fond, nu are nevoie de nici un comentariu. Dar Władysław Szpilman m-a rugat să adaug la ea câteva observații, la cincizeci de ani de la prima ediție. A dorit să fie clar: acest text a fost scris la Varșovia imediat după război, deci într-o perioadă în care autorul se afla încă sub puternica impresie a războiului și, mai exact, în stare de șoc profund.

Cunoaștem multe cărți despre Holocaust. Cu toate acestea, majoritatea acestor relatări au fost scrise la mulți ani după război. Cred că nu trebuie să explic de ce.

Cititorii vor remarca cu siguranță: cu toate că aceste pagini au fost scrise „la cald", atunci când ruinele încă fumegau, când încă mocnea cenușa conflagrației mondiale, limbajul pe care-l folosește Władysław Szpilman este uimitor de reținut. Autorul, cu o distanță aproape melancolică, descrie tot ceea ce a trăit. Impresia mea e că atunci nu își revenise complet după călătoria în diferite cercuri infernale și a povestit parcă despre altcineva – despre cel în care se transformase după ocuparea Poloniei de către Germania.

Pentru mulți oameni, în mod special din Germania, caracterul senzațional al acestei cărți rezultă din ceea ce i s-a adăugat: jurnalul, publicat pentru prima oară, al lui Wilm Hosenfeld – ofițer al Wehrmachtului, fără care Władysław Szpilman, evreu polonez, probabil nu ar fi supraviețuit.

Hosenfeld, învățător de profesie, a luptat în grad de locotenent în Primul Război Mondial, prin urmare în 1939 era deja prea bătrân ca să mai fie trimis pe front. Acest fapt ar putea explica de ce a fost detașat la conducerea centrelor sportive deținute de Wehrmacht în Varșovia ocupată, în care soldații germani practicau sportul pentru a-și menține forma fizică.

Căpitanul Hosenfeld a căzut prizonier în ultimele zile ale războiului și a murit după șapte ani în Rusia.

Aș considera senzaționale însemnările lui Hosenfeld din timpul războiului și dintr-un alt motiv: ele contrazic teza susținută în Germania, conform căreia în spatele frontului, în interiorul Reichului, nimeni nu știa nimic despre ceea ce se petrecea în Polonia ocupată.

1.

Cartea lui Władysław Szpilman a fost publicată în 1946 în Polonia sub titlul unuia dintre capitolele ei: *Moartea unui oraș*. Din cauza staliniștilor polonezi a fost repede retrasă din circulație și apoi nu a mai fost publicată.

Cu cât țările înfrânte de Armata Roșie se sufocau mai mult în „frățeasca“ îmbrățișare de fier a „eliberatorului", cu atât conducerile țărilor din blocul estic puteau mai puțin să accepte o mărturie autentică precum aceasta. Ea conținea prea mult adevăr incomod, inclusiv despre colaborarea dintre națiunile cucerite – rușii, polonezii, ucrainenii, lituanienii și evreii – cu naziștii germani.

Dar nici în Israel oamenii nu voiau să știe despre toate acestea. Nemaiauzit, dar de înțeles: această temă a fost de nesuportat pentru ambele părți, atât pentru victime, cât și pentru călăi, deși din motive diferite.

2.

Limba, ca semn de recunoaștere. Nu numai fața foarte slabă, îmbrăcămintea sărăcăcioasă sau gesturile caracteristice trădau un om fără adăpost și persecutat. În partea ariană a Varșoviei era suficientă o umbră de accent evreiesc într-o limbă polonă aproape perfectă, pentru ca pescuitorii de evrei, așa-numiții spioni, să tragă omul până la poarta cea mai apropiată. Acolo îl dezbrăcau de pantaloni și apoi îi verificau actele, care erau greu de falsificat. Nefericitul era jefuit, iar apoi predat Gestapoului, pentru câteva kilograme de făină și zahăr. Trebuie cunoscut că Władysław Szpilman vorbea polona mai bine decât majoritatea polonezilor, precum și că nu știa idiș.

3.

Cel ce orele ne numără,
numără mai departe.

Spune, ce-ar putea număra?
El numără, tot numără.

Paul Celan[1]

Numere. Numere. Din trei milioane și jumătate de evrei polonezi, au supraviețuit războiului două sute patruzeci de mii. Antisemitismul făcea ravagii în Polonia cu mult înainte de invazia germană. Așa stând lucrurile, între trei sute și patru sute de mii de polonezi și-au riscat viața pentru a salva evrei. Din șaisprezece mii de neevrei care au salvat evrei în Europa și care au fost onorați de Yad Vashem, Memorialul Victimelor Holocaustului de la Ierusalim, cu „pomul celor drepți", o treime o reprezintă polonezii.

De ce trebuie scrise aceste numere? Pentru că lumea întreagă știe cât de puternică este plaga tradițională a antisemitismului printre polonezi. Dar numai puțini știu că nici o altă națiune nu a ascuns de hitleriști atât de mulți evrei așa cum au făcut-o polonezii. Dacă cineva ascundea un evreu în Franța, risca pedeapsa cu închisoarea sau lagărul de concentrare, în Germania îl costa viața, dar numai în Polonia prețul plătit era propria viață și cea a întregii familii.

4.

Oricine a fost cândva interesat de istoria Holocaustului și cunoaște, fie din literatură, fie din poves-

---

1. „Cel ce orele ne numără" (fragment), din vol. *Opera poetică I*, traducere de George State, Editura Polirom, 2015, p. 131. (N. red.)

tirile din familie, istoriile oamenilor salvați, simte că fiecare om care a reușit să scape din iadul acela, reprezintă ceva în sensul unei dovezi cinice a existenței lui Dumnezeu. Cu siguranță, salvarea de pogrom este o minune, iar fiecare dintre cei salvați este, în primul rând, un mort în permisie, o fantomă într-un trup omenesc. Era nevoie de un concurs neobișnuit de împrejurări fericite și de situații absolut incredibile, pentru ca cineva, care deja funcționase în cadrul acestui aparat ucigaș, să se poată extrage din el.

5.

Selecție: Darwin. Selecție: Mengele.

Hitleriștii au fost cei mai inteligenți elevi la pseudodisciplina „darwinism social".

Darwin: *At some future period, not very distant as measured by centuries, the civilized races of man will almost certainly exterminate and replace the savage races throughout the world.*[1]

Această frază nu trebuie tradusă: Adolf Hitler a pus în practică o traducere perfectă în germană.

1. „Într-un viitor nu prea îndepărtat, dacă e măsurat cu secole, rasele umane civilizate vor extermina aproape sigur și vor înlocui pe tot pământul rasele sălbatice." Charles Darwin, *Descendența omului și selecția sexuală*, Editura Academiei RSR, 1967, p.135. (N. red.)

6.

În anii 1960, în Germania i-a fost intentat un proces unuia dintre medicii SS care făcuse selecția evreilor aduși la Oświęcim (Auschwitz), pe rampa din lagăr. Avocatul apărării a argumentat, în susținerea nevinovăției clientului său, că acesta a salvat zilnic viața a sute de oameni apți de muncă, oameni care, mulțumită lui, nu au fost trimiși imediat în camerele de gazare. Da, acești evrei ar trebui să-i planteze un copac la Yad Vashem...

Sunt oare răzbunător? Un judecător drept, pe care mi l-aș fi dorit, ar fi trebuit să-l condamne pe acel avocat la închisoare pe viață, în aceeași celulă cu acuzatul.

7.

Cum au fost evreii care au reușit să supraviețuiască Holocaustului?

Puternici? – Cu siguranță, indiferent ce ar însemna acest lucru.

Curajoși? – Da, chiar dacă teama cumplită de moarte le-a dat curaj.

Deștepți? – Probabil.

În acele cataclisme se legau și prietenii bazate pe sacrificiu? – Da. Uneori.

Condamnații aceia cunoșteau iubirea dezinteresată de aproape? – Da, adesea.

Se manifesta la acei nefericiți un egoism brutal? – La mulți.

Averea, de exemplu banii, a avut vreun rol? – Da, uneori.

Relațiile bune? – Bineînțeles, ca întotdeauna în viață.

Aptitudini? Cunoașterea limbilor străine? Glorie? Sănătate și energie tinerească? Maturitate în gândire?

Au existat printre cei care sufereau de foame cazuri de canibalism? – Da, dar surprinzător de puține, așa cum s-a întâmplat la asediul Leningradului. Adevărații canibali au fost hitleriștii foarte bine hrăniți.

Ce anume a constituit un elixir al vieții în timpul exterminării în masă? – Speranța deznădăjduită, adică pur și simplu speranța, despre care se spune că întotdeauna moare ultima.

Uneori, salvarea o aducea o bucată de pâine mucegăită, găsită în buzunarul vreunui mort. Ce ajuta acolo unde nimic nu mai putea ajuta? – Adesea o mână întinsă din exterior, un gest surprinzător de necugetat și presupunând un mare risc.

Da. Acestea au fost atuuri în lupta pentru supraviețuire. Dar nu au fost niciodată prea multe. Practic, nu exista nici o cale de salvare.

8.

M-am întâlnit cândva în Israel cu o veche prietenă din perioada RDG. În Israel a devenit o ortodoxă ardentă și are o încredere nemărginită în rabinul ei nebun: Auschwitz a fost pedeapsa lui Dumnezeu. Domnul a vrut să le arate încă o dată evreilor păcătoși cine este El, de fapt. După mine, asta e o tâmpenie delirantă despre crimele cumplite ale Holocaustului. Pentru că veni vorba: cei mai proști dintre nemți se simt dezlegați de păcate. Mai mult: se consideră – ce oroare! – niște instrumente în mâna Domnului.

Mă gândesc aici la înspăimântătorul fragment din Deuteronom, 28, versetele 49-62, unde Dumnezeu i-a prezis poporului său evreu păcătos: „Domnul va aduce asupra ta un popor de departe... a cărui limbă nu o vei înțelege... care va mânca rodul animalelor tale și rodul pământului tău până când vei fi nimicit. Nu îți va lăsa nici grâu, nici must, nici untdelemn, nici viteii cirezilor tale, nici mieii turmelor, până te va face să pieri... vei mânca rodul sânului tău, carnea fiilor tăi și a fiicelor tale... pentru că îi vei mânca în ascuns, din cauza lipsei de toate, în asediu și strâmtorare... – pentru că nu ai ascultat glasul Domnului Dumnezeului tău..."

9.

Nu este de datoria mea să dezleg enigmele talmudice, dar aș întreba încet: de ce au pierit tocmai cei mai săraci și mai evlavioși evrei din Răsărit, în vreme ce câteva sute de mii dintre cei mai necredincioși evrei asimilați din vest s-au putut salva în Anglia sau pe continentul american? După ce cheie a întâmplării diabolice a îngăduit Dumnezeu câte unora care erau deja închiși în vagoanele de vite să iasă din ele prin gurile pentru ventilație întărite cu sârmă?

10.

Și încă o întrebare referitoare la această carte: De ce unul dintre acei polițiști evrei demni de dispreț l-a salvat din Umschlagplatz tocmai pe polonizatul Władysław Szpilman? Evreii mai evrei s-au lăsat, fără să se opună, înghesuiți în vagoanele cu miros de clor, și în camerele de gazare se rugau până în ultima clipă „Ascultă, Israele...!“, în limba ebraică „*Shema Israel!*“ De unde știu asemenea detalii absurde, de parcă aș avea informații „de dincolo“? Fiindcă au existat așa-numiții *Hofjuden*, prizonieri-muncitori la Treblinka. După revoltă, unii dintre ei au reușit să evadeze.

În lagărul de exterminare de la Treblinka nu se făceau asemenea selecții ca la Auschwitz, unde, de regulă, zece la sută dintre cei care soseau erau înregistrați ca forță de muncă și li se tatua un număr albastru pe brațul stâng. La Treblinka nu se făceau nici un fel de selecții. Iar prizonierii erau uciși nu cu ajutorul gazului Zyklon B, cu acțiune foarte rapidă, ci cu gazele de eșapament de la motoarele Diesel.

11.

Un fenomen descris adesea la cei salvați din ghetouri și lagăre: sunt torturați de o rușine paralizantă că tocmai ei au reușit să supraviețuiască. Pe umerii lor se odihnesc munți de cadavre – prieteni, familie, propriii copii, aproape o națiune întreagă. Și așa suferă, cei cruțați de soartă, chinul unei vini fără de vină, care crește, pe măsură ce totul se îndepărtează în timp.

Multe dintre victimele care au supraviețuit se tem de întrebarea inocentă: De ce ai supraviețuit tocmai tu? (întrebarea aceasta și-o pun ei înșiși). Cel care pune asemenea întrebări și-a pus în cap o regulă care naște sentimentul de vinovăție: egoiștii brutali au trecut prin acest iad fără pierderi, în timp ce oameni nobili și buni au pierit. Gândurile de acest fel dovedesc prostia și sunt de-a dreptul jignitoare.

12.

Când citesc în această carte despre șinele de cale ferată, despre transporturile care mergeau la Treblinka, când mă gândesc la trenurile morții spre Auschwitz, simt cum revine o durere veche: de ce Aliații, care știau toate acestea, nu au aruncat măcar câteva bombe peste șinele sau podurile de cale ferată? O pată albă în istoriografie...

Jürgen Fuchs, cunoscutul istoric german, a pus cândva o întrebare inteligentă, dar naivă totodată: De ce soldați onești ai Wehrmachtului nu au împușcat cei câțiva SS-iști și nu i-au eliberat pe evrei din trenurile morții?

13.

Cu puțin înainte să izbucnească insurecția în ghetoul din Varșovia, Władysław Szpilman a reușit să ajungă în partea „ariană“ a Varșoviei. Nu a luat parte, așadar, la această ultimă, disperată acțiune armată din ghetou. Nu a fost o luptă „pe viață și moarte“. A fost o luptă „pe moarte“. Lupta pentru a muri luptând.

14.

Nu există victime nici din prima categorie, nici din a doua. Unii au murit scâncind în camerele de gazare, alții – așa cum spun cuvintele unui cântec al partizanilor din ghetoul din Vilnius, „cu pistolul în mână"... Cui i-ar fi permis să diferențieze moral aceste victime?

Władysław Szpilman aparține ambelor categorii – luptător și victimă: așa cum rezultă din memoriile sale, a luat parte nemijlocit la mișcarea eroică de rezistență. S-a numărat printre cei care zilnic erau duși, în coloane, la muncă în partea „ariană" a orașului. Aducea în ghetou nu doar pâine și cartofi, ci și muniție pentru luptătorii evrei. Amintește de această acțiune eroică în treacăt, cu noblețe.

15.

Am mai remarcat un lucru: autorul nu cunoaște sentimentul răzbunării. Mi-a spus odată la Varșovia, când, obosit de călătoriile pentru concertele susținute prin lume, stătea lângă pianul lui, deja dezacordat, o frază pe jumătate ironică, pe jumătate teribil de serioasă: „În tinerețe am studiat doi ani muzica la Berlin. Nu pot înțelege ce s-a întâmplat cu nemții aceia... Au fost întotdeauna atââât de muzicali!"

16.

Această carte descrie foarte bine relațiile care existau în ghetoul din Varșovia. Szpilman povestește despre toate în așa fel, încât ajungem să cunoaștem mai profund ceea ce până atunci doar bănuiam: ghetourile și lagărele de concentrare cu baracile lor, turnurile de pază și camerele de gazare nu erau în nici un caz modalități de izolare, menite să formeze caractere nobile. Foamea nu înnobilează.

Ca s-o spunem pe șleau: cine a fost tâlhar, tot tâlhar a rămas și după sârma ghimpată. Dar nu existau nici pentru asta reguli. Nu doar un singur ticălos primitiv s-a comportat în ghetou sau în lagăr mai bine decât cetățeni educați și stimabili.

17.

Władysław Szpilman descrie Holocaustul în tușe reținute care au, pe alocuri, intensitatea poeziei. Nu voi uita niciodată scena din Umschlagplatz: Władysław Szpilman se afla acolo, de partea cealaltă a graniței vieții, ales pentru un transport în necunoscut, despre care toți știau că înseamnă o anumită moarte. Părinții autorului, el însuși, fratele și cele două surori ale sale împart între ei o caramelă tăiată în șase – ultima lor masă împreună. Și dentistul acela nerăbdător, așteptând un tren al morții, și acel nemaipomenit dialog, care are loc mai târziu: „E o rușine care ne acoperă pe toți! aproape că a strigat el. Ne lăsăm duși la moarte ca o turmă de oi! Dacă ne-am arunca toți, jumătate de milion de oameni, asupra nemților, am face ghetoul bucăți. Sau măcar am pieri în așa fel, încât să nu devenim o pată rușinoasă în istoria lumii."

„Uitați-vă – spune [tatăl lui Szpilman] și arătă cu un gest larg mulțimea din Umschlagplatz – nu suntem defel eroi. Suntem doar niște oameni obișnuiți și de aceea preferăm să alegem riscul unei șanse de zece la sută de a rămâne în viață."

Cum se întâmplă întotdeauna într-o tragedie autentică: și dentistul, și tatăl lui Szpilman au avut dreptate. De mii de ori s-au certat evreii între ei pe această chestiune de nerezolvat și următoarele generații vor face la fel. Gândind la asta mai practic: cum oare civilii aceia – înfometați și bolnavi, femei, copii și bătrâni, uitați de Dumnezeu și de lumea întreagă – ar fi trebuit să se apere în fața unei mașini de exterminare de o asemenea perfecțiune?

Chiar dacă acest lucru era imposibil – o mișcare de rezistență a evreilor a existat! Lupta armată din ghetoul din Varșovia și miile de acțiuni eroice ale partizanilor evrei dovedesc că s-a opus rezistență. Revolte au avut loc și la Sobibór, și chiar la Treblinka. Amintesc de Lydia Vago și Sarah Ehrenhalt din Israel, care au supraviețuit lagărului de la Auschwitz lucrând ca sclave pentru fabrica de muniție Union, de unde provenea dinamita folosită pentru aruncarea în aer a crematoriilor.

18.

Este normal ca inima să judece ticăloșia compatrioților mult mai aspru decât crimele altor ticăloși. În familie se resimte mai puternic rușinea pentru propria dezonoare. Dar mintea nu poate uita că polonezii din Varșovia care îi șantajau pe evrei, de acei *kapo* din lagărele de concentrare, de vânătorii de oameni din poliția evreiască din ghetou, și chiar de turnătorii evrei ai Gestapoului – toți aceștia au fost, la urma urmelor, victime ale fasciștilor nemți.

19.

La începutul istoriei, Szpilman este salvat de la moarte chiar de unul dintre polițiștii evrei blestemați. La sfârșit însă, o face unul dintre ofițerii din armata lui Hitler, care îl găsește pe pianistul pe jumătate viu în ruinele pustii ale Varșoviei și... nu îl ucide. Căpitanul Hosenfeld chiar îi duce mâncare în ascunzătoare, o pilotă și o manta.

Sună ca o poveste de la Hollywood, dar este, totuși, adevărul: chiar unul dintre oamenii detestați joacă în această istorie sângeroasă rolul unui înger care aduce salvarea.

20.

Deoarece pentru Germania hitleristă războiul era oricum pierdut, cel care se ascundea îi dă necunoscutului său salvator o informație importantă: „Dacă vi se va întâmpla ceva rău, iar eu aș putea să vă ajut, țineți minte: Władysław Szpilman – Radio Polonia".

De la Władysław Szpilman am aflat că a încercat să-l găsească pe Hosenfeld încă din 1945, dar fără succes. Când a ajuns în lagărul în care violonistul Lednicki îl văzuse pe Hosenfeld, acesta fusese deja transferat în altă parte.

21.

Soarta căpitanului Hosenfeld constituie ea însăși o istorie nemaipomenită. A murit în lagărul de prizonieri de la Stalingrad, cu un an înainte de moartea lui Stalin. În prizonierat a fost supus unor torturi groaznice, întrucât ofițerii ruși considerau că relatările sale despre salvarea evreilor erau minciuni. Mai târziu a suferit mai multe hemoragii cerebrale, iar la sfârșitul vieții a vegetat semiconștient, ca un copil maltratat, care nu înțelege de ce este bătut. A murit într-o stare de debilitate totală.

22.

Wilm Hosenfeld a reușit să-și trimită jurnalul în Germania. Căpitanul și-a petrecut ultimul concediu în patrie în mai 1944. Din acea perioadă datează o frumoasă fotografie: un ofițer dintr-un război murdar într-o uniformă albă ca zăpada, lângă el soția și copiii lui dragi – o imagine de basm, de parcă pe pământ ar fi domnit pacea veșnică.

Ultima însemnare din jurnal poartă data de 11 august 1944. Aceasta înseamnă că Hosenfeld a trimis acasă senzaționalele sale însemnări cu poșta de front. Dacă ele ar fi căzut în mâinile domnilor în haine de piele – nici nu vrem să ne gândim la asta!! L-ar fi căsăpit pe Hosenfeld. Familia lui a ascuns ambele caiete trimise. În carte se află doar fragmente din ele.

23.

De la fiul ofițerului Hosenfeld am primit o relatare care se constituie într-un portret viu al tatălui său:

„Tatăl meu a fost un învățător pasionat, cu inimă mare. Între cele două războaie, când regula în școală era pedeapsa cu bătaia, el se purta neconvențional cu elevii săi și le arăta multă afecțiune. Pe cei mai mici, de clasa întâi, când aveau probleme cu cititul, îi lua pe genunchi. În buzunare avea întotdeauna două batiste, una pentru el, cealaltă pentru micii mucoși pe care-i avea în grijă.

În iarna 1939–1940 detașamentul de infanterie cu care a plecat spre Polonia staționa în orășelul Węgrów, la est de Varșovia. Nemții rechiziționaseră acolo rezervele de fân ale armatei poloneze. Într-o zi geroasă, tata a observat cum unul dintre SS-iști ducea un băiat de vârstă școlară. Îl prinsese furând din fânul rechiziționat. Cât putuse să fure? Un pumn de fân? Era clar că urma să fie împușcat pentru a fi dat drept exemplu. Tata, așa cum mi-a povestit mai târziu, s-a aruncat în fața SS-istului cu lacrimi în ochi, strigând: «Nu puteți să omorâți copilul!» SS-istul a scos pistolul și l-a ațintit asupra tatei zicându-i: «Dacă nu pleci de-aici imediat, te vom împușca și pe tine!»

Tata nu și-a putut reveni multă vreme după acest episod. Mi l-a povestit doar mie din familie, abia după doi-trei ani."

24.

Apoi totul s-a desfășurat așa cum este scris în carte. Pianistul Szpilman și-a reluat într-adevăr activitatea la Radio Polonia. În prima transmisie radiofonică în direct a Radioului din Varșovia, Szpilman a cântat aceeași lucrare de Chopin pe care o cântase cu o oră înainte ca bombele nemților să distrugă transmițătorul, în septembrie 1939. Pare un scenariu de film kitsch, dar chiar așa s-a întâmplat.

S-ar putea spune că programul recitalului Chopin cu *Nocturna în do diez minor* a fost întrerupt doar o clipă, pentru ca domnul Hitler, în timpul scurtei pauze de șase ani, să își poată juca rolul în interludiul din teatrul lumii.

25.

Până în anul 1949, Szpilman nu a știut nimic despre soarta salvatorului său. Dar în anul 1950 s-a întâmplat ceva. Din Polonia a emigrat Leon Warm, un polonez de origine evreiască. A vizitat familia Hosenfeld din Germania de Vest. Scrie despre el fiul lui Hosenfeld:

„În primii ani de după război, mama locuia, împreună cu sora și fratele meu, mai mici, într-o parte a unui apartament de serviciu, situat lângă o școală din orășelul Thalau de pe Rin. Pe 14 noiembrie 1950 a venit la noi un băiat simpatic din Polonia și a întrebat de tatăl meu, pe care-l întâlnise la Varșovia în timpul războiului. În drum spre Treblinka reușise să deschidă trapa închisă cu sârmă ghimpată a vagonului pentru vite în care era închis și a sărit din trenul aflat în mișcare. La Varșovia a luat legătura cu prieteni comuni cu tatăl meu, care i-a procurat documente false și l-a angajat la stadion. După război a fost chimist în Polonia, iar acum intenționează să-și deschidă afacerea lui în Australia".

26.

Leon Warm a aflat atunci de la doamna Hosenfeld că soțul ei este în viață. I-a trimis scrisori și cărți poștale. În felul acesta, Leon Warm a cunoscut numele Szpilman, pe care prizonierul de război Hosenfeld i-l transmisese cândva soției sale. Doamna Hosenfeld i-a arătat chiar o carte poștală din 15 iulie 1946, care conținea o listă cu numele evreilor și polonezilor salvați de soțul ei. Urma să le ceară ajutorul. Pe cartea poștală, în dreptul numărului 4 figura: „Władysław Szpilman, pianist la Radio Polonia".

Leon Warm a aflat adresa pianistului și i-a transmis informația.

27.

Trei persoane din familia Cieciora știu o altă întâmplare legată de căpitanul Hosenfeld. Chiar în primele zile ale campaniei din septembrie a avut loc următoarea scenă: soția lui Stanisław Cieciora a plecat spre lagărul de prizonieri din Pabianice, unde urma să fie dus soțul ei, rănit, soldat al unei armate înfrânte, care se temea de moartea din mâna nemților. În apropiere de lagăr a întâlnit un ofițer neamț pe bicicletă, care a întrebat-o ce caută... Paralizată de spaimă, a recunoscut: „Soțul meu este soldat și este bolnav aici, în lagăr... mă tem pentru el. Aștept un copil". Neamțul și-a notat numele ei și a trimis-o acasă, promițându-i: „Peste trei zile soțul dumneavoastră va fi acasă". Așa s-a și întâmplat.

Ulterior, Hosenfeld a vizitat de mai multe ori familia Cieciora și s-a împrietenit cu ei. Acel neamț neobișnuit a început să învețe limba polonă. Iar pentru că era un catolic profund credincios, mergea cu prietenii lui polonezi la liturghia poloneză, îmbrăcat în uniforma Wehrmachtului.

Ce priveliște! Un neamț în „hainele criminalilor" (B. Brecht), îngenuncheat în fața unui preot polonez – lupul în fața păstorului – primește cuminecătura din mâinile unui „*Untermensch* slav".

28.

Familia Cieciora se temea pentru viața unuia dintre membrii ei – Stanisław – preot căutat de Gestapo, care intrase în mișcarea de rezistență. Hosenfeld l-a salvat și pe el. Ulterior l-a ajutat și pe un văr din familie, pe care l-a găsit într-un camion. Despre ceea ce s-a întâmplat atunci am aflat de la fiica ofițerului.

„În primăvara lui 1973 ne-a vizitat Maciej Cieciora, din Poznań, care ne-a povestit următoarele întâmplări:

Unchiul său, preot catolic, a fost nevoit să fugă de Gestapo după intrarea în oraș a trupelor germane, în toamna lui 1939. Tatăl meu, care, ca ofițer responsabil cu problemele sportive avea în subordine centrele sportive din Varșovia rechiziționate de Wehrmacht, i-a dat ulterior adăpost preotului și l-a angajat, sub numele fals de Cichocki, ca muncitor pe unul dintre stadioane. Prin părintele Cieciora, cu care s-a împrietenit repede, tatăl meu l-a cunoscut pe cumnatul acestuia, un anume Koszel.

În perioada aceea (mai exact în anul 1943), în cartierul din Varșovia în care locuia familia lui Koszel partizanii polonezi au împușcat câțiva soldați nemți. În replică, SS-iștii au organizat o razie, iar printre cei prinși, alături de un număr de bărbați, s-a aflat și Koszel. Deținuții au fost încărcați într-un camion și nefericiții urmau să fie împușcați.

Întâmplarea a făcut ca tatăl meu să meargă atunci pe jos spre centrul orașului și să remarce acest camion la una dintre intersecții. Koszel l-a zărit pe ofițerul german pe care-l cunoștea stând pe trotuar și a început să-i facă semn cu mâna. Tata a înțeles imediat despre ce este vorba, a ieșit în stradă și i-a cerut șoferului să oprească. «Am nevoie de un om la muncă!» – i-a zis el pe ton de comandă șoferului SS, după care s-a apropiat de camion, s-a uitat la bărbații din el și a arătat ca din întâmplare spre Koszel. Acestuia i s-a permis să coboare din camion și să plece împreună cu tatăl meu".

29.

Ce mică-i lumea! Astăzi, la opt ani de la căderea comunismului, fiul lui Stanisław Cieciora este consul polonez la Hamburg. De la el am aflat încă un detaliu emoționant al acestei istorii: părinții săi, recunoscători, care locuiau la Samter-Karolin, au trimis familiei Hosenfeld, rămasă fără tată (era încă în timpul războiului!), din Polonia, unde oamenii sufereau de foame, pachete cu salam și unt, în Germania hitleristă. Oare lumea nu s-a întors pe dos?

30.

Leon Warm i-a transmis așadar la Varșovia lui Szpilman de la Radio Polonia numele celor salvați, cu rugămintea de a-i informa pe aceștia despre soarta lui Hosenfeld. De atunci a trecut aproape jumătate de secol.

În anul 1957, Władysław Szpilman a efectuat un turneu în Germania Federală, împreună cu genialul violonist Bronisław Gimpel. Ambii muzicieni au hotărât să facă o vizită familiei lui Wilm Hosenfeld la Thalau. Doamna Hosenfeld, Annemarie, i-a dat lui Szpilman o fotografie a soțului său, care poate fi văzută în această carte.

31.

În vara anului 1997, când se știa deja că această carte, aproape uitată, va apărea în limba germană, l-am

Căpitanul Wilm Hosenfeld

întrebat pe domnul Szpilman despre urmarea acestei istorii. Władysław Szpilman mi-a spus:

„Știți, nu-mi face plăcere să vorbesc despre asta. Niciodată n-am vorbit cu nimeni despre asta, nici cu soția, nici cu fiii mei. De ce? Pentru că mi-e rușine. În 1950, când în sfârșit am aflat numele acelui ofițer german, mi-am înfrânt teama și mi-am învins disprețul. M-am adresat cu o rugăminte unui criminal, cu care nici un om respectabil din Polonia nu ar fi discutat; este vorba despre Jakub Berman.

El, ca șef al secției poloneze a NKWD-ului, era cel mai influent om din Polonia. Era un porc, toată lumea știa asta. Jakub Berman avea mai multe de spus decât ministrul polonez al Afacerilor Interne. Am decis să fac tot ceea ce era posibil, prin urmare m-am dus la el și i-am povestit totul. Inclusiv despre faptul că Hosenfeld mă salvase nu numai pe mine, ci și copii evrei, cărora le-a cumpărat la începutul războiului încălțăminte și alimente. I-am povestit și despre Leon Warm și despre familia Cieciora, spunându-i că mulți oameni îi datorează viața. Berman a fost amabil și mi-a promis că va face ce va putea. După câteva zile, chiar el mi-a dat telefon: «Din păcate, nu se poate face nimic!» Și a mai adăugat: «Dacă neamțul acela ar fi în Polonia, am putea să-l scoatem, dar tovarășii sovietici nu vor să-i dea drumul. Spun că a făcut parte dintr-o unitate de spionaj. Aici polonezii nu pot face nimic, nu am nici o putere» a spus cel care își datora omnipotența bunăvoinței lui Stalin."

32.

Imediat după război nu putea fi publicată în Polonia o carte care să prezinte un ofițer german drept un om onest și curajos. În acea ediție poloneză Hosenfeld a fost făcut austriac. Un înger austriac era, evident, „mai puțin îngrozitor“. Ce absurd!

În perioada Războiului Rece, Austria și Germania Democrată erau legate de aceeași ipocrizie. Ambele țări se străduiau să lase impresia că în timpul celui de-al Doilea Război Mondial s-ar fi aflat sub ocupație germană.

33.

La Yad Vashem, în locul cel mai de seamă al memoriei evreilor uciși, se află Aleea celor Drepți. Acolo sunt plantați copaci, câte unul pentru fiecare neevreu care a salvat evrei în perioada Holocaustului. Lângă fiecare copac, în pământul pietros, sunt înfipte tăblițe cu numele gravate ale acelor eroi. Cine intră în muzeu trece pe lângă mii de asemenea tăblițe. Îmi dau silința ca, peste puțin timp, să apară acolo și un copăcel pentru căpitanul Hosenfeld, udat cu apă din Iordan. Cine îl va planta? Władysław Szpilman, ajutat de fiul său Andrzej.

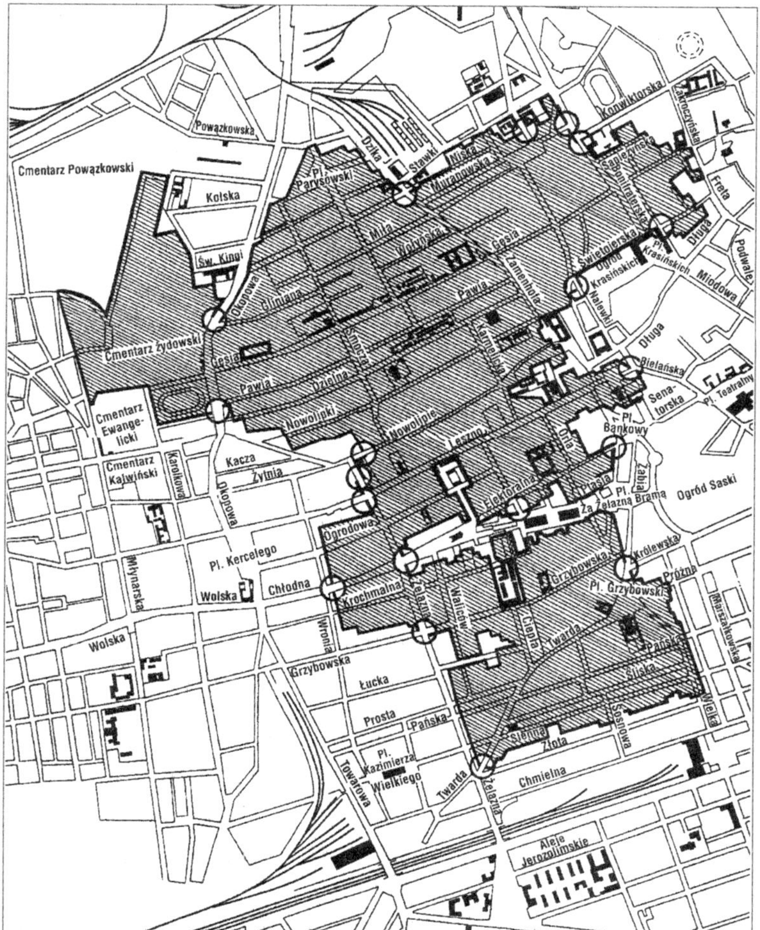

Planul ghetoului din Varșovia, așa cum a apărut
în ziarul *Nowy Kurier Warszawski* din 15 octombrie 1940.

Cuprins

La prețul de vânzare se adaugă 2%,
reprezentând valoarea timbrului literar.

În colecția **Raftul Denisei** au apărut

Sarah Dunant, *În numele familiei*
David Mitchell, *Visul numărul 9*
Antoine Laurain, *Pălăria Președintelui*
Anthony Burgess, *Omul din Nazaret*
Yukio Mishima, *Viață de vânzare*
Ismail Kadare, *Păpușa*
A Cheng, *Cei trei regi*
J.M. Coetzee, *Zilele de școală ale lui Isus*
António Lobo Antunes, *Pe râurile ce duc...*
Francisc Miralles, *Wabi-Sabi*
George Saunders, *Lincoln între vieți*
Tracy Chevalier, *Băiatul cel nou*
Etgar Keret, *Și, deodată, cineva bate la ușă*
Alessandro Baricco, *Această poveste*
Yasunari Kawabata, *Țara zăpezilor*
Marguerite Yourcenar, *Obolul visului. Poveste albastră*
Hanif Kureishi, *Intimitate și alte povestiri*
Arundhati Roy, *Dumnezeul lucrurilor mărunte*
Christoph Ransmayr, *Cox sau Mersul timpului*
Anna Hope, *Sala de bal*
Yasunari Kawabata, *Povestiri de ținut în palmă*
J.M. Coetzee, *Scene de viață provincială*
François-Henri Désérable, *Un anume domn Piekielny*
Romain Gary, *Promisiunea zorilor*
Yōko Ogawa, *Suspine tandre*
Lorenzo Marone, *Tentația de a fi fericit*
Boualem Sansal, *Satul neamțului sau Jurnalul fraților Schiller*
Ludmila Ulițkaia, *Scara lui Iakov*
Robert Musil, *Omul fără însușiri*
Heather Morris, *Tatuatorul de la Auschwitz*
Nikos Kazantzakis, *Grădina de piatră*
Dario Fo, *Ca din întâmplare, femeie. Regina Cristina a Suediei*
Ismail Kadare, *Palatul Viselor*
Ludmila Ulițkaia, *Soniecika. Înmormântare veselă. Minciunile femeilor*

Hanif Kureishi, *Nimicul*
Kurt Vonnegut, *Bun venit printre maimuțe*
Ann Patchett, *Comuniune*
Kate Morton, *Fiica ceasornicarului*
Paula McLain, *Hemingway și cu mine*
Rose Tremain, *Sonata Gustav*
Maja Lunde, *Istoria albinelor*
Nikolai Leskov, *Pelerinul vrăjit*
Didier Decoin, *Biroul pentru Grădini și Iazuri*
J.M. Coetzee, *Ținuturi în crepuscul*
Mo Yan, *Un lup atârna în cais, cu capul în jos*
Ludmila Ulițkaia, *Al dumneavoastră sincer, Șurik*
Vesna Goldsworthy, *Monsieur Karenin*
Jo Nesbø, *Macbeth*
António Lobo Antunes, *Până ce pietrele vor deveni mai ușoare ca apa*
Yi In-Hwa, *Imperiul fără de sfârșit*
Arundhati Roy, *Ministerul fericirii supreme*
Michel Houellebecq, *Serotonină*
Romain Gary, *Dincolo de limita aceasta biletul își pierde valabilitatea*
Ismail Kadare, *Mesagerii ploii*
Ryūnosuke Akutagawa, *Paravanul-Iad și alte povestiri*
R.J. Gadney, *Alo? Albert Einstein la telefon*
Matteo Strukul, *Giacomo Casanova. Sonata inimilor frânte*
Lionel Duroy, *Eugenia*
Susana Fortes, *Septembrie poate aștepta*
Care Santos, *Tot binele și tot răul*
Evgheni Vodolazkin, *Brisbane*
Eshkol Nevo, *Simetria dorințelor*
Yukio Mishima, *O dimineață de iubire pură*
Pauline Delabroy-Allard, *Povestea asta este despre Sarah*
Władysław Szpilman, *Pianistul. Amintiri din Varșovia 1939–1945*
James Salter, *Tot ce este*
Colson Whitehead, *Intuiționista*
Melanie Benjamin, *Soția aviatorului*
Diane Setterfield, *A fost odată un râu*

Romain Gary, *Zmeie de hârtie*
Liu Zhenyun, *Nu mi-am omorât bărbatul*
Ismail Kadare, *Călărețul cu șoim*
David Foenkinos, *Către frumusețe*
Karen Viggers, *Soția paznicului de far*
Kurt Vonnegut, *Tabachera din Bagombo*
Zeruya Shalev, *Viața amoroasă*
Lorenzo Marone, *Mâine poate am să rămân*
Holly Ringland, *Florile pierdute ale lui Alice Hart*
Anuradha Roy, *Toate viețile pe care nu le-am trăit*
Melanie Benjamin, *Femei de Oscar*
Guzel Iahina, *Copiii de pe Volga*
Hiro Arikawa, *Memoriile unui motan călător*
Romain Gary, *Educație europeană*
Heather Morris, *Călătoria Cilkăi*
Ismail Kadare, *Generalul armatei moarte*
Yu Hua, *Ziua a șaptea*
Yōko Ogawa, *Înotând cu elefantul, în brațe cu pisica*
Roddy Doyle, *Zâmbește*
Sara Gruen, *Apă pentru elefanți*
Frances Miralles, *Biblioteca de pe Lună*
George Saunders, *Pastoralia*
Paula McLain, *Soția din Paris*
Alan Hlad, *Lungul zbor spre casă*
Lisa Strømme, *Doamna Nobel*
Colson Whitehead, *Băieții de la Nickel*
Ji-min Lee, *Eu și Marilyn*
Grigori Slujitel, *Zilele lui Savelie*
Maja Lunde, *Istoria apelor*
Jeanette Winterson, *Frankisstein*
Boualem Sansal, *Trenul de Erlingen*
Annette Hess, *Casa germană*
Núria Pradas, *Aroma timpului*
Ludmila Ulițkaia, *Cazul doctorului Kukoțki*
Melanie Benjamin, *Doamna de la Ritz*
David Mitchell, *Conacul Slade*
Italo Svevo, *Viitorul amintirilor*
Ismail Kadare, *Dimineți la Café Rostand*
Eddy de Wind, *Auschwitz, ultima stație*
Jessie Burton, *Confesiunea*